DAS GEHEIME BABY DES SCHEICHS

DIE SCHEICHS VON HAVILAH
BUCH EINS

DIANA FRASER

Ein kontrollsüchtiger Scheich mit einem Geheimnis und ein schönes Model mit gebrochenem Herzen, die zur Heirat gezwungen werden, um ihren Sohn zu retten.

-Wüstenkönige-
Gesucht: Eine Ehefrau für den Scheich
Die Schnäppchenbraut des Scheichs
Der verlorene Liebhaber des Scheichs
Vom Scheich geweckt
Beansprucht vom Scheich
Gesucht: Ein Baby vom Scheich

-Die Scheichs von Havilah-
Das geheime Baby des Scheichs
Gekauft vom Scheich
Die verbotene Liebhaberin des Scheichs
Hingabe an den Scheich
Entführt in den Harem des Scheichs

-Geheimnisse der Scheichs-
Die Rache des Scheichs durch Verführung
Das geheime Liebeskind des Scheichs
Die Heiratsfalle des Scheichs

PROLOG

Unter den trägen Wirbeln des Ventilators saßen die drei Könige um den entsteinten und polierten mittelalterlichen Tisch, ein geliebtes Relikt aus der Zeit, als die drei Königreiche ein einziges Land waren - das sagenumwobene Land Havilah.

Wie der höhlenartige Saal des Jagdschlosses in der Wüste, in dem sich die drei Männer monatlich trafen, um die Angelegenheiten zu besprechen, von denen das künftige Wohlergehen ihrer Königreiche abhing, repräsentierte der Tisch ihre gemeinsame Geschichte und ihre gemeinsame Zukunft.

„Der König von Al Jazeera verschließt weiterhin die Augen vor den Angriffen seines Volkes auf unseres", sagte Scheich Amir al-Rahman, und seine Augen verengten sich in verhaltener Wut.

„Der Hass sitzt zu tief und reicht zu viele Jahrhunderte zurück, als dass er jemals verschwinden könnte", sagte Scheich Zavian bin Ameen Al Rasheed. „Wir haben, was sie wollen - Reichtum."

Scheich Roshan al-Haidar lehnte sich in seinem Stuhl zurück und sah aus wie der Playboy, den die westlichen Medien lieben. „Unsere einzige Hoffnung bleibt der König von Tawazun. Ein starkes Bündnis mit seinem Land würde das Gleichgewicht in der Region wiederherstellen. Mit der Macht von Tawazun im Rücken würde es Al Jazeera nicht wagen, sich gegen uns zu stellen."

„Du hast Recht, Roshan. Und die traditionelle Kultur von Tawazun bedeutet, dass die Ehe der einzige wirklich bindende Weg ist, um das zu erreichen."

In der großen Halle herrschte Stille, während jeder König darüber nachdachte, was das für ihn bedeutete. Roshan brach die Stille, indem er sich vorbeugte, die Arme auf den Tisch stützte und abwechselnd Amir und Zavian ansah.

„Wir haben einen Blutschwur geleistet, um dauerhaften Frieden für Havilah zu schaffen, koste es, was es wolle. Und das bedeutet, dass einer von uns einen der Tawazun-Scheichs heiraten muss. Vorzugsweise die Älteste." Roshans Blick fiel auf Amir. „Du hast dich freiwillig zur Verfügung gestellt. Hast du schon Fortschritte gemacht?"

Ein Muskel in Amirs Kiefer zuckte, das einzige Zeichen für die Unruhe, die er in sich spürte. Beide Männer bemerkten es.

„Nein. Ich habe in den nächsten Monaten andere Sorgen. Ich habe von der Gesundheit meines Sohnes gesprochen. Ich muss mich erst um ihn kümmern, bevor ich an eine Heirat denke."

Die anderen nickten. „Habt ihr einen passenden Spender für Hani gefunden?", fragte Zavian.

„Ja. Seine Mutter", sagte Amir. Es gab keine Geheimnisse zwischen den drei Männern.

Zavian grunzte. „Ich verstehe. Das klingt ... kompliziert. Nun, das überlassen wir Ihnen, aber halten Sie uns auf dem Laufenden. Dieses Problem darf nicht länger bestehen bleiben. Wenn Sie das nicht können, dann muss ich oder Roshan die Aufgabe übernehmen." Er hielt inne. „Keiner von uns will noch einen Krieg."

Das dunkle Gespenst des Krieges schwebte am Ende des Treffens über ihnen.

Außerhalb des Jagdschlosses, im gleißenden Licht und in der sengenden Hitze der zentralen Wüstenregion, die an jedes ihrer drei Länder grenzt, warteten drei Hubschrauber darauf, die Könige in ihre Heimatländer zurückzubringen.

As-Salaam Alaykum, murmelten die Könige, bevor sie getrennte Wege gingen.

Friede sei mit dir, wiederholte Amir zu sich selbst, als sich die Tür des Hubschraubers hinter ihm schloss.

Irgendwie glaubte er nicht, dass die nächsten Monate ihm in irgendeiner Form Frieden bringen würden...

KAPITEL 1

Milan

„Ein Brief? Für mich?" rief Ruby Armand und versuchte, sich über den dröhnenden Rhythmus des Nachtclubs hinweg Gehör zu verschaffen.

„*Sì!*" Der Fremde drückte es ihr in die Hand und verschwand in dem Meer von Menschen, die sich im pulsierenden Rhythmus wie eine Einheit erhoben und wieder senkten.

„Empfängst du deinen Posten jetzt in Nachtclubs?" Der Atem von Raife kitzelte ihr Ohr. Sie wich zurück.

„Anscheinend." Sie drehte den Brief in ihrer Hand, so dass die Schrift ins Licht fiel. Außer ihrem Namen stand da nichts.

„Eine Liebesbotschaft vielleicht?" Raife lächelte. „Ein Liebesbrief von einem Fremden oder von jemandem, den du kennst?"

„Keine Ahnung. Es gibt keinen Hinweis darauf, von wem es ist."

„Dann öffnen Sie sie."

Ruby klopfte den Umschlag auf den Tisch. Ihr Daumen strich über das dicke, geprägte Papier. Sie erhielt nur noch selten Briefe - nur kurze elektronische Einzeiler. Und schon gar nicht Briefe in teuren Umschlägen. „I..." Sie brach ab, als sie den Brief in ihre Tasche steckte, da sie ihn aus irgendeinem Grund nicht in der Öffentlichkeit öffnen wollte. „Ich werde auf die Toilette gehen. Dort ist das Licht besser."

Raife ließ das Lächeln aufblitzen, das ihn zum bestbezahlten Fotomodell Italiens gemacht hatte, und richtete seine Aufmerksamkeit auf jemand anderen. Ruby kümmerte das nicht. Sie hatte viele Freunde, viele Bewunderer, aber nur wenige standen ihr nahe, und noch weniger waren unverzichtbar.

In der eleganten Toilette angekommen, setzte sie sich hin und fuhr mit dem Finger über den kaum versiegelten Umschlag. Plötzlich stürmte eine Gruppe von Frauen herein, die sich um den Spiegel scharten, Lippenstift auftrugen, mit den Fingern durch ihr langes, gesträhntes Haar fuhren und sich gegenseitig ansprachen. Ihr Gespräch geriet ins Stocken, als sie ihr einen zweiten Blick zuwarfen - das taten alle, man erkannte sie sofort an den zahllosen Modeshootings, die sie gemacht hatte, an den zahllosen Klatschspalten, in denen sie aufgetaucht war -, bevor sie sich wieder dem Spiegel zuwandten und ihr Gespräch fortsetzten.

Ruby ging in eine der Toiletten und schloss die Tür. Sie hängte ihre Tasche auf, lehnte sich an die Wand und zog ein einzelnes Stück Papier aus dem Umschlag. Es war ein kurzer Zettel, nur ein paar Absätze, mit einem geprägten Wappen in einer Ecke. Sie blätterte bis zur Unterschrift.

Amir Al-Rahman.

Ihr Herz raste. Amir? Nach all diesen Jahren?

Sie überflog den Brief und runzelte die Stirn, da sie die Worte zunächst nicht verstand. Sie las ihn erneut durch, diesmal langsam. Ihre Augen blieben bei den Worten „unser Sohn" stehen. Ihr Mund wurde trocken und das Papier glitt ihr aus den Händen, als ein Schluchzen - laut und nackt - ihren Lippen entkam. Das Geschnatter vor der Toilette verstummte augenblicklich. Aber sie gab keinen weiteren Laut von sich, starrte nur auf die kunstvolle Tapete, während die Erinnerungen, die sie ständig zu verdrängen versuchte, in ihr Bewusstsein drangen.

„Geht es dir gut?", rief eines der Mädchen.

Erst als sie ihren Mund entspannte, um das lautlose Schluchzen zu unterdrücken, begannen die Tränen über ihr Gesicht zu kullern. „Mir geht es gut, danke", antwortete sie und presste ihre Handfläche gegen ihre pochende Stirn, während sie versuchte, den Schock darüber zu verdrängen, dass sie ihren Sohn nach all den Jahren gefunden hatte.

Sie versuchte, die keuchenden Schluchzer zu unterdrücken, die sie nun zu überwältigen drohten, aber die Galle stieg auf, und sie drehte sich um und erbrach sich in die Toilette. Zittrig wischte sie sich den Mund ab, ließ kaltes Wasser ins Waschbecken laufen und spritzte sich das Gesicht ab. Sie klammerte sich an den Rand des Waschbeckens und betrachtete ihr Spiegelbild.

Ihr langes blondes Haar umrahmte immer noch ihr Gesicht, ihre Haut war immer noch durchscheinend, ein

Liebling der Fotografen, aber ihre Augen hatten sich verändert. Sie schwammen in Tränen und Angst - Angst davor, dass sie das gefunden hatte, wonach sie in den letzten fünf Jahren gesucht hatte, und dass es ihr nun weggenommen wurde. Bei all den Szenarien, die sie verfolgten, war es ihr nie in den Sinn gekommen, dass Amir Al-Rahman - der Vater ihres Babys - ihren Sohn adoptiert hatte, ja, dass er sogar von ihrem Sohn *wusste*.

ZEHN MINUTEN bis zu ihrer Ankunft.

Scheich Amir Al-Rahman trommelte mit den Fingern auf die Lehne des massiven Eichenstuhls und versuchte, sich auf das zu konzentrieren, was sein Assistent sagte. Er brauchte sich *nie* zu konzentrieren. Allein der Gedanke, Ruby wiederzusehen, brachte ihn aus dem Konzept. Er hörte auf zu trommeln und umklammerte den Stuhl.

„Gehen Sie!"

Sein Assistent hielt mitten im Satz inne und riss überrascht die Augen auf. „Aber die..."

Amir kniff die Augen zusammen. Das war alles, was er tun musste, damit der Mann die Papiere einsammelte und aufstand. *Keiner* stellte ihn in Frage. Er hatte sein Königreich, ein Drittel der sagenumwobenen Ländereien von Havilah, von seinem Vater und *dessen* Vater vor ihm geerbt und hatte die absolute Kontrolle darüber. „Geht jetzt. Und sorgen Sie dafür, dass ich nicht gestört werde, wenn Mademoiselle Armand eintrifft." Die aufgeregte Assistentin nickte unterwürfig und verließ den Raum. Die tiefe Stille des Privatflügels des alten Palastes legte sich wieder um ihn.

Fünf Minuten.

Er brauchte nicht auf die Zeit zu achten. Er war sich jeder Minute bewusst, seit er aufgewacht war, als ob seine Körperuhr auf einen Wecker eingestellt war, der bei ihrer Ankunft losgehen sollte.

Er klappte seinen Laptop auf - das einzige Zugeständnis an die Moderne in der Bibliothek -, beantwortete ein paar E-Mails und schloss den Computer wieder.

Eine Minute.

Er klopfte seine Fingerspitzen leicht aneinander und konzentrierte sich auf den blassblauen Frühlingshimmel und das ferne Geräusch eines Autos, das in das Innere des Palastes einfuhr. Plötzlich war es real. Das, was er sich in den letzten fünf Jahren in schwachen Momenten ausgemalt hatte, war im Begriff zu geschehen.

Er schob die Fotos seiner dunkelhaarigen Frau und seines blonden Sohnes auf dem Schreibtisch hin und her, wobei sein Blick auf seinem Sohn Hani verweilte. Sofort bereute er es. Er spürte, wie der Schmerz in ihn eindrang, wie ein blauer Fleck, der noch einen Schlag abbekam, das Blut weiter in seinen Körper schickte, ihn verwundete und verletzte. Die Blässe des Jungen hatte ihn schon immer beunruhigt, und jetzt wusste er, warum. Aber er würde darüber hinwegkommen, wie über alles andere auch.

Der Wagen hielt vor dem Haupteingang, und zwei Paar Schritte näherten sich, einer kaum hörbar, der andere mit scharfen Absätzen auf dem alten Steinboden, die immer lauter wurden, je näher sie ihm kamen, im Rhythmus mit seinem pochenden Herzen. Beide Schritte verstummten, gefolgt von einem zaghaften Klopfen an der Tür.

„Herein!"

Die Tür öffnete sich und sein Assistent ließ sie eintreten. Der Duft ihres Parfums - das gleiche wie immer, obwohl sie sich jetzt das Beste leisten konnte - wehte zu ihm herüber. Er stand auf und drehte sich langsam zu ihr um, darauf bedacht, die Kontrolle zu behalten, die allein ihre Anwesenheit bedrohte. Und er brauchte all diese Kontrolle, wenn er ihr in die Augen sah, denn es waren die Augen einer Fremden.

Er hatte Fotos gesehen, mehr als er gewollt hatte - natürlich hatte er das. Sie war so glamourös, wie die Zeitschriften sie darstellten. Er wusste, wie sie ihr langes blondes Haar trug - oft in einem hochgesteckten, unordentlichen Dutt, der zu ihren zarten Gesichtszügen passte - und kannte ihre Vorliebe für helle, gewagte, sexy Kleidung. Der heutige Tag bildete da keine Ausnahme. Sie trug ein kurzes, enges Etuikleid, das die Farbe der Sonne hatte. Aber sie war größer in ihren hohen Absätzen, ihre Figur war schlanker als fünf Jahre zuvor, und ihre Haut war nicht blass, sondern hatte eine sanfte goldene Bräune, die ihre hellblauen Augen fast violett erscheinen ließ.

Oberflächlich betrachtet, war alles so, wie er es erwartet hatte. Womit er nicht gerechnet hatte, war die Veränderung im Ausdruck ihrer Augen. Vor fünf Jahren waren sie noch voller Spaß, Leben und Liebe gewesen. Jetzt enthielten sie nur noch Feindseligkeit und Wut. Sie waren hart.

Sie ließ die modisch große Handtasche mit einem Klirren auf den Boden fallen, ging zum Schreibtisch, ergriff ihn - das klobige Goldarmband fiel ihr auf das Handgelenk und schlug mit einem Klirren auf die harte

Oberfläche des Schreibtischs - und beugte sich mit grimmigem Blick vor.

„Wo ist mein Sohn?"

Das Gefühl ihrer Nähe, ihre vollen, weichen Lippen mit dem Glanz des korallenroten Lippenstifts und die langen Linien ihrer schlanken Arme in dem ärmellosen Kleid, das ihre subtilen Kurven zur Geltung brachte, versetzten ihm einen Stich ins Herz. Er hatte nicht mit dieser Explosion des Bedürfnisses gerechnet. Es war, als hätte sein Körper ein elastisches Gedächtnis, wie eine Art Plastik, das bei Wärmeeinwirkung seine ursprüngliche Form wieder annimmt. Er fühlte sich verletzlich. Es machte ihn wütend. Es verbannte den Aufruhr.

„Setzen Sie sich." Seine Stimme hatte die gewohnte Stärke und Befehlsgewalt. Er war es nicht gewohnt, dass man ihm nicht gehorchte und erwartete es auch nicht. Er *würde* bekommen, was er wollte.

„Nein. Nicht bevor Sie mir sagen, wo mein Sohn ist."

„Setzen Sie sich, vielleicht überlege ich es mir."

„Dürfen?" Sie neigte den Kopf zur Seite und wölbte ihre feinen Brauen zu einer arroganten Frage. „Könnte? Sagen Sie mir nicht, dass Sie mich aus einem anderen Grund hierher gebracht haben." Sie brachte ihren Kopf näher an den seinen heran, ihre Augen wanderten über sein Gesicht und schwankten leicht. „Weil" - sie wich zurück, plötzlich weniger sicher - „ich es nicht glauben werde."

„Setzen Sie sich, Fräulein Armand."

Sie zog sich langsam weiter zurück, während ihre Augen über sein Gesicht wanderten. Er konnte sehen, dass sie ihn abtastete, genauso wie er sie abtastete. Das Glitzern der Härte verblasste ein wenig, und als sie sich umdrehte, um einen Stuhl zu suchen, knabberte sie an ihrer Unterlippe. Aber als sie sich wieder umdrehte, ihre schlanken Beine übereinander schlug und die Hände vor sich faltete, war das kleine Zeichen der Unsicherheit verschwunden.

„*Fräulein Armand*", wiederholte sie. „Warum so förmlich? Hast du den Namen der Mutter deines Kindes vergessen?"

„Ich kenne den Namen der Mutter meines Kindes. Ihr Name war Mia."

„*Das ist* der Name der Frau, wegen der du mich verlassen hast. Das ist der Name deiner Frau. Das ist *nicht* der Name der Mutter meines Sohnes."

Er starrte sie fest an. „Mia war, wie ich sagte, die Mutter meines Kindes. Du hast dieses Recht verwirkt, als du die Adoptionspapiere unterschrieben hast. Du hast deutlich gemacht, dass du ihn nicht willst."

Einen Moment lang, als er ihren schockierten Gesichtsausdruck sah, bevor sie sich abwandte, hätte er die Worte fast bereut. Sie hatten ihn verletzen wollen. Und das hatten sie auch. Aber normalerweise verteilte er solche Tiefschläge nicht.

„Du verstehst das nicht. Ich habe einen Fehler gemacht, ich war krank, ich..."

„Keine Ausreden. Sie haben Ihre Rechte abgetreten, das Krankenhaus verlassen und nicht mehr zurückgeschaut."

Zorn blitzte in ihren Augen auf und sie sprang auf. „*Wagen Sie es* nicht, mir zu sagen, dass ich nicht zurückgeschaut habe. Ich habe jahrelang versucht, ihn aufzuspüren. Und ich wurde immer wieder abgeblockt. Jedes Mal, wenn ich zum Einwohnermeldeamt gegangen bin, hat mich irgendein Beamter angesehen, als wäre ich Dreck, und mir absolut nichts gesagt."

Er empfand selten Bedauern, aber er konnte nicht weich werden. Das war es, was sie tat - sie bahnte sich ihren Weg unter deine Haut, in deine Seele, und ehe du dich versahst, warst du ihr ausgeliefert. Er zuckte mit den Schultern. „Aber er wurde nicht adoptiert. Ich *bin* sein Vater. Nachdem ich von seiner Existenz erfahren hatte und meine Vaterschaft durch einen DNA-Test bestätigt worden war, habe ich meinen Namen in die Geburtsurkunde eingetragen. Es war nicht nötig, dass meine Frau und ich ihn adoptieren. Sie haben Ihre Entscheidung getroffen, und ich habe nur dafür gesorgt, dass Sie sich daran halten."

Sie atmete grob aus und sah sich um, als ob sie einen Grund, einen Ausweg, eine Erklärung suchte. Sie drehte sich um und schritt davon, fuhr sich mit den Fingern durchs Haar, schien sich wieder unter Kontrolle zu haben und schritt zu ihm zurück. „Ich wollte nur wissen, dass es ihm gut geht, dass man sich um ihn kümmert."

„Ich hatte kein Interesse an dem, was du wolltest." Er beobachtete, wie seine kalten Worte Wirkung zeigten. Sie entfachten in ihr einen Zorn, der seine Entschlossenheit nicht zu brechen drohte. Mit Wut konnte er umgehen, mit Kälte konnte er umgehen.

„Nein. Es ging immer darum, was *du* wolltest, nicht wahr? Du wolltest Sex mit mir, dann wolltest du Mia heiraten. Du hast beides bekommen. Und ein Kind obendrein. Wie schön, dass das alles für dich geklappt hat."

Er knirschte mit den Zähnen. „Ordentlich?" Er ballte und löste seine Faust. Er durfte nicht die Beherrschung verlieren.

„Ja, genau. Alles, was du tust, tust du aus einem bestimmten Grund. Dein Leben ist ein einziges großes Schachspiel. Du planst alles, du kontrollierst alles."

„Natürlich. Ohne Kontrolle gibt es nur Chaos. Und das kennst du doch, oder?"

„Kritisieren Sie nicht..."

Er hielt seine Hand hoch. „Setz dich hin, Ruby. Sei still. Wir haben etwas zu besprechen."

„Das ist die Untertreibung des Jahres!"

Er beobachtete, wie ihre Wut verblasste, als sie erkannte, dass er recht hatte. Langsam zog sie ihre Hände vom Schreibtisch zurück und setzte sich hin. Aber er konnte immer noch die Anspannung in ihren leicht verschränkten Händen und in ihren Augen sehen, die sich nicht von den seinen gelöst hatten.

„Sagen Sie mir nur eins", fuhr sie fort. „Warum zum Teufel hast du mir nicht gesagt, dass du ihn entführt hast? Warum?", wiederholte sie.

„Sie sind nicht hier, um Fragen zu stellen. Sie sind auf meine Einladung hin hier, weil ich es so will."

„Ich will ihn sehen." Ihr Kinn ragte entschlossen vor. Ein Kampf des Willens gegen das Gefühl spielte sich auf ihren zitternden Lippen ab.

Er öffnete den Mund, um zu sprechen, zögerte aber. Plötzlich kam ihm der Gedanke, dass sie vielleicht noch aufgebracht sein könnte, als er es sich vorgestellt hatte. Es war ein kleiner Gedanke, der sich seinen Weg zu einem weichen Ort bahnte, von dem er nicht wusste, dass er ihn hatte. Er räusperte sich. „Und das kannst du. Aber zuerst gibt es Dinge zu besprechen."

Sie nickte. „Okay. Aber sag mir zuerst. War Mia gut zu ihm?"

„Sie liebte ihn. Behandelte ihn, als wäre er ihr eigener.“

„Gut.“ Sie sah weg und dann wieder zu ihm. „Es hat mir leid getan, weißt du. Tut mir leid, das mit Mia zu hören.“

„Warst du?“

„Ja, natürlich. Hältst du mich für so herzlos, dass es mir nicht leid täte, wenn sie bei einem Autounfall gestorben wäre?“

„Ich halte dich für so herzlos, dass du dich freiwillig von unserem Kind trennst, ohne mir überhaupt von Hani zu erzählen.“

Er sah, wie sie unter ihrer Bräune blass wurde. „Hani...“, sagte sie leise. „Hani.“ Ihre ausgestreckte Hand zitterte. „Du benutzt also den Namen, den ich ihm gegeben habe. Ist es, weil du wusstest, dass er etwas Besonderes ist, dass es der Name meines Vaters war?“

Natürlich wusste er es, aber er würde lieber lügen, als ihr diese Spur von Gefühlen zu zeigen. „Meiner Frau gefiel der Name.“

Sie nickte langsam und strich sich mit der Hand über die Stirn. Die Energie hatte sie plötzlich verlassen und sie atmete lang und tief ein. „Also, was soll das alles? Warum gerade jetzt? Mia ist seit einem Jahr tot. Es kann nichts mit ihr zu tun haben. Was willst du eigentlich? Denn ich bin mir sicher, dass ich nicht zu *meiner* Zufriedenheit hierher eingeladen worden bin.“

„So scharfsinnig.“ Es war einfach gewesen, sie hierher zu bringen, bevor er sie wieder gesehen hatte. Sie zu sehen, machte alles so viel schwieriger. „Es ist, weil ich etwas von dir kaufen muss.“

„Was kann ich denn haben, was du willst?“

„Etwas... sehr Persönliches.“

Sie schüttelte den Kopf und runzelte die Stirn. „Wovon reden Sie?"

„Mein Sohn..."

„*Unser* Sohn."

„Er braucht etwas von dir."

„Was?"

„Alles zu seiner Zeit."

„Um Himmels willen, Amir, lass mich ihn sehen."

Er nickte zum Fenster. „Sie können ihn von dort aus sehen, fürs Erste."

Sie schaute ihn kurz an, mit einem komplexen Ausdruck von intensiver Sehnsucht und Angst, bevor sie schnell zum Fenster ging, ihre Hände umklammerten das tiefe Fensterbrett, während sie sich nach vorne lehnte und den Garten absuchte. Plötzlich war sie ganz still. Dann stieß sie das große Fenster zum Hof auf, und Hanis Lachen drang in den Raum. Ihr Körper spannte sich an, und er hörte ein Geräusch wie ein Schluchzen, als sie sich gegen den Fensterrahmen sinken ließ.

Ehe er sich versah, stand er hinter ihr. Aber er konnte die Entfernung von fünf Jahren nicht so einfach überbrücken. Er sah einfach zu, wie sich ihre Hand hob, und folgte Hani, der einem Ball nachjagte und hinter einer hohen Hecke verschwand.

Sie schwankte leicht - als wäre dieser kleine Blick zu viel, der nach so wenig kam - und wandte sich vom Fenster ab, ohne zu merken, dass er so nahe war. Sie streckte die Hand aus, um sich zu stabilisieren, und drückte ihre flache Hand gegen seine Brust. Es erschütterte ihn zutiefst.

„Ruby..."

Sie schloss ihre Augen, und er ergriff ihre Hand und

drückte sie fester an seine Brust. Ihr warmer Atem kitzelte seine Wange und schickte eine Welle der Erkenntnis durch seinen Körper. Es war, als würde er einen Schalter umlegen, der fünf lange Jahre geschlummert hatte. Doch bevor er sie näher an sich heranlassen konnte, bevor er den Befehlen seines Körpers gehorchen konnte, zog sie sich zurück, trat zur Seite und zog ihre Hand von seiner weg, Verwirrung in ihren Augen und in ihren Bewegungen.

Er spürte den Entzug wie den kalten, scharfen, verheerenden Entzug einer Sucht. Fünf Minuten im Zimmer und er war Wachs in ihren Händen.

Sie schüttelte den Kopf. „Mir geht es gut. Ich brauche deine Unterstützung nicht. Alles, was ich brauche, ist Hani."

Er erlaubte sich, ihren leichten Blumenduft einzuatmen - hell und köstlich, genau wie sie -, bevor er sich entfernte. Er ging zurück zu seinem Schreibtisch und kämpfte um Kontrolle. „Möchten Sie einen Kaffee?"

Sie seufzte. „Klar. Wenn es das ist, was ich brauche, um ihn zu sehen."

Er bestellte den Kaffee und beobachtete, wie sie zu ihrem Platz zurückging und sich setzte, eine andere Frau, nachdem die Wut sie verlassen hatte.

Sie schaute ihn mit Augen an, die nicht mehr hart waren, sondern eine Tiefe von Gefühlen verrieten, die sein Herz schwer pochen ließen. „Erzähl mir von ihm. Erzähl mir von Hani. Wie ist er so?"

Er schluckte und zwang sich, sich zu konzentrieren. „Er ist ein guter Junge. Obwohl er lieber spielt als lernt."

Zum ersten Mal sah sie ihn mit so etwas wie dem alten Ausdruck in ihren Augen an, hell und voller Freude. Ihre

Lippen verzogen sich zu einem süßen Lächeln. „Ich schätze, du würdest das nicht verstehen. Ich kann mir dich als einen Jungen in Hanis Alter vorstellen - fleißig, verantwortungsbewusst, pflichtbewusst. Manche Dinge ändern sich einfach nicht, oder?"

„Ich hoffe, dass sich Hanis Einstellung zu seinem Studium ändert."

„Das wird es, wenn er findet, was ihn interessiert." Sie hielt inne, als wolle sie eine wichtige Frage formulieren. „Kann ich ihn sehen? Nicht nur durch das Fenster, ich meine, sondern ihn treffen?"

„Noch nicht."

Wieder blitzte Wut in ihren Augen auf. „Verdammt, Amir! Hör auf, mich zu bestrafen. Ist es so schwer zu verstehen, warum ich der Adoption zugestimmt habe? Du hast mir klipp und klar gesagt, dass wir keine Zukunft haben und du eine andere Frau heiraten wirst. Ich dachte nicht, dass du dich freuen würdest, wenn du erfährst, dass ich von dir schwanger bin. Ich dachte nicht, dass ich dir etwas schulde."

„Nicht einmal die Wahrheit?"

„Am allerwenigsten die Wahrheit. Ich verstehe immer noch nicht, wie Sie von ihm wussten - wer hat es Ihnen erzählt? So wenige Leute wussten es."

Er seufzte. „Ach, Ruby, du unterschätzt die Macht, die mit Reichtum und Adel verbunden ist."

„Sie waren kein italienischer Adel."

„Das brauchte ich nicht. Mein Großvater knüpfte geschäftliche Beziehungen zu Mailand, die ich bis heute beibehalten habe. Die Leute wussten von unserer Beziehung, und man hat mir von Hani erzählt. Hast du wirklich geglaubt, ich würde es nicht herausfinden?" Aber er konnte an ihren Augen sehen, dass sie es getan hatte. Er schüttelte ungläubig den Kopf. „Du hattest sich selbst aus dem Krankenhaus entlassen, bevor der DNA-Test bestätigte, dass ich sein Vater bin. Ich habe eine neue Geburtsurkunde ausstellen lassen, und er ist mit Mia und mir nach Hause gekommen. Wie auch immer, ich habe dich nicht hierher gebracht, um über die Vergangenheit zu sprechen."

„Dann sagen Sie mir, warum ich hier bin."

„Er ist krank."

„Hani ist krank? Er sah gut aus. Was ist los mit ihm?"

„Seine Nieren arbeiten nicht gut. Er braucht eine Bluttransfusion. Meine Nieren können nicht verwendet werden, aber Ihre könnten passen."

Sie schnappte nach Luft. „Eine Bluttransfusion?" Sie schüttelte verwirrt den Kopf. „Aber warum ich? Warum haben Sie mich hierher gebracht, wo es doch offensichtlich ist, dass Sie es lieber nicht getan hätten? Du könntest überall passendes Blut finden."

Er sprach nicht sofort, und ihr Stirnrunzeln vertiefte sich. Sie wollte Antworten. Sie würde sie nicht bekommen. Noch nicht. „Ich möchte nicht das Blut eines Fremden in meinem Sohn haben." Aber er konnte sehen, dass sie mit seiner Antwort nicht zufrieden war. „Es ist ... kompliziert."

Sie keuchte und wandte den Blick ab, hob die Hand, um ihre Augen vor seinem Blick zu schützen. „Wie krank ist er?" Ihre Stimme war nur noch ein Schatten dessen, was sie kurz zuvor noch gewesen war. Er hatte nicht damit gerechnet, dass sie sich aufregen würde.

„Bei ihm wurde erst vor kurzem der Beginn einer seltenen Art von Nierenversagen diagnostiziert. Die empfohlene Behandlung ist eine Bluttransfusion mit genetischem Profil in Verbindung mit einem neuen Medikament. Weitere Transfusionen können erforderlich sein."

Sie ließ ihre Hand fallen, aber ihre Augen waren fest geschlossen. „Nein."

„Das hätte ich von jemandem erwartet, der seinen Sohn weggegeben hat." Er seufzte schwer vor Enttäuschung. „Du *wirst* bezahlt werden."

Sie schüttelte den Kopf und hörte kaum, was er sagte. „Nein", wiederholte sie. „Mein Sohn kann nicht krank sein."

„Du willst das wirklich nicht einmal für ihn tun, oder?"

Sie starrte ihn ungläubig an. „Ich werde alles tun, um ihn zu retten."

Er atmete grob und spöttisch aus. „Du spinnst jetzt keine Märchen für Zeitschriften. Ich kenne dich, Ruby. Ich *kenne* Sie. Du bist nur daran interessiert, dich selbst zu retten."

Sie schüttelte nur den Kopf. „Du kennst mich überhaupt nicht. Du weißt nichts über mich. Ich habe nach ihm gesucht. Ich kann ihn nicht finden, nur um ihn wieder zu verlieren."

„Das glaube ich Ihnen nicht." Er musterte ihr Gesicht und versuchte, in ihr zu lesen, aber es gelang ihm nicht. „Ich traue deinen mütterlichen Instinkten nicht. Du hast ihn vor fünf Jahren abgewiesen. Warum sollten Sie ihm jetzt helfen? Du hast bei seiner Geburt nichts getan und du wirst auch jetzt nichts tun." Er öffnete eine Schublade, zog einen Scheck heraus und schob ihn zu ihr hinüber. „Du wirst nichts tun, es sei denn, du hast einen Anreiz."

. . .

RUBY SAH auf den Scheck hinunter. „Eine Million Dollar." Sie las die Worte laut vor, aber sie bedeuteten nichts. In ihrem Kopf und ihrem Herzen herrschte ein Wirrwarr von Gefühlen, das allein durch die Begegnung mit Hani, durch das Zusammensein mit Amir, in ihr ausgelöst worden war. Sie hatte nicht einmal gewusst, dass die Gefühle noch da waren, aber sie waren sofort aufgetaucht, als sie ihn gesehen hatte. Und jetzt das. Hani zu sehen und ihn dann zu verlieren? Unmöglich! Sie hob ihren Blick zu Amir. Sie waren so hart wie die schwarzen Striche, die die Worte auf dem Scheck bildeten.

„Glauben Sie wirklich, dass Sie mich kaufen müssen?"

„Du hast mir nichts gezeigt, was mich vom Gegenteil überzeugt hätte. Nehmen Sie es an. Wenn die Bluttests zufriedenstellend ausfallen, können Sie nach der Transfusion so weitermachen wie bisher - ein Leben in Saus und Braus führen, in allen Magazinen erscheinen und eine Spur von Liebhabern hinterlassen."

Sein Gesichtsausdruck hatte sich kaum verändert, seit sie den Raum betreten hatte. Was immer *sie* gesagt hatte, was immer *er* gesagt *hatte*, sein Gesicht war kalt und teilnahmslos geblieben. Er sah genauso aus wie vor fünf Jahren - groß, kräftig, mit Augen, die so dunkel waren, dass man sich in ihnen verlieren konnte -, aber er hatte nie diese leere, gefühllose Kontrolle gehabt, die sie bis ins Mark erschaudern ließ. Seine Stimme war voller Hass, voller Bitterkeit. Dass er wirklich glauben konnte, sie sei so herzlos, so kalt und lieblos, brachte sie um.

„Du hasst mich." Die Worte rutschten mir heraus. „Natürlich tust du das."

„Ich hasse dich nicht." Seine Stimme blieb leise. Er schaute mit einem untypischen Seitenblick weg. Dann schien er sich zu sammeln. „Hass ist ein zu starkes Gefühl. Es ist das Gegenteil von Liebe." Seine Augen wurden wieder kalt. „Ich hasse dich nicht. Ich bin gleichgültig."

„Gleichgültigkeit klingt tödlicher."

Er zuckte mit den Schultern. „Du tust mir leid. Dein Leben ist ein einziger langer Zirkus aus Menschen, Ereignissen und Partys. Eine lange Suche nach Aufregung und Unterhaltung."

„Du hast keine Ahnung, wie mein Leben war. Fangen Sie nicht an, etwas zu erfinden, wovon Sie nichts wissen."

„Ich weiß. Ich habe zugesehen."

Ein kalter Schauer durchlief ihren Körper, bevor er sich in ihrem Bauch festsetzte. Er hatte in den letzten fünf Jahren jeden ihrer Schritte beobachtet und sie hatte es nicht gewusst. Die ganze Zeit über hatte sie gedacht, er hätte ihre Existenz vergessen, dabei hatte er sie wahrgenommen. Sie stellte seine Behauptung nicht in Frage. Wusste sie sehr wohl um seine Macht, die ihm überall Türen öffnete. Nicht nur in seiner Heimat Janub Havilah, sondern auch in Italien, wo sie sich getroffen hatten. Aber hier gehörte ihm alles - von den steinernen Mauern des Palastes, den Ockertönen der alten Dachziegel bis hin zu jedem Quadratmeter Land von Grenze zu Grenze in diesem kleinen Land im Nahen Osten.

„Du hast vielleicht zugesehen, aber du hast nicht verstanden." Langsam erhob sie sich und ging zum Fenster. Sie konnte ihm nicht länger gegenübersitzen und in diese Augen blicken, die so kalt zu ihr waren. Im Garten war keine Spur von Hani mehr zu sehen.

„Ich bin nicht daran interessiert, dich zu verstehen,

Ruby. Ich interessiere mich für Sie nur insofern, als Sie Hani helfen können."

Sie wandte sich ihm kühl zu. „Du bist wirklich ein Mistkerl. Du würdest jeden benutzen, um deine eigenen Wünsche zu erfüllen, nicht wahr?"

„Ich bekomme, was ich will."

„Dann kann ich nur sagen, dass ich sehr froh bin, dass du mich nicht willst."

„Damals nicht und auch jetzt nicht."

„Ich bin froh, dass das klar ist." Sie ging zu ihrer Tasche hinüber und hob sie auf. „Ich nehme an, Sie haben keine weiteren Enthüllungen? Wenn mein Blut übereinstimmt und nichts Ungewöhnliches darin gefunden wird, wollen Sie es - aber mein Herz wollen Sie nicht. Nicht, dass eine Million Dollar mein Herz kaufen würde."

„Aber es wird zweifellos Ihr Blut kaufen."

„Unzweifelhaft?" Sie schüttelte ungläubig den Kopf. Was zur Hölle war mit ihm geschehen, dass er glaubte, er könne jemanden oder etwas kaufen? Sein Land und seine Familie hatten ihn zu einem Menschen ohne Menschlichkeit gemacht, zu einem Menschen, der glaubte, dass jeder einen Preis hatte.

„Natürlich. Ich habe alles bedacht. Ich habe nichts dem Zufall überlassen."

„Weißt du? Ich bin versucht, meinen Verstand zu trainieren, den du immer so chaotisch fandest, und etwas zu finden, das du nicht abgedeckt hast - irgendeine Möglichkeit, die dich aus der Bahn werfen würde."

Er zuckte die Achseln. „Das ist Ihr gutes Recht. Amüsieren Sie sich, wie Sie wollen."

Sie schenkte ihm ein kurzes Lächeln. „Das werde ich. Also, wo ist Hani? Ich möchte ihn sehen. Etwas Zeit mit ihm verbringen."

„Erst wenn Sie zustimmen, das Geld zu nehmen."

Sie schaute von ihm zu dem Scheck und schüttelte den Kopf, immer noch unfähig zu glauben, dass er sie für käuflich hielt. Aber wenn sie das Geld nehmen konnte, um ihren Sohn zu sehen, dann war es eben so. Soll er denken, was er will, sie würde den Scheck zerreißen, sobald sie konnte. Sie streckte die Hand aus, nahm den Scheck, faltete ihn in der Mitte und ließ ihn achtlos in ihre Tasche fallen. „Ich bin einverstanden. Jetzt bringen Sie mich zu ihm."

Seine Lippen kräuselten sich und seine Augen verengten sich vor Verachtung. Einen Moment lang spürte sie, wie seine Verachtung in sie eindrang. Aber, so erinnerte sie sich, das spielte keine Rolle. Sie hatte seinen Respekt schon vor Jahren verloren. Und es gab nichts, was sie dagegen tun konnte.

Er erhob sich - die Energie und Sexualität des Mannes, den sie einst kannte, verborgen in diesem kräftigen Körper - und öffnete die Tür. „Hier entlang."

Sie ging auf ihn zu und blieb stehen - so nah, dass sie sehen konnte, wie sich seine Nasenflügel weiteten, als er sie einatmete. Eine Welle der Genugtuung durchströmte sie, sie lächelte und beugte sich zu ihm. Sie legte ihren Finger auf das Revers seiner Jacke und fuhr mit ihm daran entlang. „Eine Sache hat sich bei dir verändert. Du ziehst dich jetzt besser an."

„Ich habe mich viel mehr verändert als das. Ich bin nicht mehr derselbe Mann, den du einst kanntest."

„Oh." Sie sah plötzlich zu ihm auf und sah, wie sich seine braunen Augen verdunkelten. „Ich denke, du bist definitiv dieselbe Person. Du versteckst dich nur besser."

Mit einem leichten Lächeln auf den Lippen ging sie zur Tür hinaus. Er würde es sehen, das wusste sie. Sie war entschlossen, ihn mit seinen eigenen Waffen zu schlagen. Ja, sie war wegen Hani hier. Ja, sie würde alles für ihn tun. Und sie war entschlossen, Amir zu zeigen, dass er sich irrte. Er dachte, er hätte alles unter Kontrolle. Er hatte sich geirrt. Er hatte sie nicht unter Kontrolle und er würde sie nie unter Kontrolle haben.

Die Geschichte der Al-Rahman-Dynastie drängte sich um Ruby, als wäre sie physisch präsent. Von den riesigen, verschnörkelten und vergoldeten Spiegeln bis hin zu den Onyx-Tischen und den raumhohen Familienporträts gab es kein Entrinnen vor der grüblerischen Präsenz von Amirs Ahnenreihe. Sie warf einen Blick auf Amir, der in steinerner Stille neben ihr herging. Es war nicht das Gefühl von Wichtigkeit, das ihm seine Aura der Autorität verlieh. Es hatte nichts mit seiner Größe und Stärke zu tun. Er trug seine Macht mit Leichtigkeit, als ob er sich ihrer nicht bewusst wäre, als ob sie ihm ganz natürlich vorkäme. Er wäre auch so gewesen, wenn er in einer Fabrik gearbeitet hätte. Sie lächelte. Der Gedanke war unvorstellbar.

Amir blickte sie an. Er hielt ihr eine Tür zu einem anderen Raum auf, der mit schweren viktorianischen Möbeln und Einrichtungsgegenständen ausgestattet war. Finden Sie die derzeitige Situation amüsant?"

„Nein." Sie betrat das Zimmer. „Überhaupt nicht. Nur du."

Sie ging vor ihm her, spürte aber seine Augen auf ihrem Rücken und unterdrückte einen Schauer, als ob sein Blick sie wie eine kühle Brise berührt hätte. Sie blieb vor der nächsten Tür stehen - es gab keine Gänge, die sie sehen konnte, nur Räume, die in andere Räume mündeten - und er öffnete sie ihr. Ihre Blicke trafen sich, und sie vergewisserte sich, dass ein Hauch eines Lächelns auf ihrem Gesicht blieb, obwohl sie sich so fühlte. Doch das Lächeln verblasste unter seinem missbilligenden Blick. Sie bewegte sich auf gefährlichem Terrain.

„Mir ist klar, dass es Ihnen schwer fällt, sich rational zu verhalten, aber ich schlage vor, Sie versuchen es. Das ist nicht zum Lachen. Hani kommt zuerst." Er wartete nicht, bis sie durch die Tür gegangen war, sondern trat in den Sonnenschein und ging auf die mit Steinplatten belegte Terrasse hinaus, die den Privatgarten begrenzte und vom Meer weg ins Landesinnere blickte. Sie folgte ihm bis zum äußersten Rand, unter dem sich eine weite Fläche unberührten Grases befand, die von einer hohen Hecke begrenzt wurde.

„Glauben Sie mir, Amir, ich bin mir des Ernstes der Lage bewusst. Erlauben Sie mir, dies auf meine Weise zu verarbeiten."

Amir blickte sie gelangweilt an und wandte sich dann ab. „Da drüben." Amir nickte. „Hanis Spielplatz ist hinter der Hecke. Er und sein Kindermädchen warten auf uns."

Sie gingen die Stufen der Terrasse hinunter und ihr Herz begann zu rasen. So nah nach so vielen Jahren der Suche. „Weiß er, dass ich komme?"

„Er weiß, dass ein Freund von mir zu Besuch ist und möchte ihn kennen lernen."

„Wie um alles in der Welt sollen wir ihm das erklären?"

Er hielt plötzlich inne und drehte sich zu ihr um, seine Lippen kräuselten sich ungläubig. „Du verstehst das nicht, oder? Das ist nicht der Anfang von etwas für dich. Du hast dich schon vor Jahren von einer Beziehung zu meinem Sohn verabschiedet. Hani *müssen Sie* nichts erklären. Es wird *keine* Beziehung geben. Sie können sich jetzt mit ihm treffen" - er zuckte mit den Schultern - „vielleicht noch ein paar Mal vor dem Krankenhausaufenthalt. Dann wirst du dein Geld haben und gehen. Wie du es immer tust."

Sie sah weg und verkniff sich eine wütende Erwiderung. „Lassen Sie mich ihn jetzt einfach sehen."

„Warte hier."

Er verschwand durch eine Lücke in der Hecke, und sie folgte ihm. Plötzlich hielt sie inne, als sie den Rand eines Sandkastens erblickte, der mit Baggern, Eimern und einem Wasserspeier ausgestattet war, der den Sandkasten in ein Schlammbad zu verwandeln drohte. Sie konnte nur Amir sehen, der zum Sandkasten hinüberschreitet. Sie wartete im Schatten der dunklen Zypressenhecke, die ihr die Sicht auf alle außer Amir versperrte. Ihr stockte der Atem. Ihr *Sohn* war hinter dieser Hecke. Ihr *Sohn*, nach all diesen Jahren.

„Hani!" Sie richtete ihren Blick wieder auf Amir. Seine Stimme hatte sich in einem Augenblick verändert. Sie war weicher und zeigte eine Emotion, die sie nach der letzten halben Stunde nicht für möglich gehalten hätte. Aber sie *war* da. Nur nicht für sie.

„Baba!"

Ruby hielt sich den Mund zu, als das Geräusch des kleinen Jungen auf sie einprasselte. „Es ist erst Nachmittag", fuhr die Stimme fort. „Es ist noch nicht unsere Zeit! Komm und sieh dir an, was ich mache."

Sie war schockiert, als sie Hanis hohe, musikalische Stimme hörte, die von Amirs sehr korrektem, in Oxford ausgebildeten Akzent beeinflusst war und dennoch den exotischen Akzent von Havilah aufwies. Irgendwie hatte Hani in ihrer Vorstellung immer einen italienischen Akzent. Aber das würde er natürlich nicht. Er war nur in Italien geboren worden und hatte dort zweifellos Urlaub gemacht. Er hatte sein ganzes Leben hier gelebt, zwischen dem Arabischen Meer und der Wüste in Janub Havilah, dem südlichen Teil des alten Landes Havilah. Sie wusste es, aber die Kluft zwischen ihrer Vorstellung und der Realität schockierte sie. Amir hatte den ganzen Einfluss, den er immer hatte und immer haben würde. Und jetzt wusste sie, dass er die ganze Zeit über auch ihren Sohn Hani gehabt hatte.

Sie machte einen Schritt nach vorne, blieb aber stehen. Amir stand nur wenige Meter entfernt und lauschte abwesend dem Bewusstseinsstrom, der von Hani ausging, der immer noch von den Bäumen verdeckt war. Trotz der Bitterkeit und Wut, die sie gegenüber Amir empfand, war sie erstaunt, wie anders er jetzt wirkte. Die Veränderung in seiner Stimme spiegelte sich in der Veränderung seiner Körpersprache wider. Sein Kopf war zur Seite geneigt, als er Hani aufmerksam zuhörte, und seine Hand streckte sich dorthin, wo die Hecke Hani verdeckte.

Das war der Mann, an den sie sich erinnerte. Körperlich war er derselbe, nur sein Haar war damals länger gewesen. Jetzt war sein dichtes schwarzes Haar kurz geschnitten - schließlich konnte nichts außer Kontrolle geraten. Aber sein Körper, soweit sie ihn in dem formellen Anzug sehen konnte, war derselbe. Trotz ihrer Wut zog sich ihr Magen bei seinem Anblick vor Lust zusammen, genau wie in dem Moment, als sie den Raum betreten hatte. Sie räusperte sich und stellte sich aufrecht hin. Es machte keinen Unterschied. Es war unwichtig, denn ihre Beziehung war vorbei. Aber ihre Beziehung zu ihrem Sohn stand kurz vor dem Beginn, was auch immer Amir glaubte.

Dann drehte er sich zu ihr um. Seine Augen verengten sich in der grellen Nachmittagssonne, und sein unergründlicher Ausdruck kehrte zurück, als sein Blick auf ihr ruhte. Die Schatten, die sein plötzliches Stirnrunzeln warf, machten seine dunklen Augen undurchsichtig. Die Intensität dieses Blicks war wie ein Spiegelbild seiner Seele - dunkel und undurchdringlich. Ruby konnte sich nicht bewegen. Die Luft war ganz still, als ob der späte Nachmittag schlief oder den Atem anhielt. Was in seinen Augen stand, konnte Ruby nicht sagen. Hass? Liebe? Nur eines wusste sie. Er hatte gelogen. Er war nicht gleichgültig.

Das Lachen des Jungen brach den Bann. Er rannte aus dem Schutz der Bäume heraus und Ruby sah ihn zum ersten Mal. Es war der Moment, auf den sie gewartet hatte, und doch war es nicht so, wie sie es sich vorgestellt hatte. Er kam ihr unwirklich vor.

Hanis blaue Augen funkelten lachend im Sonnenlicht, während er Wasser aus einem Schlauch auf ein kunstvolles Labyrinth von Wasserwegen goss, das er im Sandkasten angelegt hatte. Sein blondes Haar fiel ihm in die Augen, und seine gebräunten Beine waren nass von seinen Spielen.

Tränen stiegen ihr in die Augen, als ihr die Schwere des Verlustes bewusst wurde. Aus dem kleinen Baby, an das sie sich erinnerte, war dieser Junge geworden, von dem sie nichts wusste. Sie unterdrückte ihre Tränen sofort. Sie verschränkte beide Arme vor ihrem Bauch und hielt sich fest, um nicht zu zeigen, was sie wirklich fühlte. Denn wenn sie zusammenbrach, wusste sie nicht, ob sie sich wieder aufraffen konnte.

Dann wandte sich Hani ihr zu und folgte dem Blick seines Vaters. Große blaue Augen. Ihre Augen. Der Junge drehte sich schnell zu seinem Vater um.

„*Baba!* Wer ist diese Frau?"

„Hani, das ist meine Freundin, Frau Ruby Armand. Ruby, bitte erlaube mir, dir meinen Sohn Hani vorzustellen."

Unsicher schritt Ruby auf sie zu und konnte ihren Blick nicht von Hani abwenden. Er wischte sich die schlammigen Hände an der Rückseite seiner Shorts ab und trat mit einer für einen Fünfjährigen seltsam förmlichen Miene vor. „Guten Morgen, Fräulein Armand."

Ruby musste einen großen Klumpen Emotionen hinunterschlucken, bevor sie ein Wort sagen konnte. Sie räusperte sich. „Guten Morgen, Hani. Was machst du denn da? Darf ich es sehen?"

„Nein." Amirs Stimme war zwar nicht laut, aber befehlend, und Hani hielt sich selbst davon ab, Ruby sein Spiel zu zeigen. Er war offensichtlich daran gewöhnt, genau das zu tun, was sein Vater von ihm verlangte. Amir wandte sich an Hanis Kindermädchen, das sich in der Nähe aufhielt. „Hani muss sauber gemacht werden und dann in die Bibliothek gebracht werden. Dort werden wir mit ihm Tee trinken."

Rubys Herz tat weh, als Hanis Gesicht sank.

„Nein", sagte sie. Alle drei sahen sie erstaunt an. „Ich würde das Spiel gerne sehen."

Sie schaute Amir nicht an, sondern reichte dem kleinen Jungen die Hand, halb in der Erwartung, dass Amir sie jeden Moment aufhalten würde. Zu ihrer großen Überraschung sagte er nichts, und Hani nahm vertrauensvoll ihre Hand, als sie zum Sandkasten hinübergingen. Sie kniete sich neben ihn und ignorierte den Schlamm, der auf ihr gelbes Kleid spritzte.

„Siehst du." Er hockte sich neben sie und zeigte auf das Rinnsal Wasser, das aus einem Schlauch kam, der auf zwei Stöcken ruhte. „Ich lerne etwas über Wassermühlen." Er warf einen Blick auf seinen Vater, der hinter ihm stand und aufmerksam zuhörte und zusah. „Stimmt's, Baba?"

„Ja. Theoretisch. In der Praxis scheinen Sie ein Chaos anzurichten."

Ruby ignorierte Amirs Zurechtweisung. „Und wie alt bist du, Hani?"

„Ich bin fünf", sagte er stolz.

„Und du lernst *so* viel. Als ich in deinem Alter war, habe ich gerne mit Wasser gespielt. Ich habe meine Freundin mit dem Schlauch bespritzt, bis sie völlig durchnässt war."

Hanis schockiertes Gesicht hätte Ruby unter anderen Umständen zum Lachen gebracht.

„Hat dich dein Vater nicht gescholten?"

„Nein, er würde den Schlauch nehmen und ihn auf

mich richten." Sie seufzte. „Lustige Zeiten." Sie lächelte Hani an, der diese verblüffende Information sorgfältig verdaute. Er stand auf und zupfte am Schlauch, bis die tiefe Rinne, durch die das Wasser floss, überschwemmt war. Er kicherte.

Ruby warf einen Blick auf Amir, der ihr ein warnendes Stirnrunzeln zuwarf. Er öffnete den Mund, um etwas zu sagen, aber plötzlich lachte Hani und was immer Amir sagen wollte, war vergessen. Sie drehten sich beide um und sahen Hani an. Das ansteckende Geräusch setzte sich fort, als Hani, der einen nackten Fuß in den Schlamm gesteckt hatte, seinen anderen Fuß dazu setzte und auf und ab hüpfte, so dass der Schlamm überall herumspritzte. Der Klang seines Lachens kringelte sich um ihr Herz und nistete sich dort ein. Sie würde ihn nicht verlassen. Ganz gleich, was Amir sagte.

ALS DER NACHMITTAG in den Abend überging, ging Hani weg, um sich vor dem Abendessen auszuruhen. Er drehte sich um, bevor er im Gebäude verschwand, und winkte Ruby zu. Sie grinste und winkte zurück.

„Er mag dich."

Ruby ging neben Amir in den Schritt. „Tun Sie nicht so überrascht. Manche Leute tun das, weißt du."

„Ja, natürlich. Zu viele Leute tun das, wenn man den Klatschspalten Glauben schenken darf."

„Ich bin überrascht, dass du sie gelesen hast."

„Ich weiß es nicht. Aber es ist unmöglich, Ihren Namen zu vermeiden."

„Und, willst du?"

„Was?"

„Glauben Sie ihnen?"

Er schaute sie mit einem schiefen Blick an. „Sie veröffentlichen eine Version der Wahrheit, aber vielleicht nicht die ganze Wahrheit."

„Wann immer Sie die wahre Version hören wollen, brauchen Sie nur zu fragen."

„Und warum sollte ich das tun wollen?"

„Reine Neugierde, wenn sonst nichts."

„Ich habe keine Zeit, mich mit müßiger Neugier zu befassen. Ich habe kein Bedürfnis, etwas über deine Vergangenheit zu erfahren. Sie geht mich nichts an. Was ich brauche, ist Ihr Einverständnis, mit Hanis Behandlung fortzufahren."

Ruby überspielte die sinkende Enttäuschung und das Flattern der Angst mit ihrer üblichen Nonchalance. Sie seufzte. „Das Leben muss so einfach für dich sein."

Er machte sich nicht die Mühe zu antworten. „Möchten Sie einen Drink? Vielleicht können wir uns eine halbe Stunde lang in aller Ruhe unterhalten, um das Geschäft abzuschließen?"

„Klar. Sodawasser bitte."

Sie ließ sich in die weichen Kissen sinken, während Amir bei einem Dienstmädchen, das wie von Geisterhand erschienen war, Getränke bestellte und die Laternen auf dem Tisch anzündete. Er saß ihr gegenüber, während die späte Nachmittagssonne hinter ihm ihre Farbe vertiefte und die Hügel jenseits der bewässerten Gärten in ein sanftes Licht tauchte. Hier, im privaten Flügel des Palastes, waren sie von der öffentlichen Fassade des Palastes, die auf die Stadt unter ihnen gerichtet war, abgeschirmt.

„Hani sieht nicht krank aus. Ein bisschen blass vielleicht, aber nicht übermäßig."

„Nein, es war nur ein Routine-Bluttest, der das Problem aufgedeckt hat. Bis jetzt ist es uns gelungen, ihn gesund zu halten. Aber wir haben keine Ahnung, wie lange das noch so sein wird. Er könnte noch Monate oder sogar Jahre gesund sein, aber die Krankheit kann auch plötzlich zurückkommen. Der Arzt sagt, das kann jederzeit passieren. Im Moment bekommt er eine neue Behandlung, die der Arzt in Boston angeordnet hat. Aber wir müssen sicherstellen, dass die Bluttransfusion vorbereitet ist, falls sie benötigt wird."

„Wie lange weißt du es schon?"

„Nicht lange. Ein paar Wochen."

„Und Sie haben sich ein paar Wochen lang nicht gemeldet. Das wundert mich."

„Ich habe zuerst andere Möglichkeiten ausprobiert. Ich war nicht von der Idee angetan, dich in unser Leben zu holen."

Sie biss sich irritiert auf die Lippe und sah weg. Ihr wurde klar, dass sie jetzt nicht hier sitzen würde, wenn er eine andere Lösung gefunden hätte. Sie hätte den Nachmittag nicht mit ihrem Sohn verbracht.

Das Dienstmädchen kam mit den Getränken heraus und stellte sie zwischen ihnen auf den Tisch. Sie nahm einen Schluck aus ihrem Glas, ohne sich zu trauen, sofort zu sprechen. Sie stellte es mit Bedacht auf den Tisch.

„Also." Sie lehnte sich zurück und sah ihn direkt an. Sie wollte keine Ausflüchte, kein Ausweichen von ihm. Sie musste wissen, woran sie war. „Was genau wird von mir verlangt werden?"

„Erstens müssen wir Ihr Blut untersuchen. Wenn alles in Ordnung ist, müssen Sie sich um sich selbst kümmern. Stellen Sie sicher, dass Sie bei bester Gesundheit sind, und dann, wenn der Berater den Tag benennt - lieber früher als später - werden Sie ins Krankenhaus gehen und Hani Ihr Blut spenden."

„Wie schön und ordentlich du es eingerichtet hast. Ich komme herein, vergewissere mich, dass ich bei bester Gesundheit bin, gebe Hani, was er braucht, und verschwinde dann."

„Nicht verschwinden. Ich möchte, dass Sie bei Bedarf sofort verfügbar sind."

„Und was bekomme ich?"

„Du weißt schon."

„Richtig, eine Million Dollar."

„Das ist doch sicher genug, sogar für dich?"

Sie schüttelte den Kopf und konnte nicht glauben, dass er sie nach dem, was sie zusammen erlebt hatten, für so herzlos halten konnte. „Wie kommst du darauf, dass ich so erbarmungslos sein könnte? Was habe ich getan, dass du dir das vorstellen kannst?"

Er ärgerte sich. „Ich muss mir nichts einbilden. Die Fakten sprechen für sich."

„Welche Fakten? Wovon zum Teufel reden Sie?"

„Das Geld, das ich dir für eine Sache gegeben habe."

„Das Geld? Welches Geld?"

„Kommen Sie mir nicht so!" Er beugte sich vor und sah sie an, zum ersten Mal, seit sie sich kennengelernt hatten, sah er sie wirklich an. „Das Geld, Ruby. Als du deine Freundin Caro zu mir geschickt hast, um Geld zu verlangen. Ich habe es ihr gegeben und du bist weggegangen."

„Ich habe was?!" Sie sprang auf. „Du denkst, ich habe Geld von dir genommen? Ich habe Caro nicht mehr gesehen, seit ..." Sie zerbrach sich den Kopf und versuchte, sich zu erinnern. Sie riss die Augen weit auf, als die Erinnerung sie mit voller Wucht traf. „Seit Hani geboren wurde."

Er zuckte mit den Schultern. „Ja. Sie sagte mir, dass sie bei der Geburt dabei war."

„Ja, das war sie. Sie sagte mir immer wieder, dass Adoption die einzige Möglichkeit sei, die für mich in Frage käme. Schließlich stimmte ich zu. Ich war krank, es schien die einzige Möglichkeit zu sein. Und dann ... danach habe ich sie nie wieder gesehen."

Das Schweigen zwischen ihnen war angespannt, voller unausgesprochener Worte, Worte, die sie nicht auszusprechen wagten.

Sie setzte sich und versuchte, die Galle bei dem Gedanken an den Verrat ihrer alten Freundin herunterzuschlucken. „Es scheint als hätte Caro die Situation ausgenutzt um dich zu betrügen." Bildete sie sich das nur ein, oder war da ein Riss in Amirs Rüstung? „Und du warst so bereit, schlecht von mir zu denken, dass du ihr jedes Wort geglaubt hast."

Der Riss in seiner Rüstung schloss sich sofort wieder. „Es war *Ihre* Unterschrift auf den Adoptionsformularen. Das war alles, was ich wissen musste." Er schob eine Karte über den Tisch. „Hier ist der Name des besten Arztes in Janub Havilah. Er erwartet Sie. Ich habe eine gründliche Untersuchung angeordnet."

„Und zweifellos werden Ihnen die Untersuchung der Prüfung übermittelt."

„Ich sehe, du beginnst zu verstehen."

„Dass ich dich verstehe, stand nie in Frage. Was in Frage stand, war meine Zustimmung."

Er schüttelte verwirrt den Kopf. „Wovon reden Sie?"

„Ich werde tun, was Sie sagen, unter einer Bedingung."

„Und das wäre?"

„Ich verbringe Zeit mit meinem Sohn. Ich lerne meinen Sohn kennen. Ich *lebe* mit meinem Sohn."

„Mit ihm leben? In welcher Eigenschaft?", spottete er. „Mach dich nicht lächerlich. Kindermädchen, Lehrerin, Krankenschwester?"

„*Mutter.*"

„Das ist unmöglich. Ich gehöre nicht zu euren locker lebenden Freunden, bei denen alles möglich ist. Ich erziehe Hani auf traditionelle Art und Weise. Ich werde bald wieder heiraten. Wie kann ich die Mutter meines Kindes neben meiner Frau wohnen lassen?"

„Haben Sie jemanden im Sinn?"

„Das ist nicht Ihre Angelegenheit."

„Ich wette, Sie haben eine Checkliste. Ich frage mich, was da drauf steht? ‚Fruchtbar', ‚angemessenes Benehmen', ‚pflichtbewusst', ‚mütterlich', ‚schön', aber natürlich nicht auf eine auffällige Weise. Man möchte das Establishment nicht mit zu viel Auffälligkeit erschrecken."

Seine Lippen zuckten entweder vor Humor oder vor Irritation, sie konnte es hinter der kühlen Fassade nicht erkennen. „Sie haben meine neue Frau so gut beschrieben."

Er hatte wirklich jemanden im Sinn. Der Gedanke traf sie mitten ins Herz. Sie schluckte die Galle herunter, die der bloße Gedanke an Amir mit einer anderen Frau auslöste. Eine Frau für Amir, und eine neue Mutter für Hani. „Du kennst sie also *doch.*"

Er zuckte mit den Schultern. „Ich kenne ihre Identität, aber wir sind uns noch nie begegnet. Nicht, dass es Sie etwas angehen würde."

„Du bist so kalt und berechnend. Du hast dich so sehr verändert."

„Genau wie du."

Er nahm einen Schluck seines Sodawassers, aber seine Augen verließen ihre nicht. Sie saßen schweigend da und betrachteten sich gegenseitig.

Sie schluckte. Es musste jetzt sein. Es gab keine Zeit zu verlieren, nicht wenn er bereits eine Frau zum Heiraten hatte.

„Ich wiederhole. Ich möchte mit meinem Sohn leben."

„Und ich wiederhole. Das ist unmöglich."

„Nicht, wenn du mich heiratest. Es legalisieren würdest. Wir können in deinem riesigen Palast problemlos ohne regelmäßigen Kontakt zusammenleben. Aber ich *muss* bei meinem Kind sein. Du hast schon einmal einer arrangierten Ehe zugestimmt - mit Mia - um deiner Mutter und deiner Familie willen. Warum nicht noch einmal? Warum nicht dieses Mal, um unseres Sohnes willen?"

Er schüttelte den Kopf. „Du bist erstaunlich. Du sitzt da und denkst dir solche absurden Pläne aus. Worauf willst du wirklich hinaus? Mehr Geld?"

Sie kramte in ihrer Tasche und holte den Scheck heraus. Sie hielt ihn gegen das schwindende Licht und zerriss ihn vor seinen Augen von oben nach unten. Sie drehte ihn um und zerriss ihn erneut. Sie ließ ihn in die Laterne fallen, deren Flammen ihn innerhalb von Sekunden verzehrten, bevor sie wieder erloschen. „Ich will Ihr Geld nicht. Lass deine Anwälte alle Eheverträge aufsetzen, die sie zufriedenstellen. Alles, was ich will, ist, bei meinem Sohn zu sein. Ihn wieder gesund zu machen und ihn aufwachsen zu sehen. Fünf Jahre lang habe ich versucht, herauszufinden, wo er ist, und du hast mich daran gehindert. Du hast mir fünf Jahre mit ihm geraubt. Ich will den Rest."

Amir verschränkte die Finger fest ineinander und stützte die Ellbogen auf den Tisch. Er rieb sich die Fäuste vor dem Mund, ein untypisches Zeichen der Erregung. Seine Augen waren schwarz wie die Nacht, wie glühende Kohlen, und ebenso heiß. „Ich glaube dir kein Wort. Ich glaube, du willst meine Frau werden, weil es dir Status und mehr Geld bringen würde. Nicht Hani. Du hast deine mütterlichen Gefühle an dem Tag offenbart, als du die Adoptionspapiere unterschrieben hast. Du hast an dem Tag, an dem du die Papiere unterschrieben hast, alle Rechte an Hani aufgegeben."

„Ah, aber Sie haben mir *neue* Rechte verschafft, eine *neue* Verhandlungsposition. *Das* war es wohl, wovor Sie so viel Angst hatten, deshalb haben Sie sich nicht sofort bei mir gemeldet. Und Sie hatten Recht. Wenn Sie wollen, dass ich Hani helfe, *werden* Sie mich heiraten. Das ist nicht verhandelbar."

„Ich verstehe nicht." Die Worte wurden hinter seinen Händen gedämpft. „Warum? Du willst ihn nicht. Das hast du deutlich gemacht. Du hast ihn weggegeben, verdammt noch mal."

„Hör gut zu, Amir. Ich weiß, dass es dir schwerfällt, jemanden zu verstehen, der sich in einer anderen Lage befindet als du. Aber versuche es. Ich war achtzehn - das ist jung, oder? Ich war allein - ziemlich stressig, das musst du zugeben - und ich war krank. Sieh dir die Krankenhausunterlagen an. Nein, warten Sie. Ich bin sicher, das haben Sie schon getan. So krank, dass ich fast gestorben wäre. Und das war nur die Geburt. Danach ging es erst richtig los, aber darüber finden Sie keinen offiziellen Bericht. Mit den körperlichen Problemen wäre ich fertig geworden, aber die Depression? Das war etwas ganz anderes. Das war etwas, womit ich nicht umgehen konnte. Wenn ich älter gewesen wäre, Unterstützung gehabt hätte, wer weiß? Aber das war nicht der Fall, und ich war am Tiefpunkt, und ich machte den größten Fehler meines Lebens. Einen, den ich seitdem jeden einzelnen Tag bereut habe."

„So sehr, dass du dein armes, trauriges Leben seitdem mit materiellen Dingen, mit Menschen, mit wilden Partys vollstopfen musstest. Mein Herz blutet für dich."

„Ich weiß nicht, warum ich mir die Mühe gemacht habe zu erklären, was passiert ist. Du hast nicht die Absicht, es zu verstehen, oder? Wenn Sie sich einmal entschieden haben, war's das." Sie zuckte abweisend mit den Schultern. „Das ist mir egal. Ich will nicht *dich*. Du kannst denken, was du willst. Ich bin nicht interessiert. Aber *das* ist meine Bedingung. Ich werde nicht den Rest meines Lebens in dem Wissen leben, dass Hani bei dir ist, und ob ich ihn sehe oder nicht, hängt von einer deiner Launen ab."

„Ich lebe mein Leben nicht aus einer Laune heraus."

„Du weißt, was ich meine. Ich will nicht nur für kurze Zeit bei ihm sein, um dann wieder zu gehen. Ich würde lieber sofort gehen."

Die Sonnenstrahlen standen jetzt so tief, dass sie durch die Blätter der anmutigen Palmen gefiltert wurden. Sie hielt den Atem an. Alles hing von seiner Antwort ab.

„Nein! Das ist lächerlich." Er beugte sich zu ihr. „Jetzt, wo du Hani gesehen hast, glaube ich nicht, dass du ihm nicht helfen würdest. Du hast dich immer von deinen Gefühlen leiten lassen. Ich kann es in deinen Augen sehen. Du wirst ihm schon helfen. Und ich brauche nicht zu zahlen, ich muss nichts tun, um dich zu zwingen."

Ruhig und bedächtig stand sie auf. Sie hatte ihr ganzes Leben lang auf die eine oder andere Weise geschauspielert - für Fotoshootings, für ihre Familie, für ihre Freunde. Aber jetzt hing noch viel mehr davon ab. Doch dieses Mal würde ihr Auftritt umso überzeugender sein, weil Amir sie für eine so kalte, berechnende Frau hielt. Sie brauchte nur wegzugehen, und er würde überzeugt sein, dass sie die Frau war, für die er sie hielt.

Sie stellte ihr Getränk auf den Tisch. „Danke für den Drink. Ich werde Ihre Zeit nicht länger in Anspruch nehmen. Sag Hani auf Wiedersehen von mir."

Ihr Herz klopfte und ihre Brust war so eng, dass sie kaum atmen konnte. Aber er konnte ihren Gesichtsausdruck nicht sehen, und es gelang ihr, sich zusammenzureißen und zum Rand der Terrasse zu gehen. Noch immer sagte er nichts. Schweiß stand ihr auf der Stirn. Sie wollte sich den Schweiß aus dem Gesicht wischen, aber sie wagte es nicht, etwas zu tun, das ihre Qualen verraten könnte. Sie stieg die erste Stufe hinunter, dann die zweite. Erst als sie das untere Ende der Terrassenstufen erreicht hatte, rief er ihr zu.

„Ruby!"

Sie schwankte auf der Stufe und konnte kaum glauben, dass ihr Bluff funktioniert hatte. Sie war ein halbes Dutzend Schritte gegangen - die längsten und schwierigsten Schritte, die sie je in ihrem Leben gegangen war.

Sie hatte sich ein Limit von zwanzig Schritten gesetzt, bevor sie aufhören würde, bevor er wissen würde, dass er gewonnen hatte, denn er hatte recht. Sie würde ihrem Kind niemals den Rücken kehren. Nur Amir, der das Schlimmste von ihr glaubte, hatte ihrem Bluff zum Erfolg verholfen.

Trotzdem drehte sie sich nicht um. Sie konnte nicht riskieren, von den Tränen verraten zu werden, die bei seiner Stimme aufgekommen waren. Sie nahm einen langen, langsamen, tiefen Atemzug.

„Ruby, ich will nicht nur aus politischen Gründen wieder heiraten, sondern auch, um weitere Kinder zu bekommen, Geschwister für Hani. Meine Frau *wird* auch meine Geliebte sein."

Sie schluckte, die Tränen trockneten plötzlich. Sie drehte sich um. Seine Augen waren immer noch kalt und unergründlich. „Liebhaber", wiederholte sie leise.

Er stand auf und ging zu ihr hinüber. Als er sich ihr näherte, verschwand die Kälte in einem Herzschlag. „Liebhaber", wiederholte er und schwang das Wort wie eine Waffe. „Vielleicht nicht sofort, aber irgendwann muss es passieren. Und dann?" Er zuckte mit den Schultern. „Wir waren einmal ein Liebespaar und konnten nicht genug voneinander bekommen. Ich denke, es wird keinem von uns beiden ganz unangenehm sein. Eine rein körperliche, praktische Angelegenheit. Mehr nicht." Ihr Atem stockte in der Brust, und ihr Bauch zog sich vor Verlangen zusammen. Er stand zu nahe, streckte nicht die Hand aus, berührte sie nicht. Das brauchte er auch nicht. Sie spürte seine sexuelle Energie wie ein Kraftfeld, aber eines, das eher angriff als ablenkte. „Bist du damit einverstanden?"

„Sex als Gegenleistung dafür, dass ich mit Hani zusammen bin. Wie könnte ich das ablehnen? Klingt wie eine Ehe, die im Himmel geschlossen wurde."

„Eine Ehe, die auf der Erde geschlossen wurde - eine praktische Ehe. Nimm es oder lass es."

„Wenn ich sie verlasse, wird Hani sterben."

„Und wenn du es nimmst, wird Hani leben und du wirst *mit ihm* leben."

Sie nahm all ihre Kraft zusammen und ging zurück zum Tisch, wo sie ihr Getränk wieder in die Hand nahm und es ihm zum Anstoßen hinhielt. „Auf die Ehe - möge sie uns beiden bringen, was wir uns wünschen."

Amir hielt ihren Blick fest, wiederholte aber die Ansprache nicht. „Gehen Sie zurück in die Wohnung, die ich für Sie gemietet habe, treffen Sie alle persönlichen oder geschäftlichen Vorkehrungen, die Sie morgen brauchen, und kommen Sie am nächsten Tag um Punkt elf Uhr wieder hierher. Ich werde meinen Anwalt einige Papiere zur Unterschrift vorbereiten lassen."

Sie nickte steif und ihr wurde plötzlich klar, dass es passieren würde. Die lange Suche nach ihrem Sohn war zu Ende. Sie hatte ihn gefunden. Sie würde mit ihm zusammen sein. Aber es gab einen Preis zu zahlen - die Ehe mit einem Mann, der sie verachtete, einem Mann, dem sie nicht vertrauen konnte.

„Übermorgen also." Sie drehte sich um und ging ohne einen Blick zurückzuwerfen davon. Er hatte ihren Sohn adoptiert und verhindert, dass sie ihn jemals wiedersah. Und es hätte auch funktioniert, wäre da nicht eine Laune der Natur gewesen - ihre Blutgruppe. Sie verstand nicht, warum er das Blut eines Fremden nicht in Hani haben wollte - es wäre leicht zu beschaffen gewesen. Und sie war nicht daran interessiert, es zu verstehen.

Sie hatte ihren Sohn gefunden, und sie war entschlossen, ihn nie wieder zu verlieren - das war alles, was zählte. Für ihren Sohn würde sie jetzt alles tun. Sogar mit einem Mann schlafen, den sie in diesem Moment mit jeder Zelle ihres Körpers hasste.

KAPITEL 3

Wenigstens lag die Wohnung, die Amir für sie gemietet hatte, mitten in der Stadt, dachte Ruby.

Nur mit einem weißen Bademantel bekleidet, blieb sie am Fenster stehen, das die ganze Nacht über offen geblieben war, so dass der Lärm der Autos und der Partygänger ihr die ganze Nacht über Gesellschaft leistete. Sie blickte auf die futuristischen Glastürme, die die belebteste Straße der Stadt säumten. Die blassrosa getönte breite Straße war voller Luxusautos, Stretchlimousinen und Taxis, die sich alle brav an die Geschwindigkeitsbegrenzung hielten und regelmäßig anhielten, um hochhackigen, mit Pariser Haute Couture gekleideten Frauen das Aussteigen zu ermöglichen, die dann in eine Luxusmarkenboutique nach der anderen trabten. Tagsüber war viel los, aber erst nach Einbruch der Dunkelheit wurde der Ort richtig lebendig. Und sie mochte es lebendig.

Obwohl diese Wohnung dreimal so groß war wie ihre Mailänder Wohnung, mochte sie das Hupen und das unberechenbare Fahren der italienischen Autos und *Moto-rini*, die an ihrer Mailänder Wohnung vorbeifuhren, und den Geruch von frisch gebratenem Fleisch, Brot und Gewürzen, der von den Cafés unter ihr heraufzog. Es war chaotisch, laut und sie konnte sich darin verlieren. Aber hier, in dieser ruhigen, gedämpften Wohnung, voll von edlen, zurückhaltenden Möbeln und Kunstgegenständen, die auf minimale Wirkung ausgelegt waren, bestand die Gefahr, dass sie sich wiederfand. Und das wagte sie nicht.

Sie zog sich schnell ihre Lieblingsfarben an und setzte sich ein Stirnband auf, als sie ins Bad ging. Sie erblickte sich im Spiegel, schaute aber weg. Sie wusste, dass das Bild, das ihr zurückgespiegelt wurde, nicht das war, das alle anderen sahen. Sie atmete tief ein und trug schnell ihr Make-up auf, wobei sie sich nur auf den Teil von ihr konzentrierte, der Aufmerksamkeit erforderte. Sie sah sich nicht das Ganze an. Noch nicht. Schließlich drehte sie ihren Lippenstift heraus und strich ihn über ihre Lippen, bevor sie sie sanft zusammenpresste. Ihr typischer korallenroter Lippenstift vervollständigte die Verwandlung. Erst dann ließ sie einen Atemzug los.

Sie war nicht mehr das Ebenbild ihrer Mutter. Sie hatte sich in eine Frau verwandelt, der die Depression nichts anhaben konnte.

Erleichtert durchsuchte sie die Wohnung. Ihre Taschen waren wieder gepackt. Sie war mit leichtem Gepäck gereist, da sie nicht glaubte, dass sie lange in Janub Havilah bleiben könnte. Sie hatte den Vortag damit verbracht, mit Italien, Großbritannien und den USA, mit Freunden und ihrem Agenten zu telefonieren. Sie hatte nicht lange gebraucht, um ihr Leben zu organisieren, Arbeitsaufträge zu stornieren und ihrer Freundin Ariana, mit der sie die Wohnung teilte, mitzuteilen, dass sie weiterziehen würde. Die letzten paar Jahre waren perfekt gewesen. Ariana hatte eine mietfreie Wohnung gebraucht, und Ruby hatte jemanden gebraucht, der nachts immer da war. Denn trotz der Lage der Wohnung - im Herzen Mailands mit seinem ständigen Großstadtlärm -, trotz der schönen Einrichtung und der teuren Kunstwerke, konnte Ruby es nicht ertragen, allein zu sein. Und zu wissen, dass Ariana und ihre verschiedenen Freunde in der Nähe waren, half, die Leere zu füllen, half, ihre Ängste zu betäuben.

Und jetzt war alles an seinem Platz. Ihre Bindungen waren, wenn nicht gekappt, so doch gelockert worden, und sie war bereit, mit ihrem Sohn zu leben. Und Amir. Alles war an seinem Platz, einschließlich einer Angst, die sich in ihr Herz fraß. Sie musste ins Krankenhaus gehen und riskieren, in die tiefe Grube der Verzweiflung zu fallen, aus der es unmöglich schien, wieder aufzusteigen, aus der ihre Mutter nicht hatte auftauchen können und die ihr Leben beendet hatte. Die alten Griechen hatten ein Wort dafür: Melancholie, und sie hatte ein Wort dafür: Hölle. Sie würde in das hineingehen, was sie am meisten fürchtete, aber sie hatte keine Wahl, denn es würde sie zu dem führen, was sie am meisten schätzte.

Der Gebetsruf ertönte vom Muezzin-Turm inmitten der Altstadt, und sie drehte sich erschrocken um, um auf die Uhr zu sehen. Es war Zeit zu gehen. Amir hatte es mit der Zeit genauso genau genommen wie mit allem anderen. Sie hatte bekommen, was sie wollte. Sie wollte nicht riskieren, dass er seine Meinung änderte. Sie nahm ihre Taschen und warf einen letzten Blick in die Wohnung, in der sie drei Nächte zuvor angekommen war, um ihren Sohn zu sehen. In dieser ersten wachen Nacht hatte sie nicht daran gedacht, dass sie nicht nur mit Hani zusammenziehen, sondern auch den Mann heiraten würde, der ihr fünf Jahre zuvor das Herz gebrochen hatte.

„DU BIST SPÄT DRAN." Amirs Stimmung verschlechterte sich bei ihrem Anblick. Sie trug ein kurzes Kleid in leuchtenden Primärfarben, die zu einem auffälligen Muster kombiniert waren. Der knallige Optimismus ihrer Kleidung passte nicht zu der kultivierten Umgebung des Palastes und auch nicht zu den Ängsten, die er um seinen Sohn hatte und die er Ruby noch nicht mitgeteilt hatte. Wie sollte er auch, wenn er ihr immer noch nicht vertraute?

„Amir! Ich freue mich auch sehr, dich zu sehen. Wir treffen uns wieder in der Bibliothek, ein angemessener Ort für ein Geschäftstreffen, denke ich. Eine Art von Fusion."

„Behalten Sie Ihr Lächeln für jemanden, den es beeindrucken könnte. Setzen Sie sich." Er beobachtete, wie sie sich anmutig auf das Ledersofa setzte - nicht auf den harten Stuhl, den er angegeben hatte -, sich zurücklehnte und ihre langen, schönen Beine übereinander schlug. Sein Blick verweilte dort, und er war sich sicher, dass sie das beabsichtigt hatte. Er drehte sich um, ohne ihr in die Augen zu sehen, nahm die Papiere von seinem Schreibtisch und ließ sie vor ihr auf den Couchtisch fallen. „Mein Anwalt hat die Papiere vorbereitet - ein Standard-Ehevertrag."

Sie hob die Brauen. „Standard? Seit wann ist irgendetwas, was wir tun, ‚Standard'?"

Sie nahm die Papiere in die Hand und las sie sorgfältig durch. Sie sagte kein Wort und Amir auch nicht. Das gab ihm die Gelegenheit, sie zu beobachten.

Als er sie das erste Mal gesehen hatte, vor über sechs Jahren, als er die Familie seiner Mutter in Italien besucht hatte, war sie in eine dunkle Bar in Mailand gekommen und hatte den Raum mit ihren farbenfrohen Kleidern, ihrem weißblonden Haar und ihren Augen, die vor Vergnügen funkelten, förmlich erhellt. Nach einem Leben voller Verantwortung und Pflichtgefühl hatte er sich zu ihr hingezogen gefühlt wie eine Motte, die zu lange in der Dunkelheit gelebt hatte. So war es auch jetzt, überlegte er. Wenn überhaupt, schien sie heller zu sein. Vielleicht ein bisschen zu hell.

Plötzlich hob sie den Blick zu ihm und sah, wie er sie ansah. Ja, die Augen sahen heller, härter, vorsichtiger aus. Seine eigenen Augen verengten sich als Antwort. „Alles so, wie du erwartet hast?"

„Sicher." Sie schnappte sich den Stift und unterschrieb ihn mit Schwung. „Mehr als ich erwartet habe. Das ist eine großzügige Abfindung, die du mir gibst, wenn wir uns scheiden lassen."

„Nicht wenn, sondern wenn wir uns scheiden lassen."

„So sicher."

„Von dir? Ja." Natürlich war er das. Sie hatte keine Ahnung, wie genau er ihr Leben in den letzten fünf Jahren beobachtet hatte.

„Als ob du mich so gut kennen würdest", sagte sie in einem sarkastischen Ton.

Er lächelte. „Es ist nicht schwer, dich zu kennen. Eine kurze Freundschaft..."

„Freundschaft?"

„Gefolgt von einer vorhersehbaren Karriere im Rampenlicht."

Sie seufzte, lehnte sich zurück und schlug die Beine noch einmal übereinander. „Wie beruhigend muss es sein, so weise zu sein, so viel über jeden und alles zu wissen."

„Nicht beruhigend. Es ist sogar ziemlich unangenehm."

„Weil die Menschen Ihren hohen Ansprüchen nicht genügen?"

„Genau. Das passiert selten."

„Vielleicht erwarten Sie zu viel."

„Von Ihnen, sehr wahrscheinlich." Er schob die Papiere beiseite.

Sie neigte den Kopf zur Seite, ihre Lippen und Augen waren vor Irritation gespannt. „Weißt du, du erinnerst mich an etwas. Ich weiß! Du bist wie die Barrieren, die Venedig vor Überschwemmungen schützen - unberührt vom peitschenden Chaos des Meeres und ihm den Zutritt zu deinem heiligen Boden verweigernd."

„Stark, meinst du. Beschützend gegenüber Dingen und Menschen, die mir wichtig sind."

„Hart und gefühllos ist das, was ich meine."

Er erhob sich. „Danke, dass Sie das Produkt Ihrer überaktiven Fantasie mit uns teilen. Sehr erhellend. Nun, da wir unser Geschäft abgeschlossen haben, möchten Sie sich vielleicht einrichten."

Ruby bewegte sich nicht. „Du liegst völlig falsch, weißt du."

Er runzelte die Stirn. „Über etwas Bestimmtes? Oder" - er zuckte mit den Schultern - „einfach über alles?"

„Die Scheidung. Ich habe nicht vor, mich scheiden zu lassen, und du wirst es auch nicht tun." Sie lehnte sich vor. „Ich habe ihn gerade erst wiedergefunden, und ich werde ihn nicht verlassen. Ich werde dafür sorgen, dass es ihm gut geht, und ich werde ihn glücklich machen."

„Du wirst ihn gesund machen, ganz sicher. Und was das Glück angeht? Er ist schon glücklich, genau wie ich." Er ignorierte ihr Lachen. „Ich brauche nichts weiter von dir." Er knirschte mit den Zähnen, als er sah, wie ihr Lachen verstummte. Wenn sie doch nur die Million Dollar genommen hätte.

„Apropos Hani", fuhr Ruby fort, als hätte sie das Argument irgendwie gewonnen. „Wie geht es ihm heute? Wo kann ich ihn finden?"

Es schien, dass sie alles, worüber sie nicht nachdenken wollte, gerne ignorierte. Entweder das oder sie wollte ihn absichtlich provozieren. Er hatte keine andere Wahl, als ihr deutlich zu zeigen, wer hier das Sagen hatte.

„Das können Sie nicht. Ihm geht es nicht gut. Ich habe Anweisungen gegeben, dass er nicht gestört werden darf."

„Aber ich kann..."

„Nein, das kannst du nicht. Er ist leicht erregbar."

„Dann nicht wie du."

„Nicht auf diese Weise, sicherlich. Eher so, wie das Wenige, was ich von seiner leiblichen Mutter weiß, würde ich sagen."

Sie hob eine perfekt gewölbte Augenbraue. „Würdest du?"

„Gewiss. Man kann sich nicht von den Leuten fernhalten. Man ist immer dort, wo ein Fotograf in der Nähe ist.

Immer auf der Suche nach Menschen, Dingen, Geld. Nie allein."

„Ich teile meine Wohnung mit Freunden. Was ist daran ein Verbrechen? Und ich bin nicht promiskuitiv, nicht dass Sie das etwas angehen würde."

„Ich hatte angenommen, dass meine Quellen mich im Stich gelassen haben, als sie sagten, dass Sie immer allein in Ihr Bett zurückkehren."

Sie ärgerte sich. „Ihre Quellen! Was sind Sie? Eine Art Machiavelli?"

„Er war ein entfernter Verwandter meiner Mutter."

Ihr Lachen erfüllte den Raum. Er hatte ihr Lachen vergessen, hatte nicht bemerkt, dass sie dasselbe ansteckende Lachen wie Hani hatte, und es drang tief in sein Inneres ein, umging den Schmerz, die Wut, den Schmerz und kam an einem Ort an, von dem er nicht glaubte, dass er noch existierte. Er lächelte, trotz seiner selbst.

Sie sah ihn an und hörte augenblicklich auf zu lachen. „Natürlich."

Ihre Blicke trafen sich und er spürte, wie er sich mit ihr auf eine Weise verband, die zu schmerzhaft war, um sie zu ertragen. Er sprang auf und sah sich um, auf der Suche nach etwas, das diese Verbindung unterbrechen könnte. Er ging zu seinem Schreibtisch und drückte auf einen stummen Buzzer. „Meine Haushälterin wird Sie zu Ihrem Zimmer bringen."

„Nur noch eine Sache. Wann werden wir heiraten?"

„Nicht sofort. Es gibt Dinge, die ich zuerst mit den anderen ... Verhandlungen klären muss."

Sie nickte, blickte auf die lächerlich hohen Sandalen, die sie trug, und wippte leicht mit dem Fuß. Er runzelte die Stirn. Für einen Moment hätte er schwören können, dass das strahlende Blau ihrer Augen von Traurigkeit getrübt war, als sie aufblickte. Dann betrat seine Haushälterin den Raum, und die Wolke löste sich auf. „Natürlich."

Sie folgte der Haushälterin zur Tür hinaus, ohne sich noch einmal umzudrehen.

Die Haushälterin blieb vor einem Paar Doppeltüren stehen. Auf der rechten Seite befand sich ein weiteres Paar Türen. „Das ist mein Zimmer?" fragte Ruby.

„Ja, Madam."

„Und hier?" Ruby zeigte auf die andere Tür.

„Die Suite Seiner Majestät."

Ja, natürlich. Direkt neben ihrem. Was hätte sie vor fünf Jahren nicht alles für eine solche Situation gegeben. Aber jetzt? In diesem Moment hasste sie ihn.

Aber wenigstens würde sie nicht allein sein. Es würde jemand in ihrer Nähe sein. Der Palast war riesig, und alle Aktivitäten und Geschäfte des Palastes waren weit von hier entfernt. Sie hasste es, allein zu sein, hasste die Stille. Sie betrat den Raum und sah sich um, als sie die Schritte der Haushälterin vernahm, die sich zurückzog und sie allein ließ. Sie schloss die Augen. Es herrschte nichts als Stille.

Sie ging im Zimmer auf und ab, als sie in Panik geriet, denn nicht nur der Verlust von Hani verfolgte sie. Sie schloss die Augen fest und drückte ihre Handfläche an die Stirn, die sie kreisförmig hin und her bewegte, um die Panik zu unterdrücken.

Sie würde wieder in ein Krankenhaus gehen müssen. Das letzte Mal war es, als sie Hani zur Welt brachte. Es war eine schwierige Geburt gewesen, aber nichts im Vergleich zu dem, was danach passiert war. Sie hatte die

Depression nicht einmal kommen sehen - dieselbe Depression, die ihre Mutter verfolgt hatte, bis sie sich das Leben genommen hatte. Es war die allgegenwärtige Angst, dass sie dem „schwarzen Hund" erliegen würde, die ihr Angst machte.

Aber daran würde sie heute nicht denken. Sie war gut im Ausweichen von Gedanken. Sie war gut darin, ihre Ängste zu verdrängen, sie in Aktivität zu ertränken. Sie packte ihre Tasche aus und räumte all ihre Besitztümer weg.

Dann nahm sie ihre Haarbürste in die Hand und bürstete sie grob durch ihr Haar. Doch als sie in den Spiegel schaute, konnte sie die Angst in ihren Augen sehen. Sie fuhr fort, ihr Haar zu bürsten, während sie zu den Fenstern ging, sie öffnete und sich hinauslehnte. Ihr Zimmer bot einen Blick auf die privaten Gärten des Palastes, die von einer hohen Mauer und Bäumen umgeben waren und hinter denen die Berge und die Wüste. Das Sonnenlicht drang durch die Bäume, milderte die harten weißen Wände und warf Schatten auf den rechteckigen Teich, der sich über die gesamte Länge des Hofes erstreckte. Es war eine friedliche Aussicht, eine leere Aussicht - eine Aussicht, die sie nicht wollte. Was sie wollte, war, Hani zu sehen. Alleine.

Sie hatte die Papiere unterschrieben, so wie Amir es gewollt hatte; sie war in ihrem Zimmer, so wie er es wollte. Aber sie konnte Hani nicht sehen. Sie wusste nicht einmal, wo sein Zimmer in diesem riesigen Palast war. Sie warf die Bürste auf das Bett. Sie wusste es nicht, aber Amirs Mitarbeiter würden es wissen.

～

ES WAR SPÄT. Ruby lag in ihrem Bett und wartete darauf, dass die letzten Geräusche verstummten. Sie wollte nicht entdeckt werden, wenn sie in dem stillen Palast herumspazierte, denn Amirs Mitarbeiter hatten sie gewarnt, dass man sie wahrscheinlich in ihr Zimmer zurückschicken würde. Sein Personal hatte sich ihr bald geöffnet, zweifellos erleichtert, einen Menschen in ihrer Mitte zu finden. Und nach dem, was sie schilderten, klang es so, als hätte Amir die Anweisung gegeben, dass jeder ihrer Schritte überwacht werden sollte. Sie stand eher unter Hausarrest als dass sie ein Ehrengast war. Das trug nicht dazu bei, dass sie sich unwohl fühlte.

Sie verkrampfte sich in der Stille, die sie umgab, und entspannte sich erst, als sie hörte, wie Amir sich in der Umkleidekabine, die zwischen ihren Zimmern lag, bewegte. Für einen kurzen Moment dachte sie, er könnte durch die Verbindungstür zu ihr kommen. Dann entfernte er sich, zurück in sein Schlafzimmer, und sie atmete langsam aus. Ihre Hand kroch über ihren Bauch, als sie sich an all die Male erinnerte, als er zu ihr in die kleine Wohnung in Mailand gekommen war, als sie an nichts auf der Welt gedacht hatten, außer an die Liebe. Damals hätte es kein Zögern gegeben - er hätte gewusst, was sie wollte. Aber jetzt kannte er sie überhaupt nicht mehr, obwohl er sie ständig beobachtete. Er wusste nur, dass sie bei ihrem Sohn sein wollte. Und selbst das hatte er ihr vorenthalten.

Sie drehte sich um, wobei sich die Laken um ihren Körper wickelten, und blickte auf die schönen dunklen Hügel, die den Küstenstreifen, an dem die Stadt gebaut worden war, von der Wüste im Landesinneren trennten. Sie war noch nie in der Wüste gewesen, aber Amir hatte immer von ihr gesprochen. Der ferne Blick in seinen Augen, wenn er die nächtliche Wüste beschrieb, der Zauber, die Farben des Himmels, der Klang der Musik, die die Beduinen spielten, hatte sie verzaubert. Es war der letzte Schritt gewesen, sich in ihn zu verlieben.

Die Lust war sofort da gewesen, aber sie hatte sich so lange wie möglich an den Gedanken geklammert, dass ihre Beziehung eine lockere Angelegenheit war, etwas, das nach dem Sommer vorbei sein würde, wenn er in seine Heimat nach Havilah zurückkehrte. Natürlich hatte sie nicht gewusst, dass seine Familie zufällig königlich war. Aber sie bezweifelte, dass das ausgereicht hätte, um den freien Fall in die Tiefen der Liebe zu ihm zu stoppen. Einmal dort angekommen, gab es keinen Weg zurück. Und dann war sie schwanger geworden und alles hatte sich geändert.

Hani, ihr Sohn. Das Baby, das sie für immer verloren geglaubt hatte, war nur einen Korridor von ihr entfernt. Stellte sie sich das Gesicht ihres Sohnes vor, umgeben von seinem blonden Haarschopf, und verspürte das dringende Bedürfnis, ihn so zu sehen, wie es eine Mutter tun würde: schlafend in seinem Bett. Sie stand auf und zog ihr weißes Seidengewand an.

Sie verließ ihr Schlafzimmer und schlich leise durch den ruhigen Korridor zum Kinderzimmerflügel, dessen massive Steinwände und kostbare Teppiche jedes Geräusch absorbierten.

Sie öffnete leise die Tür und blieb stehen, um zu warten, bis sich ihre Augen an die Dunkelheit gewöhnt hatten. Zuerst sah sie ihn nicht.

Im Mondlicht sah man Flugzeuge im Kampf, Spielzeugautos, die ordentlich neben einer Rennstrecke

geparkt waren, und eine Modelleisenbahn, deren Loko-
motiven sorgfältig auf dem Abstellgleis platziert waren.
Sie lächelte. Ordnung war nichts, was er von ihr geerbt
hatte. Ihr Lächeln verblasste. Sie wusste so wenig über
Amir. Ihre kurze Sommeraffäre hatte geendet, bevor sie
begonnen hatte. Aber die Folgen waren alles andere als
kurz gewesen.

Sie machte einen weiteren Schritt in den Raum und
blieb abrupt stehen.

Dichtes blondes, lockiges Haar umrahmte ein im
Schlaf entspanntes Gesicht; die Arme waren zu beiden
Seiten seines Kopfes weit ausgebreitet; die Beine ragten
zwischen den verdrehten, weißen Laken hervor. Die
einzigen Geräusche waren sein rhythmisches Atmen, das
Ticken einer Uhr und das leise Klopfen ihres Herzens.

Sie wusste nicht, wie lange sie dastand: beobachtend,
aufnehmend, begehrend. Doch die Ehrfurcht wich bald
dem Schmerz, als sie an die Jahre dachte, in denen sie ihn
nicht gesehen hatte. Sie kniff die Augen zusammen und
drückte sich die Nase zu, um die Tränen zu unterdrücken,
aber sie kamen trotzdem.

„Ein schöner Anblick, nicht wahr?"

Amirs geflüsterte Worte jagten ihr einen Schauer über
den Rücken und sie drehte sich mit einem Schluchzen
um. Er stand jenseits des Lichteinfalls, sein Gesicht wie
eine grobe Kohlezeichnung. Die schwachen Spuren des
Mondlichts waren nicht in der Lage, irgendeine Subtilität
des Ausdrucks zu enthüllen, nur breite Striche aus
Dunkelheit und Schatten.

„Amir", flüsterte sie und hasste es, wie verletzlich sie
sich fühlte. Sie fuhr sich mit den Daumen unter die Augen

und versuchte, die Spuren der Tränen wegzuwischen. „Kommst du, um mich rauszuwerfen?"

„Und warum sollte ich das tun?" Auch seine Stimme war leise, um Hani nicht zu stören.

Er trat näher an sie heran und trat in das schummrige Licht. Sein weißes Hemd hing aufgeknöpft über seiner dunklen Hose. Sie schaute scharf auf und runzelte die Stirn.

Sie zuckte mit den Schultern. „Ich weiß es nicht? Vielleicht steht im Ehevertrag etwas darüber, dass ich meinen Sohn im Dunkeln nicht besuchen darf?"

„Du warst schon immer irrational."

Sie lächelte breit. „Ich glaube mich zu erinnern, dass du jeden als irrational bezeichnest, der dir nicht zustimmt."

Seine Lippen verzogen sich zu einem schimmernden Lächeln. „Das tue ich, denn es ist wahr. Ich bin hier, weil ich neugierig war, wohin du gehst."

„Um Hani zu sehen, natürlich. Versuchen, die verlorene Zeit aufzuholen."

„Das wirst du nie tun. Aber das war deine Entscheidung."

„Und das macht es umso bitterer."

Er trat näher an sie heran, so nah, dass sie seinen Atem an ihrer Wange spüren konnte. Sie verschränkte ihre Arme, um nicht zu zittern, aber auch, um ihn abzuwehren. Er streckte seine Hand aus, und sie schloss kurz die Augen, nicht wissend, was sie erwartete, sondern nur wissend, dass eine Bewegung Schwäche zeigen würde.

Er drehte ihr Gesicht zu seinem und strich ihr das Haar aus dem Gesicht. „Du bist blasser als auf deinen Fotos."

Sie versuchte, sich zu entfernen, aber etwas hielt sie fest. Sie schloss die Augen, um sich nicht in seinen dunklen Augen zu verlieren. Doch stattdessen wurde sie sich seiner Berührung auf ihrem Gesicht und der Wirkung seiner Anwesenheit auf ihren Körper immer stärker bewusst. „Die Magie der Fotografen", flüsterte sie. „Menschen verändern sich in fünf Jahren."

„Du nicht, nicht so sehr." Sein Daumen berührte kaum ihre Unterlippe, als er über sie strich.

Sie öffnete die Augen, als er seinen Kopf nahe an ihren senkte. Sein Stirnrunzeln vertiefte sich kurz - es zeigte ein Aufflackern von Emotionen, das die leidenschaftslose Kontrolle durchbrach - aber es war weg, bevor sie es erkennen konnte.

„Ich wünschte, ich könnte das Kompliment erwidern", flüsterte sie.

„Das ist kein Kompliment. Sie erhalten offensichtlich so wenige, dass Sie es für eines halten. Wenn ich sagen würde, dass Ihr Haar" - er nahm eine Strähne und zog sie zwischen Daumen und Zeigefinger - „die Textur von Seide hat und die Farbe von weißem Gold im Mondlicht hat..."

Ihr Atem stockte in der Kehle, als sie sich nicht rührte, alle ihre Sinne konzentrierten sich auf das Ziehen seiner Finger in ihrem Haar.

„Das", fuhr er fort, „wäre ein Kompliment".

Sie umklammerte seine Hand und versuchte, seine Bewegung über ihr Haar zu ihrem Nacken zu stoppen. Doch stattdessen verstärkte sich das Zittern der Gefühle, als er die Kontrolle über ihre Hand gewann und sie den Druck seines Daumens auf ihrer Haut spürte.

„Aber du hast abgenommen." Sein Tonfall wurde

weicher. „Zu viel Modeln, zu viel Feiern, zu wenig Essen. Und das" - er hob ihr Kinn an und zwang sie, ihn anzusehen - „ist kein Kompliment."

„Es ist meine Realität", flüsterte sie und versuchte, das Chaos der Gefühle zu kontrollieren, das seine Worte und seine Berührung in ihr auslösten. „Es hat nichts mit dir zu tun."

Sein Mund verzog sich leicht und er senkte zum ersten Mal seinen Blick. „Sie haben natürlich recht. Aber es hat etwas mit Hani zu tun." Er nickte mit dem Kopf in Richtung ihres Sohnes Hani, der noch tief und fest schlief. Sie folgte seinem Blick und saugte die Details ihres Sohnes in sich auf - die halb ausgezogene Decke, die langen, schlanken Gliedmaßen, die sich in den Laken verhedderten. Er war das Abbild eines sicheren, behüteten Jungen - friedlich in seinem eigenen Zuhause. Sie riss den Blick von ihm los und versuchte, den Schmerz über die verpassten Jahre zu unterdrücken. Sie schluckte einen Schluchzer hinunter.

„Genug gesehen?" Seine großzügigen Lippen hatten sich von der geraden Linie der Anspannung, die sie zuvor gesehen hatte, zu einem Schatten eines Lächelns entspannt.

„Ich werde nie genug sehen. Und das weißt du."

„Gut. Das wird es dir leichter machen, das zu tun, was du tun musst." Er senkte seinen Kopf noch weiter. „Komm." Das einzige Wort beschwor Bilder der Verführung in ihrem Kopf herauf. „Lass Hani schlafen. Er braucht es." Seine Hand wanderte ihren Arm hinunter, bis er ihre Hand ergriff und sie aus dem Zimmer zog.

Während sie den Korridor entlanggingen, nahm sie ihre Umgebung kaum wahr - die kunstvoll vergoldeten

Rahmen von Gemälden mit Wüstenlandschaften, Schalen mit Früchten, längst verstorbenen Menschen, Bilder ohne jedes Leben. Alle ihre Sinne konzentrierten sich auf den Druck seiner Hand auf ihrer. Sie sollte ihre Hand wegziehen, aber sein fester Griff tröstete sie, und es lag eine gebieterische Sexualität darin, die die Jahre seit ihrer ersten Begegnung verschwinden ließ. Er blieb an der Tür stehen, sah auf ihre verschränkten Hände hinunter und blickte ihr in die Augen. Aber er sprach nicht, und sie hatte keine Ahnung, was er dachte.

„Erinnerst du dich, Amir, als wir uns das erste Mal trafen?"

Er sagte kein einziges Wort. Er bewegte seinen Kopf nicht, um sich zu verraten. Sie weigerte sich, sich einschüchtern zu lassen. Sie musste ihn dazu bringen, sich zu erinnern, zu versuchen, eine Verbindung wiederherzustellen, wenn sie um ihres kleinen Jungen willen zusammen sein wollten. Sie musste diesem Ort, dieser Beziehung, Leben einhauchen, wenn sie eine Chance haben wollten, um Hanis willen erfolgreich zu sein.

Sie schluckte. „Ich war auf dem Markt und feilschte mit einem Ladenbesitzer um den Preis von Pflaumen."

Sie konnte sehen, wie die Erinnerung etwas in ihm auslöste.

„Du hattest kein Geld. Ich weiß nicht, wie du gelebt hast."

„Du hast ihm das Geld gegeben und ich habe die Tasche genommen."

„Und Sie haben mir eine Pflaume angeboten", sagte er, seine Stimme wurde etwas leiser.

„Und du hast es genommen und viel später im Bett beendet." Sie schüttelte den Kopf. „Es war das erste Mal, dass ich so etwas gemacht habe. Das erste und das letzte Mal.“

„Wir waren jung.“ Er ließ ihre Hand los und öffnete seine Tür. „Gute Nacht, Ruby.“

Sie sah zu, wie er die Tür hinter sich schloss. „Und verliebt“, fügte sie hinzu, bevor sie in ihr eigenes Schlafzimmer ging und die Tür schloss. Sie lag auf dem Bett und blickte zur verzierten Stuckdecke hinauf. Sie zwang sich, sich einzugestehen, dass sie Amir vielleicht heiraten würde, dass er ihr vielleicht nicht völlig gleichgültig gegenüberstand, aber dass er sich auf keinen Fall erlauben würde, jemals wieder etwas für sie zu empfinden.

KAPITEL 4

Ruby wurde am nächsten Morgen durch das Klingeln ihres Telefons geweckt. Sie schaute sich verwirrt um und blinzelte in das helle Sonnenlicht zwischen den Vorhängen, die sie in der Nacht geöffnet hatte. Wenn sie nicht schlafen konnte, musste sie nach draußen sehen, um Lichter um sich herum zu sehen, um zu wissen, dass sie nicht allein war. Leider war der Palast oberhalb der Stadt gebaut worden und dahinter lagen die leeren Hügel. So musste sie sich mit den Solarlichtern begnügen, die den Teich säumten, und mit dem Geräusch des Wassers, das aus dem Ausguss am Ende des Teiches plätscherte, und mit dem Rinnsal, das vom Teich in ein Rinnsal floss, das ein Muster in einen tiefer gelegenen Garten zeichnete. Aber jetzt war die Sonne hell und sie merkte, dass sie verschlafen hatte.

Sie nahm ihr Telefon vom Nachttisch und schaute darauf. „*Sì?*", antwortete sie aus Gewohnheit. Sie hörte einige Augenblicke lang zu, wie Amir ihr mitteilte, dass sie verschlafen hatte, bevor sie versuchte zu sprechen, nur um von ihm übergangen zu werden. Sie schaute auf ihr Telefon, während er weiter sprach, beendete dann das Gespräch, während er noch mitten im Gespräch war, und zog die Decke über sich. Sie stand nie vor neun Uhr auf. Zwischen ihrer Arbeit und ihren Partys kam sie selten vor zwei Uhr ins Bett, und sie hatte keine Ahnung, wie etwas vor zehn Uhr aussah.

Sie war schon fast eingeschlafen, als es an der Tür klopfte. Sie ignorierte es. Leider hörte es nicht auf. Sie stand auf und öffnete die Tür.

An der Tür stand eine sehr elegante Frau mittleren Alters mit einem Laptop unter dem Arm. „Fräulein Armand?"

„*Si?*" Ruby wurde sich bewusst, dass sie nur ein dünnes Seidennachthemd trug. Sie nahm einen Bademantel vom Bügel an der Rückseite der Tür und zog ihn an. „Und Sie sind?"

Die Frau streckte eine Hand aus, ohne Ringe, aber mit einer perfekten, klaren Maniküre. „Madame Simone Beaumont. Seine Majestät hat mich Ihnen zugewiesen."

Trotz ihrer Verärgerung darüber, dass ihr jemand ohne Rücksprache zugewiesen wurde, konnte sie sich ein Lächeln nicht verkneifen, weil Amir so berechenbar war. „Natürlich hat er das", sagte sie mit einem Grinsen. „Kommen Sie herein." Ruby trat zur Seite und die Frau ging zum Schreibtisch. „Sie müssen mich entschuldigen", fuhr Ruby fort. „Ich bin es nicht gewohnt, so früh aufzustehen."

„*D'accord*", sagte Simone, während sie ihren Laptop aufstellte. „Seine Majestät hat mich darauf hingewiesen, dass Sie anfangs vielleicht nicht, sagen wir mal, ‚an Bord' sind."

Als Model war Ruby daran gewöhnt, halb bekleidet vor die Leute zu treten, und es war ihr nicht peinlich, im Gegensatz zu Simone, die ihren Blick auf den Computer gerichtet hatte.

„Ich wäre eher ‚an Bord‘ gewesen, wenn er mir davon erzählt hätte.“ Sie winkte abweisend mit der Hand. „Egal, es spielt keine Rolle. Wichtig ist nur, dass ich einen Kaffee brauche. Ich werde mir einen holen, und dann können wir vielleicht das tun, was du von mir willst.“

Doch bevor Ruby den Hörer abnehmen konnte, klopfte es an der Tür. Simone öffnete sie und ein Dienstmädchen kam mit einem Frühstückstablett herein. Ruby hob eine Augenbraue. „Sieht aus, als hätten Sie meine Bedürfnisse vorausgesehen.“

„Dafür werde ich bezahlt, Miss Armand.“

„Bitte, wenn Sie schon alles vorwegnehmen, was ich brauche, dann nennen Sie mich wenigstens ‚Ruby‘.“ Ruby grinste, und zum ersten Mal, seit die Frau den Raum betreten hatte, stellten sie Blickkontakt her. Simone lächelte zögernd.

„Danke, aber…“

„Ich bestehe darauf. Es muss ‚Ruby‘ sein. Ich beantworte auf nichts anderes.“ Außer „Mama“, dachte sie, und es war noch zu früh, um auf diesen Beinamen zu hoffen.

„Ruby“, sagte Simone, als ob sie ein fremdes Wort ausprobieren würde.

Ruby schenkte zwei Kaffee ein und gab Simone einen, die kurz erschrocken dreinschaute. „Ich wette, Sie sprechen die Leute nicht mehr oft mit ihrem Vornamen an, seit Sie für Amir arbeiten.“ Sie nahm einen Schluck Kaffee. „Wie lange arbeiten Sie schon für ihn?“

„Nur zwei Monate. Seit er dafür gesorgt hat, dass du hier bleibst."

Rubys gute Laune verflog plötzlich. Amir hatte diese ganze Sache bis ins kleinste Detail geplant, ohne dass sie etwas davon wusste. Sie nahm einen weiteren Schluck Kaffee und stellte ihn auf das Tablett, den Rest des Essens ignorierend. „Scheint, als hätte Amir alles unter Kontrolle."

„Oh ja, Madam, ich meine Ruby, das tut er. Er überlässt nichts dem Zufall." Sie blätterte durch den Laptop. „Ich habe umfangreiche Recherchen über Ihre optimale Ernährung angestellt und Termine für Tests und so weiter für Sie vereinbart. Wenn Sie einen Blick darauf werfen möchten?"

Ruby holte tief Luft und stand auf. „Ich würde mich gerne anziehen, Simone. Darf ich Sie Simone nennen?"

Simone sah besorgt aus. „Ja, natürlich. Aber es tut mir leid, Madam, Ruby, wenn ich Sie beleidigt habe, aber-"

Ruby konnte nicht umhin zu denken, dass es schlimmer war, „Madam Ruby" genannt zu werden als Miss Armand, aber jetzt war es zu spät. Es ließ sie wie die Besitzerin eines Bordells klingen.

„Nein, wirklich. Sie haben nichts getan. Es ist das, wofür Sie angestellt wurden, was mich ärgert. Ich bin mir sicher, dass Ihr Organisationstalent tadellos ist, und ich bin mir sicher, dass ich mich mit der Zeit an den Gedanken gewöhnen werde."

„Danke. Das würde die Dinge sicherlich einfacher machen."

„Also, wenn du mich nicht auch duschen willst, könnten wir uns vielleicht etwas später treffen und den Plan durchgehen?"

Simone sprang auf. „Natürlich, Madam, ich meine Ruby. Sagen wir in einer Stunde von jetzt an?"

„Unbedingt", sagte Ruby mit einem Lächeln. Sie war es gewohnt, mit Leuten zu arbeiten, die versuchten, sie zu organisieren, sowohl in der Modelagentur als auch bei Fotoshootings, und sie schätzte deren Arbeit. Sie schätzte auch die Tatsache, dass die Frau zweifellos sehr effizient war und keine Schuld daran trug, überhaupt eingestellt worden zu sein. Die Schuld daran lag ganz klar bei Amir. Es lag nicht in Rubys Natur, sich Feinde zu machen, und sie schien sich immer zu sehr in die Menschen einzufühlen, auch wenn sie eigentlich wütend auf sie sein wollte. Es gab nur eine Person, mit der sie im Moment kein Mitgefühl hatte, und das war Amir, der alles mit militärischer Präzision geplant hatte.

Simone lächelte wieder erleichtert. „Soll ich in dein Zimmer kommen?"

„Nein, danke. Wie wäre es, wenn wir uns draußen auf der Terrasse treffen, um uns zu unterhalten und die Sache für uns beide so einfach wie möglich zu machen?"

Simones Lächeln wurde breiter. Offensichtlich hatte man ihr gesagt, dass Ruby stur und unbeholfen sein würde, aber das war nicht Rubys Art. Sie hatte immer die Erfahrung gemacht, dass man das Vertrauen der Menschen besser gewinnen kann, wenn man ihnen zuhört, und dass die Arbeit mit ihnen auf diese Weise viel angenehmer ist.

Ruby ging ins Bad, stellte die Dusche an und dachte an Hani. Es war alles für ihn. Der einzige Grund, warum sie hier war, war, eine Beziehung zu Hani zu haben. Um das zu erreichen, musste sie Simone bei der Stange halten, denn Ruby wusste, was Simone nicht wusste: Das Letzte, was Amir wollte, war, dass Ruby Zeit mit Hani verbrachte, also war es sein Ziel, sie zu beschäftigen und von ihrem Sohn fernzuhalten. Ruby grinste in sich hinein. Schade, dass Amir die Leute nicht so gut verstand wie sie. Mit seinen Mitarbeitern als Verbündete würde sie sicherstellen, dass sie allen Plänen, die Amir für sie hatte, einen Schritt voraus war.

AMIR SCHALTETE ANGEWIDERT das Telefon aus und blickte aus dem Fenster des Privatjets. Gleich würden sie in seinem Palast landen. Er kam gerade von einem Treffen mit den beiden anderen Königen von Havilah, um sie über die plötzliche Änderung seiner Pläne zu informieren. Sie arbeiteten eng zusammen. Das mussten sie, um die Sicherheit ihrer Länder zu gewährleisten, und jede Änderung, ob persönlich oder nicht, wurde immer persönlich mitgeteilt. Obwohl seine Entscheidung bedeutete, dass die Aufgabe, die Tawazun-Scheichs zu heiraten, einem der anderen zufiel, hatten sie ihm dazu gratuliert. Aber er hatte nie weniger Lust, beglückwünscht zu werden. Ruby hatte seine Welt auf den Kopf gestellt.

Anstatt in sein Zuhause zurückzukehren, kehrte er auf ein Schlachtfeld zurück. Und nachdem er dem neuen Assistenten zugehört hatte, den er eingestellt hatte, um Ruby in Ordnung zu halten, schien es, als ob Ruby die Schlacht gewinnen würde.

Statt eines Tages, der mit einer Reihe von Arztterminen zu ihrer Gesundheit und Ernährung ausgefüllt war, hatte sie nur einen Termin im Krankenhaus wahrgenommen und den Rest des Tages mit Hani verbracht. Das war ganz sicher nicht Amirs Absicht. Und es war auch nicht seine Absicht, dass seine eigenen Mitarbeiter so etwas zuließen, vor allem, wenn sie ausdrückliche gegenteilige Anweisungen erhalten hatten.

„Wir landen gleich, Eure Majestät", sagte der Steward.

Amir nickte, stellte seinen Sitz aufrecht und schnallte sich an. Er sah sich in der kleinen Kabine um, die immer noch voller Erinnerungen an seine tote Frau war. In der geschmackvoll eingerichteten Kabine hingen Fotos von ihnen dreien: ihm, Mia und Hani - perfekte Bilder in verschiedenen Städten der Welt. Alles das Werk von Mia.

Sie war genauso organisiert wie er und war Hani eine hervorragende Mutter gewesen, trotz der Tatsachen um Hanis Geburt, über die er sie in Kenntnis gesetzt hatte. Sie war eine kluge Frau, eine ehrgeizige Frau, und eine emotionslose Frau. Sie war eine perfekte Gastgeberin, Ehefrau und Mutter gewesen. Aber sie war tot, durch einen Frontalzusammenstoß mit einem betrunkenen Autofahrer, und nichts konnte sie zurückbringen. Aber er weigerte sich zu glauben, dass die Ordnung, die sie in ihrem Leben geschaffen hatten, ebenfalls dahin war.

Das Flugzeug landete präzise auf der Rollbahn und Amir schloss für einige Augenblicke die Augen. Er öffnete sie wieder, als das Flugzeug langsam zum Stillstand kam. Er wartete, bis das Anschnallzeichen erlosch, und schnippte den Gurt ab. Nein, er würde das Chaos in seinem Leben nicht zulassen; das Leben brauchte Ordnung - ohne diese gab es nichts.

～

„Was zum Teufel?", kam eine schroffe Stimme von der Tür.

Hani und Ruby drehten sich gleichzeitig um und brachen in Gelächter aus. Der Anblick von Amir, der mit Luftschlangen um sich herum in der Tür stand und einen Luftballon aufsteigen ließ, war so lächerlich, dass selbst sein Assistent Jamal sich ein Grinsen verkneifen musste. Vorsichtig stellte er das Ei und den Löffel ab, die er und Simone balanciert hatten, als sie mit Hani und Ruby durch den großen Raum zu einer mit Bändern geschmückten Ziellinie neben der Tür gerannt waren.

Amir schlug einen Luftballon aus dem Weg, der die Frechheit besaß, vor ihm zu flattern. „Kann mir jemand sagen, was zum Teufel hier los ist?"

Ruby war sich des Zuckens von Hanis schmalen Schultern unter ihren Händen bei Amirs Worten bewusst. Sie spürte einen Anflug von ungewöhnlichem Zorn. „Amir! Komm herein und amüsiere dich!"

„Spaß? Das nennst du Spaß?"

Sie drückte Hani noch einmal die Schultern, bevor sie zu Amir hinüberging, der sie mit zusammengekniffenen Augen anstarrte und sie herausforderte, den Abstand zwischen ihnen zu überbrücken und zu bestätigen, dass das, was sie taten, tatsächlich „Spaß" war.

Sie nahm die implizite Herausforderung an und trat direkt auf ihn zu, drang in seinen Raum ein und ließ sich von seiner aggressiven Haltung nicht einschüchtern. Mit einem gezwungenen Lächeln blickte sie sich bei den anderen um. „Hani, warum gehst du nicht mit Jamal und Simone und machst dich für das Abendessen fertig?"

Die drei ließen sich nicht zweimal bitten und verschwanden in einer Blüte von Seifenblasen, die aus einer kleinen Spielzeugmaschine gepumpt wurden, die Ruby hatte liefern lassen, als sie festgestellt hatte, dass Hani noch nie Seifenblasen gepustet hatte.

Wenigstens hatte Amir genug Gefühl für seinen Sohn, um sich zurückzuhalten, bis Jamal die Tür hinter ihnen geschlossen hatte.

Sie drehte sich mit verschränkten Armen zu ihm um. Sie weigerte sich, unter seinem schwarzen, wütenden Blick zusammenzuzucken.

„Wirst du mir *jetzt* sagen, was zum Teufel los ist?" Er schnitt eine Grimasse und entfernte sich, als würde ihn die Nähe zu ihr schmerzen. Er drehte sich auf den Fersen, die Hände in die Taschen gesteckt, aber sie konnte sehen, dass sie zu Fäusten geballt waren. Sie war so straff wie die Oberfläche einer Trommel. Sie brauchte nur auf die gespannte Oberfläche zu klopfen und zu warten, bis der Ton explodierte. Nun, dachte sie, warum nicht?

„Ich gebe meinem Sohn einen Vorgeschmack auf Spaß." Sie fragte sich, welche Worte der Auslöser sein würden. „Mein Sohn" oder „Spaß". Beides, so wie es aussieht.

Amirs Gesichtsfarbe rötete sich. Ungewöhnlich, dachte sie, dass sein Gesicht so hell wurde, während sich seine Augen verdunkelten. Aber die Trommel war immer noch nicht erklungen. Sie beschloss, das Wort „Spaß" zu benutzen, um ihren Vorteil zu unterstreichen.

„Spaß", fügte sie mit Nachdruck hinzu, „der in seinem Leben bisher spektakulär gefehlt zu haben scheint."

Er grunzte und drehte sich noch einmal um. Sie beschloss, dass es wahrscheinlich das Wort „spektakulär" war, das ihn dieses Mal erwischte. Als er sich umdrehte, konnte er seine Wut kaum zurückhalten. „Du trittst aus heiterem Himmel in Hanis Leben..."

„Weil du mir gerade erst von ihm erzählt hast."

„Und entscheiden, dass wir ihn nicht richtig erziehen. Das braucht etwas..."

„Wir? Wer ist wir?"

Er senkte die Brauen. „Sie wissen genau, dass ich meine Frau und mich meine."

„Es gibt nur noch *dich*. Und du machst deine Sache nicht gut." Sie zeigte auf die Stelle, an der Hani das Zimmer verlassen hatte. „Du hast den Jungen erschreckt, als du ins Zimmer kamst und uns anknurrtest."

„Ich habe nicht anknurrtest, ich habe..."

„Er hatte Angst! Er hat unter meinen Händen gezittert."

Er sah leicht geknickt aus. „Und wessen Schuld war das?" Er schlug einen weiteren Luftballon weg. „Wenn du unser Haus nicht in einen ... *Rummelplatz verwandelt* hättest, wäre ich nicht so wütend gewesen."

„Es ist kein Karneval. Es ist eine Party. Anscheinend hatte er keine Ahnung, wie eine richtige Kinderparty aussieht, also dachte ich, ich zeige es ihm mal."

Amir schwieg, als er sie ansah. Ein Muskel in seinem Kiefer zuckte, als er sich bemühte, das Gesagte zu verarbeiten. Es war immer am besten, die Stille auszunutzen, fand Ruby. Sie war wie ein Vakuum und konnte sonst leicht gefüllt und übernommen werden.

Sie ging zum Fenster. „Und", fügte sie hinzu, klappte das Fenster zurück und winkte ihn zu sich. „Wir haben heute Nachmittag auf der Hüpfburg gespielt. Ich hoffe, das verletzt nicht auch deinen Sinn für Würde."

Er schloss kurz erschrocken die Augen, bevor er zu ihr

hinüberging und das leuchtend orange-blaue aufblasbare Spielzeug von der Größe einer Doppelgarage betrachtete, das mit Dutzenden von Heringen im makellosen Gras befestigt war.

Sie hörte ihn leise fluchen, bevor er sich abwandte.

„Siehst du..."

„Ich habe schon genug gesehen."

Und, so dachte sie, das hatte er wahrscheinlich auch. Sie merkte, dass sie zu ihm durchgedrungen war und dass er es auf einer gewissen Ebene verstanden hatte.

„Gut." Sie schloss das Fenster und drehte sich wieder zu ihm um. Er hatte die Hände immer noch in den Hosentaschen, aber seine Fäuste waren nicht mehr vor Wut geballt, und seine Haltung war nicht mehr so aggressiv. Als er die Lippen zusammenpresste, konnte Ruby nicht sagen, ob er einfach nur ein weiteres Gespräch unterdrücken wollte, von dem er offensichtlich genug hatte, oder ob er so etwas wie ein Lächeln verhindern wollte.

Er zupfte ein Band von den Papierketten ab, die sie und Hani am Morgen gebastelt hatten und die sie im Salon aufgehängt hatten. Er blickte sie an, und einen Moment lang glaubte sie, den Mann zu sehen, den sie zum ersten Mal getroffen hatte. Da war ein Schimmer von Humor, ein verruchter Charme, der aus dem Nichts auftauchte und sie mitten ins Herz traf. Sie brauchte Halt und lehnte sich gegen einen der zwanzig Louise-Quinze-Stühle, die den übergroßen Mahagonitisch umgaben. Sie knallte gegen das Holz des Tisches und das Funkeln in seinen Augen wurde schärfer. Er ging auf sie zu, und sie wusste, dass jeder Vorteil, den sie anfangs erlangt hatte, mit ihrem Anzeichen von Schwäche verschwunden war -

Schwäche angesichts dessen, was diese Augen noch mit ihr anstellen konnten.

Er stellte sich vor sie, bedrängte ihren persönlichen Raum, so wie sie zuvor seinen bedrängt hatte, und griff nach ihrem Gesicht. Sie keuchte und hielt den Atem an, weil sie sich fragte, was er wohl tun würde. Sie hätte sich bewegen sollen. Die Ruby, die ihre Freunde kannten, hätte seine Hand ergriffen, als er sie ausstreckte, und die Kontrolle übernommen, aber die alte Ruby schien nirgends zu finden zu sein.

Die Luft um sie herum verdichtete sich, die Brise von den offenen Türen und Fenstern ließ nach, und ihr wurde plötzlich heiß. Seine Augen verengten sich noch einmal, seine Lippen verzogen sich zu einem wissenden Lächeln, als er in ihr Haar griff und eine Luftschlange herauszupfte.

„Weißt du", sagte er, seine Stimme war tiefer, sexier und irgendwie viel gefährlicher, als wenn er wütend war. „Du hättest viel überzeugender geklungen, wenn du nicht Reste dieser Dinge in deinem Haar hättest. Er hielt ein Bündel kleiner, klebriger Luftschlangen hoch, die aus einer Luftschlangenpistole hervorgegangen waren."

Sie leckte sich über die Lippen. „Ich *war* überzeugend, sonst wärst du noch wütend."

„Wie kommst du darauf, dass ich es nicht bin?"

„So wie du mich ansiehst."

„Und welcher Weg ist das? Sag es mir, denn ich möchte es von diesen Lippen hören." Er fuhr mit der Fingerspitze sanft über ihre Unterlippe und zog sie leicht nach oben. Plötzlich verspürte sie den schelmischen Drang, in seinen Finger zu beißen, aber so schnell wie der

Gedanke kam, änderte sich sein Blick und er zog ihn zurück. Es schien, als könne er auch in ihr lesen.

„Du siehst mich an, als ob du mich willst", sagte sie.

Er verstummte, sein Gesichtsausdruck war nicht mehr wütend oder humorvoll, sondern ernst. „Ruby. Ist dir das noch nicht klar? Ich habe dich immer gewollt." Dann hob er eine Augenbraue. „Aber" - er zuckte mit den Schultern - „vielleicht lüge ich ja, wie du zu glauben scheinst. Was ist denn nun die Lüge, Ruby? Dass ich dich will, oder dass ich dich nicht will?"

Sie entfernte sich unbeholfen. „Ich weiß es nicht. Ich tue nicht so, als würde ich dich kennen."

„Dann verstehst du vielleicht eher Taten als Worte." Er nahm ihre Hand, zog sie zu sich und küsste sie fest auf die Lippen.

Die Zeit stand still. Sie war sich nichts bewusst außer der Hitze und der Kraft seiner Lippen auf ihren, dem Pochen ihres Herzens und dem Schmelzen tief in ihrem Inneren. Dann zog er sich zurück, zu schnell. „Und, weißt du es jetzt?"

Sie nickte und hielt sich die Hand vor den Mund, als ob sie sich verbrannt hätte, unfähig zu glauben, was geschehen war. Sie leckte sich über die Lippen, wollte noch einmal seine Lippen schmecken, aber der Kuss war nur verlockend kurz gewesen. „Ja, ich weiß."

„Gut. Dann erzählst du es mir vielleicht", sagte er in einem sanfteren, leiseren Ton.

Sie schüttelte den Kopf. Sie konnte nicht dorthin gehen. Noch nicht.

Er seufzte und ging zur Tür. „Ich werde mich umziehen, und ich schlage vor, du tust dasselbe."

„Warum? Wohin gehen wir?"

„Wenn Hani gerade eine Party gefeiert hat, dann denke ich, dass es das Mindeste ist, dass sein Vater auch etwas von den Feierlichkeiten mitbekommt. Es gibt hier in der Nähe einen Freizeitpark, den er einmal erwähnt hat. Wir waren noch nie dort, aber vielleicht ist jetzt ein guter Zeitpunkt, dorthin zu gehen."

Sie hatte einen Treffer gelandet! Sie nahm einen tiefen Atemzug. Sie würde ihm zeigen, dass sie im Sieg gnädig sein konnte. „Ich bin sicher, das wird ihm gefallen. Aber er ist jetzt müde."

Amir sah besorgt aus. „Ja, natürlich. Das hätte ich fast vergessen."

Ruby wünschte, sie hätte nichts gesagt, denn der Amir, den sie vor so vielen Jahren gekannt hatte, war wieder unter den Sorgen und Nöten des neuen verschwunden. Aber es führte kein Weg daran vorbei. Hani würde zu müde für einen solchen Ausflug sein.

„Natürlich", sagte er wieder und drehte sich um. „Es war eine dumme Idee."

„Nein, nein, das war es nicht. Und ich habe noch eine andere, die ihm sicher auch gefallen würde."

Rubys Herz machte einen Sprung bei dem vertrauensvollen und interessierten Blick, den Amir ihr zuwarf. „Und was ist das?", fragte er leise.

„Er will ein Eis von einem Straßenverkäufer am Flussufer essen."

Amir nickte langsam. „Ich muss das mit seinem Ernährungsberater abklären."

„Nicht nötig. Ich habe schon nachgesehen. Es ist alles in Ordnung."

„Dann eben Eiscreme."

Ruby sah zu, wie Amir den mit Steinen gepflasterten

Gang entlangging, die Hände in die Taschen gesteckt, in seiner gewohnten Haltung, aber sein Gang war irgendwie leichter.

ALS SIE ZURÜCKKAMEN, war es schon dunkel. Hani hatte sich köstlich amüsiert und Amir war untypisch entspannt gewesen und hatte Hani und Ruby die Führung überlassen. Er schien sogar das Eis zu genießen.

Wie üblich führte Amir sie durch den hinteren Teil des Palastes in den Privatflügel und auf das Gelände, weit weg vom Trubel des Verwaltungs- und Zeremonialzentrums.

Auf der Terrasse hielten sie inne und sagten Hani gute Nacht. Nach dem Versprechen von Ruby, später zu kommen und ihn ins Bett zu bringen, sahen Amir und Ruby zu, wie Hani im Haus verschwand. Ruby drehte sich mit einem zufriedenen Seufzer um und blickte über die Stadt hinaus auf das Meer, das sich indigoblau vor einem saphirblauen Himmel abzeichnete. Es war die perfekte Tageszeit. Das Licht verlieh der ohnehin schon exotischen Landschaft eine geheimnisvolle Note und ließ sie noch romantischer und mysteriöser wirken, indem es die Ränder verwischte. Sie warf einen Blick auf Amir, der ebenfalls von der Atmosphäre berührt zu sein schien.

Er sah sie an. „Hungrig?"

„Glaubst du wirklich, dass ich hungrig bin, nachdem ich dieses riesige Eis und die Hälfte von Hanis gegessen habe?" Sie lachte.

Er zuckte mit den Schultern. „Du hättest Hanis Hälfte nicht essen müssen, obwohl er so sehr gekichert hat, dass er nicht mehr hätte essen können. Du bist sehr verspielt mit ihm, wenn du ihn so ärgerst."

Jetzt war sie ernst. „Meinst du, ich hätte das nicht tun sollen?"

„Das habe ich nicht gesagt."

„Was hast du dann gesagt?"

„Ich denke, was ich damit sagen will, ist, dass Hani eine gute Zeit hatte. Und dass ich auch eine gute Zeit hatte."

„Ich auch", sagte sie leise.

„Möchten Sie einen Drink? Hier, mit mir?"

Sie nickte. Es wäre ihr in der Tat wichtig. Mehr als sie sagen konnte, mehr als sie ihn wissen lassen wollte.

Er hob die Hand und winkte einem seiner Mitarbeiter, die nie weit weg waren. Ein paar Worte und die Sache war erledigt.

Sie nahm Platz. „Ich hoffe, ich muss nicht auch noch für die hier bezahlen."

„Ah, ich entschuldige mich dafür. Normalerweise habe ich Leute dabei, die solche Dinge kaufen wie…"

„Eiscreme?"

„Nein, das ist das erste Mal, dass ich Eiscreme kaufe."

„Du solltest aber Geld haben, Amir. Ganz im Ernst. In was für einer Welt wird Hani aufwachsen? In einer, in der er erwartet, dass jemand aufspringt und für Dinge bezahlt? So funktioniert das nicht."

„So funktioniert meine Welt. Und meine Welt wird eines Tages auch seine sein."

„Er muss wissen, wie die Menschen in der realen Welt leben, Amir. Um die Menschen zu verstehen."

„*Ich* verstehe die Menschen."

„Nein, das tust du nicht. Man sagt den Leuten nur, was sie tun sollen, und sie tun es.“

„Alle außer dir, wie es scheint.“

„Dafür gibt es einen Grund, Amir.“

„Weil Sie widerspenstig, ungestüm und impulsiv sind?“

„Ich bin all diese Dinge. Und... ich habe auch Angst.“

Der Puls des Abends vertiefte sich, als ihre Blicke sich fixierten und so undurchdringlich wurden wie die hereinbrechende Dämmerung. „Angst?“ Seine Stimme war tief und ungläubig.

„Ja, natürlich, ich habe Angst. Das ist es, was man fühlt, wenn etwas, das man so lange gewollt hat, wie ein Köder vor einem gehalten wird, als wäre es ganz nah und könnte doch jederzeit weggerissen werden. Ich habe Angst, dass ich ihn wieder verliere.“

Als das Schweigen länger wurde, war Ruby nicht sicher, ob Amir sie gehört, geschweige denn verstanden hatte. Die Getränke wurden serviert und er nahm einen Schluck. Dann stellte er das Glas mit Bedacht auf den Tisch und wandte sich ihr zu. Die Dämmerung wurde mit jedem Augenblick tiefer und legte einen fast violetten Farbton über die Welt. Die Lichter auf der Terrasse flackerten, als Amirs Haushälterin sie einschaltete. Es war wie eine Filmkulisse, in der Amir die Hauptrolle spielte: Alle Augen waren auf ihn gerichtet - zumindest ihre - und warteten darauf, dass er den Satz sagte, der ihr eine Zukunft geben oder sie ihr wegnehmen konnte.

„Du hast ihn einmal verloren, weil du es wolltest. Du wirst ihn nicht wieder verlieren, es sei denn, du willst es auch.“

„Das wird nie passieren.“

„Dann haben Sie nichts zu befürchten.“

Nichts zu befürchten... Seine Worte wiederholten sich in ihrem Kopf, als sie an all die Dinge dachte, vor denen sie Angst hatte. Vor dem Alleinsein und vor der Depression, die sich nach Hanis Geburt wie ein dunkler Nebel über sie gelegt hatte.

„Richtig", sagte sie. „Richtig." Dann sah sie ihm in die Augen, die im schwindenden Licht immer undeutlicher wurden. „Ich wünschte, ich könnte das glauben."

Er beugte sich vor und nahm ihre Hand. „Sie haben mein Wort."

Und in diesem Moment glaubte sie ihm.

„Aber im Gegenzug möchte ich, dass Sie mit Simone zusammenarbeiten. Die Dinge, die Sie in Bezug auf Ihre Ernährung und Gesundheit tun sollen, sind nicht das Ergebnis einer Laune meinerseits. Sie sind für Ihre Gesundheit, und damit auch für Hanis. Und doch sagt sie mir, dass du dich geweigert hast, in deinen Terminkalender zu schauen oder über deine Verpflichtungen zu sprechen, die für die nächsten Monate geplant sind."

„Das ist wahr. Ich wollte heute mit Hani. Ich habe fünf Jahre auf diesen Moment gewartet. Hast du wirklich geglaubt, ich würde in einem Büro bleiben und Papierkram erledigen, wenn ich in seiner Gesellschaft sein könnte?"

„Seltsamerweise ja, das habe ich. Ich habe mich natürlich geirrt. Ich hatte deine Entschlossenheit unterschätzt."

„Und Sie haben Ihre Fähigkeit, mich zu kontrollieren, überschätzt."

„Nein, das habe ich nicht getan. Ich habe dir deinen Tag mit Hani gegönnt. Aber wenn du willst, dass das so bleibt, musst du dich an die Regeln halten - an meine Regeln. Und das bedeutet, dass du sicherstellen musst, dass du fit und gesund bist und vorbereitet auf ... was auch immer passieren mag."

Sie schluckte. Irgendwie schaffte sie es immer, unangenehme Gedanken zu verdrängen. Und genau das hatte sie heute getan, als sie mit Hani in diesem Moment war. Aber es war nicht verschwunden. „Ja, natürlich. Wissen Sie, wann Hani die Transfusion brauchen könnte?"

„Nein. Das wird nur geschehen, wenn es absolut notwendig ist. Im Moment konzentrieren wir uns auf die Behandlung, die er von der Ärztin in Boston erhält. Sie betreibt eine Spitzenforschung, die Hani helfen könnte."

„Also braucht er mein Blut vielleicht nicht? Das hast du vorher nicht gesagt."

„Ich wollte sichergehen, dass du mit dem Plan einverstanden bist. Ich brauche dich hier als Versicherung für Hani."

Sie löste ihre Hand aus seinem Griff. Das Licht war buchstäblich und im übertragenen Sinne aus dem Tag verschwunden. An die Stelle der Helligkeit war die Tatsache getreten, dass sie für Amir nur ein Häkchen auf einem Formular war. Sie hätte es wissen müssen, es hätte ihr egal sein müssen, aber es war ihr nicht egal. Sie versuchte zu lächeln, seine Bemerkung lässig zu nehmen. „Versicherungscheck." Sie schenkte ihm ein kurzes, sprödes Lächeln. „Ich fühle mich, als wäre ich auf einen Eintrag in einem Formular reduziert worden ... ein Häkchen in einem Kästchen ... eine Police."

Er lehnte sich in seinem Stuhl zurück und zuckte mit den Schultern. „Sie können es nennen, wie Sie wollen, aber eine Versicherung sind Sie."

Sie konnte den Schmerz nicht mehr unterdrücken. „Ist das alles, wofür du mich hältst?"

„Das ist alles, was zählt." Er hielt inne. „Das, und auch die Tatsache, dass du meine Frau sein wirst."

„Ah, natürlich", sagte sie, ohne sich die Mühe zu machen, die Bitterkeit aus ihrem Tonfall herauszuhalten. „Ein weiteres Kästchen abgehakt."

Er runzelte die Stirn. „Du hast doch nicht gedacht, dass es etwas anderes ist, oder?"

„Natürlich nicht! Und sagen Sie mir, wann genau wird dieses Kästchen ‚Ehe' angekreuzt werden?"

„Ich muss erst noch einige Besprechungen abhalten. Wir treffen Vorkehrungen, sobald sie hinter uns liegen. Ich werde Sie über Ihre Sekretärin informieren. In der Zwischenzeit" - Amir erhob sich von seinem Stuhl - „werden Ihre Tage gemäß Ihrem Terminkalender eingeteilt sein. Ich schlage vor, Sie sehen es sich an. Ich werde Sie jetzt verlassen. Ich habe Arbeit zu erledigen, Arbeit, die heute Nachmittag hätte erledigt werden müssen. Gute Nacht."

Als Amir wegging, spürte er Rubys Augen auf seinem Rücken, wie ein Zielsuchgerät. Es hatte ihn all seine Willenskraft und Kontrolle gekostet - von der er immer geglaubt hatte, dass er sie im Überfluss besaß -, um nicht zurückzuschauen und ihr zuzuwinken, mit ihm zu kommen. Heute hatte sie gezeigt, was sie Hani geben konnte, und darüber war er froh. Aber sie hatte auch gezeigt, wie sie im Alleingang seine Welt zerstören konnte und alles, was er sich mühsam aufgebaut und unter Kontrolle gebracht hatte - sein eigenes Herz eingeschlossen. Und darüber war er alles *andere als* erfreut.

KAPITEL 5

Wenigstens, dachte Ruby, als sie das Auftragen der Wimperntusche beendete und das Ergebnis im Spiegel begutachtete, hatte sie in der vergangenen Woche einige schöne Stunden mit Hani verbringen können. Auch wenn es nur für ein paar Stunden am späten Nachmittag gewesen war, als ihre beiden strengen Regime für den Tag vorbei waren. Denn Ruby hatte sich Amirs Kontrolle unterworfen und begriffen, dass sie, wenn sie eine Beziehung mit Hani wollte, tun musste, was Amir sagte.

Das Datum der Hochzeit war schneller gekommen, als sie gedacht hatte. Die weltliche Hochzeit sollte privat sein, eine reine Formalität, nicht vergleichbar mit der Art von Hochzeit, die Amir mit Mia gefeiert hatte und die eine Verkündigung der Vereinigung an die Welt gewesen war. Dies war das Gegenteil davon - eine widerwillige Geste. Notwendig, aber unerwünscht.

Sie versuchte, sich nichts daraus zu machen. Es war nicht

gerade der Stoff, aus dem Märchen sind, aber es sicherte ihre Zukunft mit Hani - zumindest kurzfristig. Zumindest so lange, bis Amir beschloss, dass sie nicht mehr als „Versicherung" gebraucht wurde und ihrer überdrüssig war. Aber es brachte auch die Aussicht auf Intimität mit Amir mit sich. Ihre zitternde Hand tupfte versehentlich dunkelblaue Wimperntusche auf ihre blasse Wange. Sie fluchte leise vor sich hin, wischte ihn weg und trat vom Spiegel zurück.

Sie trug ein langärmeliges rotes Kleid, das ihr wie angegossen passte. Sein Design war schlicht, aber sein Schnitt und seine Passform waren es nicht. Sie würde tun, was er verlangte, aber nur bis zu einem gewissen Punkt, dem Punkt, an dem er begann, sich in ihre Persönlichkeit einzumischen. Sie würde auf keinen Fall zulassen, dass er sie beherrschte. Er hatte bereits einer Gruppe ihrer Model-Freundinnen verboten, an der Zeremonie teilzunehmen. Sie waren auf einem Modeshooting in der Stadt, zweifellos auch aus Neugierde, wohin Ruby verschwunden war, aber sie hatte sie seit ihrer Ankunft kaum gesehen. Sie hatte Amir in diesem Punkt nachgeben müssen, aber er musste wissen, dass sie immer noch ihre eigene Frau war.

Einem Klopfen an der Tür folgte schnell der Eintritt von Simone. Sie war in diesem Spiel schnell zu einer Verbündeten geworden - und zwar einer erstaunlich diskreten.

„Es ist Zeit, Ruby", sagte sie mit einem mitfühlenden Lächeln.

„Danke. Ist alles an seinem Platz?"

Simone errötete. „Ja, aber..." Sie zögerte. „Das Kleid..."

„Machen Sie sich keine Gedanken darüber. Wenn

Amir wütend ist, ist er auf mich wütend, auf niemanden sonst."

Simone nickte, aber sie sah sehr unbehaglich aus. Nicht zum ersten Mal fragte sich Ruby, ob sie zu weit gegangen war, aber sie schob den Gedanken beiseite. Sie hatte in der letzten Woche alles nach Vorschrift gemacht - sie war gepiekst und für Bluttests gestochen worden - also war es das Mindeste, was Amir tun konnte, sie daran zu erinnern, dass Ruby immer noch Ruby war und dass ihr Leben weiterhin nach ihren Regeln verlaufen würde.

„Okay, lass uns gehen." Sie nahm den kleinen Strauß blutroter Rosen von Simone und schlüpfte in ihre scharlachroten Stöckelschuhe.

Amir schaute auf seine Uhr. Sie war spät dran. Natürlich war sie das. Obwohl sie nur von einer Seite des Palastes zur anderen laufen musste, war sie zu spät. Wie gut, dass er beschlossen hatte, die Hochzeit so unauffällig wie möglich zu gestalten, indem er die kürzeste aller Hochzeiten im westlichen Stil abhielt. Nur der Zelebrant, ein paar seiner Mitarbeiter und Hani waren anwesend. Ihre Verspätung bei einer öffentlicheren Veranstaltung wäre eine Peinlichkeit gewesen.

„Ich habe die Bestätigung, dass sie ihre Suite verlassen hat", erklärte er dem Zelebrant der Ehe, der schon seit einer halben Stunde mit ihm wartete. Amir schüttelte angewidert den Kopf über seine eigene Erklärung. Zum einen erklärte er nie etwas seinen Mitarbeitern oder irgendjemandem - dies zu tun zeugte von Schwäche - und zum anderen hätte er zu Rubys Zimmer gehen und sie hierher schleifen sollen, sobald sie eine Minute zu spät kam.

Dann hörte er es. Das regelmäßige metallische Klicken des Absatzes auf dem Stein, das immer lauter wurde. Es erinnerte ihn an das Metronom, das sein Klavierlehrer im Klavierunterricht benutzt hatte. Es stellte sich heraus, dass ihm die Musikalität in den Knochen fehlte, aber der Rhythmus und die Regelmäßigkeit des Metronoms waren ihm im Gedächtnis geblieben, und er hatte sein Leben seither nach ähnlichen Regeln geführt - unerbittlich, regelmäßig und kontrolliert. Nur dass die Kontrolle jetzt von außen kam - von einer Frau, die mit jedem Schritt, den sie tat, seine Welt bedrohte. Aber auch jemand, an dem er festhielt, denn wenn sie ihn verließ, würde seine Welt zusammenbrechen. Der einzige Weg nach vorn bestand darin, Ruby auf Schritt und Tritt zu bekämpfen.

Das Klicken ihrer Schritte kam immer näher, und er wandte sich von der offenen Tür ab und richtete seinen Blick geradeaus auf ein kunstvoll gerahmtes Gemälde über dem Kamin. Er fragte sich, was sein Urgroßvater von dieser Situation gehalten hätte. Zweifellos hätte er sie gebilligt. Die Familie Al-Rahman tat, was immer nötig war, um für Familie und Vermögen zu sorgen.

Dann atmete er ihren Duft ein, als sie neben ihm stand. Er warf einen Blick auf sie und wünschte, er hätte es nicht getan. Sie war auffällig und trug ein blutrotes, enganliegendes Kleid. Ihre violetten Augen sahen ihn herausfordernd an. Der erste Kampf des Tages.

„Sie sind spät dran", sagte er.

„Das ist doch das Vorrecht der Braut."

Er grunzte. „Lasst uns weitermachen, ja?"

„Dafür bin ich ja da." Sie lächelte sanft.

Er nickte dem Zelebranten zu, damit dieser begann. Er hatte seinen Assistenten gebeten, die kürzeste Zeremonie auszuwählen. Während der Zelebrant sprach, wanderten seine Gedanken zu der Frau neben ihm. Sie zeigte keine Anzeichen von Nervosität, keine Skrupel, ihn auf dieser Grundlage zu heiraten, und sie zeigte sich äußerst selbstbewusst. Er hatte noch nie jemanden wie sie getroffen, und sie berührte ihn auf so vielen Ebenen wie keine andere.

„Eure Majestät?" Die Frage des Zelebranten lenkte ihn zurück in die Gegenwart. „Ihr müsst ‚Ich will' sagen."

Er nickte. „Ich weiß."

„Und du, Ruby..."

Er drehte sich um und beobachtete Ruby, um zu sehen, wie sie mit dieser Scharade zurechtkommen würde. Sie hatte die gleiche Farbe des Lippenstiftes wie ihr Kleid verwendet. Sie öffnete sanft ihre Lippen und formte dann die Worte. Er konnte seinen Blick kaum von diesen Lippen lösen und spürte, wie er sich erregte, obwohl er kein Recht dazu hatte, denn er erinnerte sich an die Magie und die Verwüstung, die sie vor so vielen Jahren in seinem Körper angerichtet hatten.

Dann wandte sie sich an ihn. „Also, Amir, wirst du die Braut küssen, wie der Mann sagt?"

„Ja, natürlich. Das ist Tradition."

„Ich bin froh, dass du das gesagt hast", murmelte sie, als er sich ihren Lippen näherte.

Er hatte vorgehabt, seine Lippen nur kurz auf die ihren zu pressen, aber als sein Mund auf den ihren traf, erinnerte er sich an ihren Geschmack, und er beschloss, dass dies vielleicht nur Kampf Nummer zwei war, den er gewinnen würde. Er legte seinen Arm um ihre Taille und spürte, wie sie vor Überraschung den Atem anhielt, bevor sein Mund ihren mit einem Kuss bedeckte, der ihr genau zeigen sollte, wer die Kontrolle über ihre Beziehung hatte.

Aber irgendwo zwischen seiner Absicht und der Tat vergaß er, wo er war. Es gab nur noch sie beide und das leise Wimmern, das von ihr kam, als er den Kuss vertiefte. Und als seine Zunge die ihre fand, drückte er sie enger an sich, und für einen köstlichen Moment presste sie ihren Körper an den seinen. Dann gab es einen lauten Knall und sie trennten sich. Er schaute sich um, und überall herrschte Verwirrung. Luftballons und Luftschlangen erfüllten die Luft, ebenso wie Hanis Lachen, als er einen Luftballon steigen ließ, gefolgt von Konfettiregen, der über ihnen niederging. Irgendwie war, von ihm unbemerkt, ein feines Netz mit buntem, herzförmigem Konfetti über ihnen aufgehängt worden, das sich löste, als sie sich geküsst hatten.

Doch bevor er protestieren konnte, hatte Hani ihn an der Hand genommen. „Baba! Ich danke dir! Ich habe jetzt eine tolle Mama!" Anstatt sie alle anzuknurren, ertappte er sich dabei, wie er seinem Jungen die Haare zerzauste. Hanis lächelndes Gesicht wischte alles andere aus seinen Gedanken. Rubys Augen trafen seine, als sie auf die Terrasse hinausgingen, wo das Personal offenbar ohne sein Wissen ein Hochzeitsfrühstück vorbereitet hatte. So viel dazu, dass er diese Schlacht gewinnen würde. Jedes Mal, wenn er glaubte, die Nase vorn zu haben, überrumpelte Ruby ihn. Er wünschte, er wäre wütender darüber. Aber wie konnte er das, wenn sein Sohn so offensichtlich glücklich war? Ruby war erst seit so kurzer Zeit hier, aber sie hatte die Atmosphäre im Palast drastisch verändert und seinen Sohn von einem nervösen Jungen in einen schelmischen verwandelt. Er versuchte gerade herauszu-finden, was er davon hielt, als Ruby mit Hani zu ihm kam.

„Dann gib es ihm", sagte sie ermutigend zu Hani.

Hani überreichte ihm ein kleines, eingepacktes Geschenk. „Für mich?", fragte Amir, lächerlich berührt von dieser Geste.

„Ja, Baba."

Hani sah zögernd und unsicher aus. Amir öffnete das Geschenk, drehte das kleine flache Ding in seiner Hand um und entdeckte ein kleines Bild von Hani und sich selbst, fein gezeichnet und mit Wasserfarbe ausgefüllt. Er erkannte das Bild. Es musste von dem Foto stammen, das Ruby von ihnen gemacht hatte, als sie zum Eisessen gegangen waren. Er hatte berühmte Künstler Familien-porträts malen lassen - steife Bilder von Hani, Mia und ihm selbst. Sie waren schön, wertvoll und exzellent, warum war er dann so gerührt von diesem Bild? Er schluckte, als er die Art und Weise bemerkte, wie Hani ihre körperliche Nähe dargestellt hatte - die Schultern stießen aneinander, sein Arm legte sich um Hani und schützte ihn vor der Welt.

„Ich habe es selbst gemacht. Ich war mir nicht sicher, ob es dir schmecken würde, aber Ruby hat gesagt, du würdest es mögen."

„Das tue ich. Ich danke Ihnen." Er sollte mehr sagen, das wusste er, aber die Wahrheit war, dass er sich nicht traute zu sprechen, seine Kehle war wie zugeschnürt und er wusste nicht, ob ein Schluchzen oder ein Wort heraus-kommen würde. Er sah Ruby an, und sie nickte kurz, als würde sie ihn verstehen. Wie konnte sie verstehen, wenn er es nicht tat?

„Hani", sagte Ruby, „dein Freund ist dort drüben.

Siehst du? Der Sohn des Chefkochs. Warum bringst du ihn nicht mit rüber und wir essen zusammen? Weißt du noch, was ich gesagt habe? Gib ihm das Gefühl, zu Hause zu sein und dazuzugehören."

„Sicher, Ruby."

Der Moment der Erregung verging, als Amir die Antwort seines Sohnes registrierte. Amir hatte seinen Sohn noch nie zu jemandem „sicher" sagen hören. Es war ein so westliches Wort und er wollte Ruby zur Rede stellen, aber sie hob eine Augenbraue.

„Fang gar nicht erst an, Amir. Heute ist unser Hochzeitstag."

Er schloss den Mund und wechselte die Richtung. „Was dachten Sie denn, was ich sagen würde? Dich in irgendeiner Weise zurechtweisen? Vielleicht wollte ich dir einfach dazu gratulieren, wie gut sich deine Beziehung zu Hani entwickelt. Er scheint sehr glücklich zu sein."

„Das ist er. Es scheint ihn nicht im Geringsten zu stören, dass ich erst seit kurzer Zeit hier bin und wir verheiratet sind."

Er zuckte mit den Schultern. „Daran ist er gewöhnt. Die beiden Ehen meiner Cousine wurden arrangiert."

„Arrangiert? In welchem Jahrhundert leben Sie denn? Und ich nehme an, du hast sie arrangiert?"

Er zuckte wieder mit den Schultern. Diesmal eine Nuance unangenehmer. „Ich hatte natürlich einen gewissen Einfluss auf die Entscheidung."

„Natürlich", sagte sie in einem ironischen Tonfall, der ihm nicht entgangen war. „Das ist also alles normal in Hanis Welt."

„Ja. Und natürlich ist er es nicht gewohnt, etwas in Frage zu stellen. Was immer ich entscheide, gilt."

Sie drehten sich um und sahen ihm beim Spielen mit dem anderen Jungen zu. „Ich denke, in diesem Fall hat es funktioniert, aber ich denke, er muss die Dinge hinterfragen, wenn er erwachsen werden und sein Leben selbst in die Hand nehmen will. Du wirst nicht ewig hier sein", sagte sie und ihre Lippen zuckten auf beunruhigend sexy Weise. „Egal, was du glaubst."

„Vielleicht, aber er muss lernen, sich selbst zu disziplinieren und vernünftig zu denken, bevor er irgendeine Entscheidung in seinem Leben treffen kann. So wird es auch sein. Ich werde euch beiden etwas Spaß gönnen, aber ihr werdet auf keinen Fall die Richtung ändern, die ich mit Hani einschlage. Ist das klar?"

„Kristall."

„Gut."

„Aber..."

„Kein Aber."

Diese schönen Lippen pressten sich zusammen, aber eine Augenbraue schoss nach oben, und sie wandte sich ab und schlenderte davon, wobei das eng anliegende rote Kleid die perfekte Rundung ihres Hinterns enthüllte. Er sah schnell weg, obwohl es der Hintern seiner Frau war, erinnerte er sich. Sie hatte nicht darauf reagiert, aber irgendwie, und er wusste nicht wie, war sie gegangen und hatte den Streit gewonnen. Schon wieder.

Er beobachtete, wie sie mit dem Personal sprach, als wären sie Gäste. Plötzlich bemerkte er, dass die meisten von ihnen anscheinend am Moet nippten, und er seufzte. Sie hatte sie eingeladen. Natürlich hatte sie das. Sie hätte vielleicht akzeptiert, dass er sich geweigert hatte, ihre Model-Freundinnen zur Hochzeit einzuladen - er wollte verdammt sein, wenn er diese trinkfeste Bohème in seinen Palast ließ -, aber sie hatte offensichtlich beschlossen, stattdessen das Personal einzuladen. Er verkehrte nie mit seinem Personal. Er vermied es, mit ihnen über etwas anderes als die Arbeit zu sprechen. Ob es ihm nun gefiel oder nicht, Ruby hatte die Dinge verändert. Und das gefiel ihm ganz sicher *nicht*. Er gab ein Zeichen für ein Glas Wasser. Aber der Kampf um die Macht war noch nicht vorbei. Er würde sie am nächsten Tag in die Schranken weisen, nur wusste sie es noch nicht. Vielleicht würde sie es dann lernen.

RUBY SCHLÜPFTE aus ihren Schuhen und legte sich auf die Ledercouch in dem formellen Raum, den sie als Familienzimmer eingerichtet hatte. Sie hatte das Personal überredet, die Möbel umzustellen und diesen Raum einladender zu gestalten - ein Ort, an dem sie und Hani sich aufhalten konnten. Soweit sie wusste, hatte Amir noch nie einen Fuß in dieses Zimmer gesetzt und wusste auch nichts von der Veränderung. Sie hoffte, dass das auch so bleiben würde, denn dieser ständige Kampf des Willens machte sie langsam müde.

Sie hatte Hanis Kindermädchen für den Abend frei gegeben und Hani selbst zu Bett gebracht. Am Ende hatte sie ihn in den Schlaf gesungen, mit albernen Liedern, die sie aus ihrer eigenen Kindheit kannte, Liedern, die zweifellos Generationen zurückreichten und einen dünnen Faden der Familienlinie verbanden und sie alle in den Schlaf schickten. Der Gedanke gefiel ihr. Familiengeschichte war etwas, das sie nie gehabt hatte. Eltern, die sich von ihrer Familie entfremdet hatten, ein Vater, der

gestorben war, bevor sie dreißig war, und eine kranke
Mutter hatten dafür gesorgt, dass sie von klein an ganz
auf sich allein gestellt war. Und hier war sie nun, mit
einem Mann, dessen Familie mütterlicherseits auf
Machiavelli und väterlicherseits zweifellos auf Saladin
zurückging. War es bei diesem Stammbaum ein Wunder,
dass Amir sie in den Wahnsinn trieb?

Sie gähnte, streckte sich und schaltete den Fernseher
ein. Es war ihr egal, welches Programm lief, denn sie
brauchte auch etwas, um einzuschlafen, das Geräusch von
Menschen, die sich unterhielten, das Geräusch von Aktivität, das Geräusch, dass sie nicht allein war.

Amir sah sich schockiert in dem Raum um, der einmal
der Salon seiner Mutter gewesen war. Die Vorhänge
waren die gleichen, die Tapete war die gleiche, aber prak-
tisch alles andere hatte sich verändert. Es hatte nichts
Förmliches mehr an sich, und die trashige Unterhaltungs-
show, die auf einem neuen Großbildfernseher lief, war
das vulgäre Sahnehäubchen auf dem hässlichen Kuchen.

Wenn er nicht schon das Gefühl hatte, dass die Dinge
außer Kontrolle gerieten, als all das Konfetti in der Luft
lag - ganz zu schweigen von seinen Augen und seinem
Mund -, dann tat er es jetzt. Sie war zu weit gegangen.
Dann sah er sie, zusammengerollt im Schlaf, ihr blondes
Haar über das schicke schwarze Kissen gestreut, wie
Sonnenlicht über einer Wolke. Sie zwickte etwas tief in
seinem Inneren. Es war immer dasselbe, wenn er in ihrer
Nähe war - sie zog an einer Schnur, zupfte an einer Saite,
stellte eine Verbindung her, eine Schwingung, die in
seinem tiefsten Inneren widerhallte. Er fühlte sich wie
eine Marionette, die von einer erfahrenen Puppenspie-

lerin manipuliert wurde. Aber jetzt lag diese erfahrene Puppenspielerin zusammengerollt und schlafend auf einer Couch vor dem Fernseher, und sie sah unglaublich jung aus - zu jung, um die Mutter eines Fünfjährigen zu sein, und viel zu jung, um ihn weiterhin so geschickt zu überlisten.

Er trat vor, um sie zu wecken, aber irgendetwas hielt ihn davon ab, und stattdessen gönnte er sich das Vergnügen, den Anblick vor ihm aufzusaugen. Ihr Haar lag ausgebreitet auf den Kissen, und ihr Kinn ruhte auf ihrer Hand, so dass sie dem Fernseher zugewandt war, und ihre Wimpern, die vom Make-up verdunkelt waren, waren wie die von Hani - dunkler als ihr Haar. Es war warm in dem Raum, und ihre Wangen hatten eine leichte Röte, die den Eindruck ihrer Jugend noch verstärkte. Aber die Art und Weise, wie ihre verschränkten Arme ihr Dekolleté betonten, hatte nichts Kindliches an sich. Sie war schön, daran gab es keinen Zweifel. Aber erst jetzt, als sie fest schlief, wurde ihm klar, dass die Quelle ihrer Schönheit nicht in diesem schlanken Körper lag. Wenn sie wach war, erfüllten ihre Präsenz und ihre Persönlichkeit den Raum und zogen alle um sie herum in ihren Bann. Ihr Geist war noch schöner als ihr Körper, und sie war absolut verführerisch.

Er trat weg, nahm die Fernbedienung und schaltete den Fernseher aus. Er sollte gehen, aber er zögerte. Sie sah so verletzlich aus. Er hob eine weitere Ergänzung des Zimmers auf - eine blassrosa Mohairdecke - und legte sie sanft über sie, um sie nicht zu wecken.

Ihre Augen weiteten sich sofort und sie schwang ihre Beine von der Couch und setzte sich auf. „Amir!"

Er entfernte sich abrupt. „Es tut mir leid. Ich wollte dich nicht wecken."

Sie fuhr sich mit den Händen durch die Haare und räusperte sich, um die Schatten des Schlafes zu vertreiben, die noch an ihr hafteten. „Was machst du da?"

Er ließ die Decke, die er noch in der Hand hielt, auf die Couch fallen und zuckte mit den Schultern.

Sie schaute auf die Decke hinunter und dann wieder zu ihm hinauf. „Du deckst mich mit einer Decke zu?" Die letzten Schatten verflüchtigten sich und sie lächelte. „Das ist nett von dir."

Er grunzte und schlurfte, verärgert darüber, in einem schwachen Moment erwischt worden zu sein. „Nicht freundlich. Einfach ..." Er schaute sich um und versuchte, irgendwo Inspiration zu finden, denn er begann nie einen Satz, ohne zu wissen, wie er enden würde, es sei denn, er befand sich in Rubys Umfeld.

„Sie sind einfach besorgt, dass sich Ihre neue Frau erkälten könnte. Und Sie müssen sie ja fit und gesund halten, nicht wahr?"

Er seufzte vor Erleichterung. „Genau. Ich bin froh, dass du das verstehst."

„Das verstehe ich nur zu gut." Sie ging zum Getränkeschrank hinüber und schenkte sich einen Brandy ein. Sie trug immer noch ihr rotes Kleid, das jetzt zerknittert war und sich um ihren Körper erhoben hatte, so dass mehr von ihren schönen Gliedmaßen zu sehen war. Während er den Anblick von hinten bewunderte, nahm sie einen Schluck, bevor sie sich ihm wieder zuwandte. Sie schlang einen Arm um ihre Taille und schwenkte das Getränk in der anderen Hand, wobei sie ihn genauso musterte wie er sie. „Lust auf einen Schlummertrunk?"

Er sollte nicht bleiben. Er sollte gehen, jetzt, solange er noch kann. „Ja." Das war nicht die Antwort, die er hatte geben wollen.

Sie schenkte ihm einen Drink ein, und er fühlte sich plötzlich wie ein Besucher in seinem eigenen Haus. Das hätte ihn eigentlich irritieren müssen, aber es faszinierte ihn mehr.

„Hier." Sie hielt ihm das Getränk hin. Sie zwang ihn, näher an ihn heranzurücken. Eine weitere Herausforderung.

Er ging auf sie zu, näher als nötig, und sah, wie sie überrascht blinzelte, als er ihr das Getränk abnahm. Er war in ihren persönlichen Bereich eingedrungen, um ihr zu zeigen, dass sie nicht die Oberhand über ihn gewinnen konnte, aber er hatte nicht mit dem Geruch ihres Parfüms gerechnet, das sich durch den Tag gemildert und mit dem Duft ihrer Haut vermischt hatte. Er nahm einen Schluck von dem Brandy, um sein instinktives Schlucken zu verbergen. Er schwor es sich. Er wollte ihren Hals schmecken, nicht das verdammte Getränk. „Danke", sagte er stattdessen.

Sie hob eine Augenbraue. „Für was? Für den Drink oder dafür, dich zu heiraten?"

„Beides", antwortete er. Er wusste nicht, wer von seiner ehrlichen Antwort mehr überrascht war.

Jetzt war sie an der Reihe, verwirrt zu schauen. Sie biss sich auf die Unterlippe, was nicht dazu beitrug, seine Erregung zu lindern, und setzte sich wieder auf die Couch. „Ich dachte nicht, dass du jemals daran gezweifelt hättest, dass ich bleibe."

„Nur dumme Menschen haben keine Zweifel."

Sie blickte zu ihm auf, unter den langen Wimpern

hindurch, die er kurz zuvor noch an ihrer geröteten Wange bewundert hatte. Ihre Wangen waren jetzt noch mehr gerötet, wie er bemerkte. „Und du bist nicht dumm“, sagte sie.

„Nein.“ Er fand sich ihr gegenüber sitzend wieder. Ein Couchtisch stand genau zwischen ihnen, eine Barriere, die ihn davon abhielt, seine Hand um ihren Hals zu legen und ihr Gesicht zu seinem zu ziehen, ihren Mund zu seinem, ihre Lippen zu seinen. Er nahm einen weiteren Schluck Brandy. „Ich plane für den Zweifel. Auf die eine oder andere Weise wärst du geblieben.“

Ihre violetten Augen blitzten mit einem Humor, der ihn verunsicherte.

„Was ist so lustig?“

Sie hob die Augenbrauen. „Du. Du bist so ein Macho.“

„Machismo. Das ist einfach eine lateinische Bezeichnung für männlich sein. Du verbringst zu viel Zeit mit der falschen Sorte von Menschen.“

„Mit der falschen Sorte meinen Sie Leute, die tatsächlich zuhören, was ich zu sagen habe, Leute, die nicht erwarten, dass jeder Befehl befolgt wird, Leute, die, Gott bewahre, tatsächlich tun, was ich sage.“

„In einem Punkt liegst du falsch. Ich höre mir an, was Sie zu sagen haben.“ Er lehnte sich zurück und zuckte mit den Schultern. „Aber wenn du Unsinn redest, dann ignoriere ich es natürlich.“

„Und es wäre unsinnig, wenn Sie damit nicht einverstanden sind.“

„Natürlich.“

„Oder vielleicht, wenn man sich nicht erlaubt, ihr zuzustimmen.“

„Ich brauche keine Erlaubnis, um etwas zu glauben.“

Sie stellte ihr Glas auf den Tisch und lehnte sich vor. „Ich glaube, das tun Sie. Soll ich Ihnen ein Beispiel geben?"

Er rutschte unruhig auf seinem Sitz hin und her, und ein Teil von ihm wünschte sich, sofort dem fesselnden blauen Blick von Ruby zu entkommen, ein anderer Teil war von ihr fasziniert und genoss die Vibrationen der Anziehung, die durch seine Adern flossen. „Fahren Sie fort. Ich vermute, dass Sie das tun werden, mit oder ohne meine Zustimmung."

Sie erhob sich, und er konnte einen kurzen Blick auf ihre Schenkel werfen, bevor sie das Kleid herunterzog. Ihre nackten Füße sanken in den dicken Teppich ein, als sie durch den Raum ging und sich vor ihm auf den Tisch setzte. „Siehst du, du fühlst dich zu mir hingezogen, ich kann es in allem sehen, was du tust oder nicht tust." Sie streckte die Hand aus und berührte seinen Augenwinkel, woraufhin er scharf einatmete. „In deinen Augen." Sie ließ einen Finger über seine Wange gleiten und legte ihn auf seine Lippen. Seine Leiste spannte sich an. „Und da, eindeutig da, in deinen Lippen. Wenn du mich siehst, leckst du sie."

„Ich nicht", sagte er, plötzlich empört über die Vorstellung, dass er vor ihr sabberte wie ein Heranwachsender.

„Oh ja, das tust du", sagte sie leise. „Aber es macht mir nichts aus. Tatsächlich" - sie neigte den Kopf zur Seite - „gefällt es mir sogar sehr. Es hat etwas mit mir zu tun." Sie legte ihre Hand tief auf ihren Bauch und er spürte, wie er sofort hart wurde. Ihre Augen flackerten nach unten, als sie ihm das Getränk aus der Hand nahm und es auf den Tisch stellte. „Und dann ist da noch etwas, wo ich dich berühre." Sie erhob sich, und er sah gebannt zu, um zu sehen, was sie tun würde. Wenn sie jetzt ging, war er sich nicht sicher, ob er es nicht schaffen würde, sie gewaltsam aufzuhalten. Aber das musste er nicht, denn sie streckte ihm ihren wunderbaren Hintern entgegen und legte ihn auf seinen Schoß. Er stöhnte auf und ließ seinen Kopf gegen die Stuhllehne fallen, als seine Erektion von dem weichen Fleisch ihres Hinterns massiert wurde. „Ja." Sie lehnte sich zu ihm, ihr Hintern bewegte sich leicht und fand seinen Platz über seinem steifen Glied. „Ich hatte Recht. Du fühlst dich zu mir hingezogen."

„Angezogen?" Er legte seine Hände um ihre Hüften und zog sie näher heran. „Das ist ein schwaches Wort für das, was ich fühle."

„Welches Wort würde dann ausreichen?", fragte sie, als ob ihr die Butter nicht auf der Zunge zergehen würde. Aber das würde es. Er wusste, dass es reichen würde.

„Keine, denke ich. Vielleicht sollten unter solchen Umständen Worte durch Taten ersetzt werden."

Jetzt war er an der Reihe, sie die Kontrolle verlieren zu sehen. Er konnte spüren, wie sie zitterte, als er sie an sich zog. Er hatte nur einen Gedanken. Er wollte ihr genau zeigen, wer in diesem Moment die Kontrolle hatte.

Ihre Lippen schmeckten nach Brandy und Lust. Das war der letzte unzulängliche Gedanke, den er hatte, bevor seine Zunge über ihre Lippen glitt und von ihrer getroffen wurde. Es war wie die Entzündung eines Funkens in einem trockenen Feuer, das seit Jahren auf einen solchen Moment gewartet hatte. Jeder Gedanke an Kontrolle ging verloren, als sich ihre Zungen verhedderten, ihre Atmung sich beschleunigte und ihre Hände zueinander fanden wie Ertrunkene, die sich um das Leben des anderen klammern.

Er schluckte ihr Wimmern hinunter, als seine Hände ihr Kleid hochschoben und ihre knappe Unterwäsche zum Vorschein brachten. Seine Hände streichelten kurz ihren nackten Hintern, bevor er seine Daumen um den String schloss und ihn herunterzog. Sie erhob sich und ließ ihn auf den Boden fallen. Ihr Kleid war immer noch bis zur Taille hochgeschoben, so dass ihr Geschlecht nackt und auf Augenhöhe war. Er konnte nicht widerstehen und drückte seine Lippen auf ihr Geschlecht und erforschte es hungrig, seine Zunge erkundete sie, bis sie in seinen Armen zitterte. Er konnte nicht genug von ihr bekommen. Er wollte sie überall schmecken, in ihr fühlen. Als seine Finger und sein Mund ihren Körper erforschten, verwandelte sich ihr Stöhnen in Schreie, und in ihrem Inneren pulsierte sie um seine Finger, die sie mit ihrer Feuchtigkeit tränkten. Er zog sie näher zu sich heran.

Aber anstatt ihm zu erlauben, sie weiter zu dominieren, schob sie seinen Hosenschlitz und seine Hose nach unten, und er fand sich auf dem Sofa liegend wieder, während sie sich auf ihn spreizte, und er konnte sich nur zurücklehnen und zusehen, wie sie sich an ihm vergnügte. Er stieß in sie und wurde mit einem Flackern ihrer Augenlider und einem offenen, einladenden Mund belohnt. Aber dann wartete er. Er wollte sie erregen, er wollte, dass sie ihn genauso begehrte wie er sie.

Sie öffnete die Augen und runzelte leicht die Stirn, als sie sich auf ihm bewegte, aber er blieb stehen. Dann stieß er tief in sie hinein und sie keuchte überrascht über das plötzliche Gefühl. Er tat dies noch einmal, und dann tat sie etwas, das ihn überraschte. Sie schaute ihn hinter gesenkten Lidern an und warf mit einer Bewegung ihr Kleid über den Kopf, öffnete ihren BH und warf ihn zur

Seite. Sie schüttelte ihr Haar und beugte sich vor, ihre Brüste streiften seine Brust, ritten auf ihm, drückten ihn mit einer Regelmäßigkeit, die ihn zum Brüllen brachte, als er sie hochhob und auf den Boden legte, ihre gespreizten Hände in einem heftigen Griff ausstreckend. Aber das war der einzige Teil von ihr, der unter Kontrolle war. Ihre Beine waren um seine Hüften geschlungen, während er immer wieder in sie stieß und nicht aufhören konnte, selbst wenn der Palast in Flammen stand und der Raum voller Menschen war. Sie hatte ihn in ihrem Bann, und er hatte nur ein Ziel: in ihr zu kommen, seinen Samen tief in sie zu spritzen und sie zu seinem Eigentum zu machen.

Mit einem letzten Stoß kam er in ihr, mehr und mehr, füllte sie mit sich selbst aus, pumpte immer noch mit kleinen Bewegungen in sie hinein, als ob er sie nie ausfüllen würde.

Sie hatte recht. Sie brachte das primitive Tier in ihm zum Vorschein. Er hatte irgendwo gelesen, dass Männer, die ihre Frau verdächtigten, mit einem anderen Mann zu schlafen, mehr Sperma produzierten, als ob sie sichergehen wollten, dass sie dominieren würden. Er wusste, dass dies der Fall war. Er machte sie so sicher zu seiner Frau, als ob er sie mit einer Kugel und einer Kette an sich ketten würde. War er verrückt geworden?

Er zog sich zurück und schaute auf sie herab, während ihre Hand zu der Stelle wanderte, an der er gerade war, und die feuchte Spur seines Spermas auf ihrem Kitzler verteilte. Sie zitterte leicht. Und er wich noch einmal zurück. Sie war wie eine Droge für ihn. Er bezweifelte, dass er jemals genug davon bekommen würde. Aber sie brachte etwas zum Vorschein, das ihn zu Tode erschreckte.

Sie muss es gespürt haben, denn sie erhob sich und stand nackt vor ihm. „Was ist los?"

Er schüttelte den Kopf. „Ich muss gehen."

Sie legte ihre Hand in seinen Nacken, zog ihn zu sich heran und küsste ihn so lange, bis seine Erektion wieder hart war.

„Wirklich?"

„Ja, wirklich."

Sie biss sich auf die Lippe, und die plötzliche Unsicherheit in ihren Augen versetzte ihm einen Stich in sein unverteidigtes Herz. Verdammt!

Sie wandte sich ab und zog sich schweigend ihr Kleid an, und als sie sich umdrehte, war er auch schon angezogen.

„Kommst du mit ins Bett?", fragte sie in einem verletzlichen Flüsterton, der jede noch so kleine Abwehr umging und in sein Herz schoss.

Er schüttelte den Kopf, traute sich nicht zu sprechen, aus Angst davor, was herauskommen würde, welche Worte der Not er laut aussprechen würde. Er konnte sich ihr nicht einfach ausliefern, um mit ihr zu machen, was sie wollte. Das hatte er schon einmal getan, mit verheerenden Folgen.

„Okay." Sie schenkte ihm ein kurzes Lächeln, das ihm einen Stich ins Herz versetzte.

Sie schloss die Tür hinter ihm und er kippte seinen Brandy zurück. Als der feurige Schnaps durch seinen Körper raste, traf er eine Entscheidung.

Es war klar, dass sie seine Achillesferse war, und es war auch klar, dass er sich in ihrer Nähe nicht trauen konnte. Er wollte sich in ihr verlieren, sich in ihr von der Welt erholen, die er geschaffen hatte und in der er allein war, aber er konnte es nicht. So etwas zu tun, hieße, alles zu verlieren, was er gewonnen hatte, alles zu gefährden, was er hatte. Nein, es gab nur eine Lösung.

Er ging durch die leeren alten Korridore zu seinem Büro und setzte sich mit seinen Büros in Übersee in Verbindung, um die notwendigen Vorkehrungen zu treffen. Dann schenkte er sich noch einen Cognac ein. Er blickte in seine bernsteinfarbene Tiefe. Noch etwas, das er selten tat: Alkohol trinken. Nicht so wie jetzt. Er hatte das Gefühl, in allen Bereichen seines Lebens die Kontrolle zu verlieren. So konnte es nicht weitergehen. Er brauchte Abstand.

Er stellte das Glas zurück auf den Tisch und löschte das Licht. Sie würde ihn hassen, das war ihm klar. Aber wäre das nicht leichter zu ertragen als Lust?

KAPITEL 6

Es war schon später Vormittag, als Ruby erwachte. Sie hatte zur Abwechslung mal gut geschlafen, und während sie sich auf den feinen Seidenlaken ausstreckte, dachte sie über den Grund für das Wohlgefühl nach, das in ihren entspannten Gliedern nachklang. Sie atmete tief ein, schloss die Augen und ließ Amirs Liebesspiel in ihrem Kopf Revue passieren.

Es war im wahrsten Sinne des Wortes umwerfend gewesen, und nachdem ihr Verstand so richtig durchgeschüttelt worden war, hatte ihr Körper die Kontrolle übernommen, ebenso wie seiner. Der Sex hatte an ihr Liebesleben fünf Jahre zuvor erinnert, aber das, was letzte Nacht passiert war, war einfach nur Sex gewesen. Von der Liebe, die sie früher füreinander empfunden hatten, war nichts zu spüren gewesen, nur das verzweifelte Bedürfnis, ihre Lust zu stillen.

Sie seufzte und drehte ihren Kopf, um aus dem Fenster zu sehen. Es war hell. Die Sonne stand bereits hoch am Himmel, und es gab keine Meeresbrise, die die Hitze, die von der Wüste heranrollte und sich über den Palast und die darunter liegende Stadt legte, lindern konnte. Sie warf einen Blick auf die Uhr und fragte sich, warum sie nicht, wie gewünscht, gerufen worden war. Sie hatte früher aufstehen wollen, um mit Hani frühstücken zu können, bevor sein Schultag begann, aber niemand hatte sie geweckt, und ihre innere Uhr hielt stur an ihrer alten Lebensweise fest.

Wo waren die anderen? Sie zog sich einen Bademantel über und blinzelte in das helle Licht hinaus. Normalerweise war draußen vor dem Fenster etwas los, zumindest Gärtner, die sich um die üppigen Blüten kümmerten, die ohne ihre Pflege keinen Tag unter der intensiven Hitze der Sonne überleben würden. Aber an diesem Morgen war niemand zu sehen, keine Spur von Aktivität.

Stirnrunzelnd ging sie ins Bad, stellte die Dusche an und rief Amir an. Es ging direkt die Mailbox an, was nicht ungewöhnlich war. Aber, dachte sie, als sie den Anruf beendete, ohne eine Nachricht zu hinterlassen, was ungewöhnlich *war*, war die Nachricht. Es war eine neue aufgezeichnete Nachricht, nicht von Amir, sondern von seinem Assistenten. Offensichtlich hatte er Rubys Anrufe direkt an seine Assistentin weitergeleitet. Das, beschloss sie, als sie ihren Bademantel auszog und unter die Dusche trat, war kein gutes Zeichen. Bedauerte er, was gestern Abend geschehen war? Aber wie konnte er das, wenn es das war, was er wollte? Selbst wenn er sie nicht gewollt hätte - was, wie sie wusste, eine Lüge war -, hätte er sich einen Bruder oder eine Schwester für Hani gewünscht. Das war schließlich Teil der Abmachung gewesen.

Aber als sie die Ereignisse der letzten Nacht noch einmal Revue passieren ließ, verstand sie. Sie hatte das

Liebesspiel initiiert, er hatte die Kontrolle verloren und hatte Angst. Er verlor nie die Kontrolle. Und wenn er sich nicht beherrschen konnte, wenn er ihr nahe war, dann würde er Abstand zwischen sie bringen. Als sie ihren Körper unter dem Wasserstrahl bewegte, um die Spuren ihres Liebesspiels wegzuwaschen, musste sie zugeben, dass sein Handeln eine gewisse Logik hatte. Aber sie musste genau wissen, wie weit er sie von ihm und von Hani entfernen wollte.

Doch als sie eine halbe Stunde später durch den unheimlich stillen Privatflügel des Palastes ging, verstand sie immer noch nicht, was geschehen war. Der Ort schien verlassen zu sein. Sie war sowohl in Amirs als auch in Hanis Schlafzimmern gewesen. Beide waren aufgeräumt und gelüftet, als hätte niemand die Nacht dort verbracht. Sie verweilte einige Augenblicke in Hanis Zimmer und hob sein Kissen an, um den Duft des kleinen Jungen einzuatmen. Sie fuhr mit den Fingern über seine kleine Bücherkiste, die mit alten und modernen Klassikern in edlen Einbänden gefüllt war, von denen viele für ihn zu schwer zu lesen waren, und warf einen kurzen Blick in seine Garderobe, wobei sie über die kleinen Anzüge lächelte, die ihr unpassend erschienen. Aber sie blieb nicht lange, denn es waren nicht seine Sachen, die sie sehen wollte, sondern er.

Im Erdgeschoss sah es nicht anders aus. Für einen so großen Palast schien niemand in der Nähe zu sein. Weder im Salon noch in den Familienzimmern war jemand. Sie blieb an der Bibliothekstür stehen und klopfte, und als sie keine Antwort erhielt, trat sie ein. Sie war leer, genau wie die anderen Räume. Aber hier, wie auch in Hanis Zimmer, konnte sie nicht anders, als zu verweilen.

Der Geruch von Büchern umhüllte sie, und sie schloss die Augen, als sie sich an ihr Elternhaus erinnerte, an das kleine Wohnzimmer, das vom Boden bis zur Decke mit Büchern gefüllt war. Früher war es ihr peinlich gewesen, ihre Freunde mit nach Hause zu bringen, weil deren Mütter in der aufgeräumten Küche saßen und das Abendessen kochten. Anfangs war es gar nicht so schlimm gewesen - ihre Mutter hatte gelesen und das Leben ignoriert, als wäre sie eine Insel, die von Büchern getragen wurde und um die herum die Flut des Lebens schwappen, sie aber nicht berühren konnte. Aber später, als ihre Krankheit fortgeschritten war, hatte sie sich nicht einmal mehr dorthin zurückgezogen, wo ihre Bücher sie berühren konnten. Sie saß einfach nur da und starrte auf die Sackgasse hinaus, auf der kein Verkehr kam, keine Besucher. An solchen Tagen machte Ruby einfach weiter und konzentrierte sich auf Dinge wie das Essen für sie beide. Sie kümmerte sich um die praktischen Dinge und versuchte, die Tatsache zu verdrängen, dass ihre Mutter sich kaum aus dem Zimmer bewegte. Der Geruch der Bücher brachte alles wieder zurück.

Ruby zog sich aus dem Zimmer zurück, während sich in ihrem Herzen gleichermaßen Panik und Traurigkeit breitmachten. Sie ging schnell weg, verdrängte die Erinnerungen in den Hintergrund und sah sich nach Ablenkung um, fand aber keine. Sie öffnete die Fenstertüren, weil sie die heiße Luft brauchte, um die klebrigen Erinnerungen wegzufegen, die sich in ihrem Kopf festsetzten und drohten, das Leben aus ihm zu ersticken. Sie trat auf die vordere Terrasse mit Blick auf die Altstadt und den Hafen hinaus und schluckte die Luft, die hier etwas kühler war, aber sie fühlte sich nicht wohl.

Sie drehte sich um und zog sich ins Haus zurück, fand die Musikanlage und schaltete sie ein. Die Geräusche erfüllten die Luft und ihren Kopf, aber sie übertönten ihre Gedanken nicht. Sie verließ das Zimmer und ging in Richtung Küche und Büro. Sicherlich würde dort jemand sein. Die Leere begann sie zu beunruhigen. Sie rannte förmlich in die steingeflieste Familienküche, deren Wände und Balkendecke zu den wenigen ursprünglichen Merkmalen einer hochmodernen Küche gehörten, wie sie die kaiserliche Familie von Janub Havilah benötigte. Die Panik verflog ein wenig, als sie zwei Küchenangestellte entdeckte, die mit der Zubereitung von Speisen beschäftigt waren.

„Hallo! Zum Glück habe ich jemanden gefunden. Kannst du mir sagen, wo der König und Hani sind?"

Das Personal schaute von einem zum anderen. „Sie sind nicht hier, Madame."

„Richtig", sagte sie und versuchte, ihre Irritation zu zügeln. Gestern hatte sie sich noch problemlos mit diesen Leuten unterhalten, aber heute war offensichtlich ein anderer Tag, und irgendetwas war geschehen, das sie dazu veranlasste, sich nervös von ihr abzuwenden und sie wieder Madam zu nennen. „Könnten Sie mir bitte sagen, wo sie sind?" Sie verschränkte die Arme und warf ihnen den Blick zu, der Hunderte von Fotografen und Regisseuren in die Schranken gewiesen hatte. Das Küchenpersonal gehörte offenbar zu einer härteren Sorte.

„Sie sind weg, Madam."

Ruby seufzte. Das würde nicht so schnell vorbei sein. „Und können Sie mir sagen, wohin sie gegangen sind?"

Der Mann, der gesprochen hatte, zuckte mit den Schultern und wandte sich wieder der Reinigung des

Silbers zu. Verärgert ging sie auf ihn zu und wollte ihn gerade weiter ausfragen, als beide Männer nervös zur Tür blickten, wo plötzlich Amirs Assistent Jamal erschienen war.

„Ah, Jamal, genau der Mann, den ich sehen muss."

„Guten Morgen, Madam." Jamal trat zur Seite und wies Ruby den Gang. „Würden Sie bitte in mein Büro kommen?"

Sie musste sich ihre unmittelbare Antwort verkneifen. Während Jamals Worte von einem Angestellten zu erwarten waren, zeigte seine Haltung, die sich in der verschlagenen Art, mit der er sie ansah, ausdrückte, genau das Gegenteil. „Sicher", sagte sie kurz und schlenderte aus der Küche.

Sie wusste, wo sein Büro war, und wartete nicht darauf, dass er es öffnete, sondern stieß es auf und nahm Platz, bevor er die Oberhand gewinnen und ihr einen Platz anbieten konnte.

„Nun, Jamal, vielleicht sagst du mir, was zum Teufel hier los ist?"

Jamal ging um die andere Seite seines Schreibtisches herum, auf dem ein schlanker Computer stand, an dem fast ununterbrochen E-Mails ankamen. Sein Reich wurde offensichtlich mit ebenso viel Strenge und Kontrolle regiert wie das Spiegelbild von Amir über der Treppe.

Er verschränkte die Finger. „Inwiefern, gnädige Frau?"

„Muss ich es buchstabieren?"

„Ja, ich glaube, das tust du."

Dieser Mann würde gehen müssen. Auf die eine oder andere Weise würde sie dafür sorgen. In der Zwischenzeit musste sie ihn mit seinen eigenen Waffen schlagen.

Sie zwang sich zu einem einstudierten Lächeln. „Jamal, hast du Amir und Hani heute Morgen gesehen?"

„Natürlich, gnädige Frau." Jamal sah sie mit einer würdevollen Leere an, die für die Palastbeamten charakteristisch zu sein schien. Das löste in Ruby nur Irritation aus. Sie hob eine Augenbraue.

„Können Sie mir sagen, wo sie sind?"

„Es tut mir leid, Madam, ich kann nicht."

Sie beugte sich vor. „Kannst oder willst du nicht?"

Jamal nickte lächelnd mit dem Kopf. „Beides. Die Wirkung ist dieselbe."

Rubys Wut kochte hoch, aber sie verdrängte sie. Das würde sie hier nicht weiterbringen. „Ich verstehe. In diesem Fall werde ich ganz bestimmte Fragen stellen." Sie holte tief und kontrolliert Luft. „Hat sich Hanis Zustand verschlimmert?" Es war die Angst, die allem zugrunde lag.

Sein Lächeln schwankte nicht. „Nein, nicht dass ich wüsste."

Sie stand auf. „Dann sag mir, wo er ist."

„Es geht ihm gut. Er ist bei Seiner Majestät, König Amir."

„Das sagt mir nicht, wo er ist!"

Jamal schaute mit studierter Langsamkeit auf seine Uhr. „Um diese Zeit? Ich glaube, sie werden in Boston landen."

Sie setzte sich, als ob sie geschubst worden wäre. „Die USA?"

„Ja." Er nahm ein Stück Papier von einem Stapel.

„Wie lange werden sie dort sein?"

„Hani wird eine Woche dort sein, glaube ich."

„Hani, aber nicht Amir?"

Jamal zuckte mit den Schultern.

„Dann möchte ich, dass du Tickets organisierst, damit ich bei Hani sein kann."

„Verzeihen Sie, Madame, aber ich habe strenge Anweisungen, die Sie nicht befolgen dürfen. Alles ist in Ordnung, alles unter Kontrolle, und Hani wird bis Ende der Woche zu Hause sein."

„Ich möchte zu ihnen gehen."

„Und Seine Majestät wünscht *nicht*, dass du gehst." Jamal leckte sich über die Lippen, als wolle er etwas Köstliches verdauen. „Er möchte nicht, dass Hani durch die Anwesenheit eines Fremden gestört wird."

Eine elektrische Ladung schoss durch sie hindurch. „Ein Fremder? Weißt du, wer ich bin, Jamal?"

Sein Gesicht flackerte nicht, verriet keinerlei Gefühl oder Wissen. „Ja, natürlich. Du bist mit seiner königlichen Hoheit, dem König von Janub Havilah, verheiratet."

Sie hob fragend die Augenbrauen, wohl wissend, dass er sich der Situation bewusst sein musste. „Und als Königin möchte ich bei meinem Sohn sein."

Er schüttelte den Kopf. „Seine Majestät hat genaue Anweisungen hinterlassen." Er griff nach einem Stück Papier und schob es ihr über den Schreibtisch. „Das ist für Sie. Ich habe mir die Freiheit genommen, Ihren Zeitplan für die kommende Woche auszudrucken. Seine Majestät möchte, dass Sie sich darauf konzentrieren, sich in Topform zu bringen." Der beleidigende Blick des Mannes streifte kurz über ihren Körper. Noch nie hatte sie sich mehr wie ein Stück Fleisch gefühlt, nicht einmal, wenn sie fotografiert wurde, noch nie hatte sie sich so gedemütigt gefühlt.

Sie stand auf, nahm ihm das Stück Papier ab, riss es in

zwei Hälften und warf es ihm zurück. „Danke, Jamal, aber das wird nicht nötig sein."

Sie drehte sich um und verließ den Raum, wobei sie nach ihrem Telefon griff. Sie ging weiter nach draußen auf die Terrasse und darüber hinaus. Sie hielt erst an, als sie den Ziergarten erreichte, wo sie weder gesehen noch gehört werden konnte. Diesmal hinterließ sie eine Nachricht - sie war kurz und bündig. Wenige Augenblicke später erschien sein Gesicht auf dem Display ihres Telefons.

„Wie können Sie es wagen, mich zu erpressen", sagte er.

„Wenn die Drohung, den Zeitungen alles über Sie und mich und alles, was mir sonst noch einfällt, zu erzählen, die einzige Möglichkeit ist, Sie dazu zu bringen, mich anzurufen, dann werde ich das tun! Ich will wissen, warum du Hani plötzlich weggenommen hast." Ihre Stimme stockte bei seinem Namen. Sie konnte es nicht verhindern. Ihre Wut wurde von der Angst um ihren Sohn überlagert. „Sag mir, geht es ihm gut?"

Amir seufzte. „Ja. Es geht ihm gut."

Es war die Erleichterung, die ihren Zorn aufflammen ließ. „Wo zum Teufel ist er dann?"

„Wie ich Jamal gebeten habe, Ihnen mitzuteilen, sind wir in den USA. In Boston, um genau zu sein."

„Amir! Ich verstehe das nicht. Gestern..."

„Gestern hatten wir Spaß und heute geht es wieder um die Sache."

„Hani *ist* meine Sache."

„Warum sagen Sie das?"

„Oh, ich weiß nicht, vielleicht weil ich seine leibliche Mutter bin."

Er sah sich um, um sicherzustellen, dass niemand zuhörte. „Sprechen Sie in der Öffentlichkeit nicht von sich als seiner leiblichen Mutter."

Sie weigerte sich, sich einschüchtern zu lassen. Er mag alle anderen kontrollieren, aber sie würde ihm niemals erlauben, sie zu kontrollieren. „Warum nicht? Es ist die Wahrheit."

„Vielleicht. Aber sie ist nicht schmackhaft."

„Für mich schon."

„Aber hier geht es nicht um dich. Es geht um Hani. Und er braucht das, was du jetzt für ihn tun kannst."

„Er braucht mein Blut, aber nicht mich als Mutter, meinst du wohl."

„Ich bin froh, dass du so gut verstehst."

Ruby stöhnte vor Frustration. „Amir, warum hast du ihn weggebracht? Sagen Sie mir das."

Er hat nicht geantwortet.

„Um Himmels willen, sag es mir."

„Im Moment würde ich es vorziehen, das nicht zu tun."

„Warum?"

„Ich habe meine Gründe."

„Das kannst du mir nicht antun! Du kannst mich nicht an ihn heranlassen, nur um ihn mir dann wieder wegzunehmen. Das ist grausam."

Er zuckte mit den Schultern. „Vielleicht bin ich das."

Und sie wusste in diesem Moment, an dem Ausdruck in seinen Augen, dass er es nicht glauben wollte. Und sie wusste verdammt gut, dass *sie* es nicht glaubte. „Nein, das bist du nicht. Du warst es nie. Und ich glaube auch nicht, dass du es jetzt bist. Aus irgendeinem Grund willst du es mir nicht sagen. Ich frage mich, warum."

Er leckte sich über die Lippen und seine Augen flackerten über ihr Gesicht. Er sah sich um und der Hintergrund veränderte sich, als er in einen anderen Raum ging.

„Es gibt eine medizinischer Beraterin hier in Boston, mit der wir zusammenarbeiten. Sie hat die Ergebnisse von Hanis Behandlung analysiert und darum gebeten, ihn zu sehen."

„Und du hast es mir nicht gesagt?"

„Nein. Du musst dort sein, um dich auf das Krankenhaus vorzubereiten. Wenn das nicht klappt, sagt der Berater, dass die..." Er zögerte und runzelte die Stirn. „Der *Eingriff* muss so schnell wie möglich durchgeführt werden. Ich muss jetzt gehen. Während Hani und ich weg sind, werden Sie sich einem strengen Regime von Fitness, Diät und medizinischer Überwachung unterwerfen, um bereit zu sein."

Es herrschte Schweigen und sein Blick löste sich von dem ihren. „Warum haben Sie ‚Verfahren' so gesagt?"

„Wie was?", antwortete er kurz und runzelte die Stirn.

„Als ob es mehr als ein einfacher Eingriff wäre."

Er antwortete nicht. Jemand rief von hinten. „Ich muss gehen."

Seine Antwort, oder das Ausbleiben einer Antwort, sagte ihr mehr, als sie wissen wollte.

Sie schwankte ein wenig und setzte sich auf einen Sitz in der Nähe. Er verheimlichte ihr etwas, etwas, das ihr nicht gefallen würde, weil es schlecht für sie oder für Hani sein würde. Sie vermutete beides.

„Geht es Ihnen gut?", fragte er.

Sie schaute wieder zum Telefon. Ausnahmsweise lag ein besorgter Ausdruck auf Amirs Gesicht, der sie fast ihrer Wut beraubte, sie fast schwach und verletzlich machte, aber nur „fast". Sie nickte.

„*Werden* Sie das immer noch für Hani tun?" fragte Amir.

Die Angst nagte an ihrem Körper, an ihrem Herzen und ihrer Seele. Hinter Amirs grimmigem Blick konnte sie einen Schrecken sehen, der dem ihren glich, und sie kannte die Ursache dafür. Er hatte Angst, dass sie ihn im Stich lassen würde, was das Ende von Hanis Leben bedeuten könnte. Wie war es nur dazu gekommen, dass Amir so etwas von ihr glauben konnte?

„Natürlich werde ich das. Ich habe dir gesagt, dass ich alles für ihn tun würde."

„Gut. Dann beginnen Sie mit dem Regime, das Jamal Ihnen gegeben hat. Wir werden Ende der Woche zurück sein."

Sie nickte und schaltete zuerst das Telefon aus. Fassungslos sah sie sich um. Die Welt sah noch genauso aus wie vorher, aber alles hatte sich verändert. Sie war gezwungen, sich einem Schrecken zu stellen, vor dem sie die letzten fünf Jahre geflohen war. Es schien, dass ihre Zeit abgelaufen war. Sie würde sich dem Krankenhaus stellen müssen - und irgendeinem Verfahren, von dem Amir zu ängstlich war, um ihr davon zu erzählen - und ihren schlimmsten Ängsten.

RUBY HAT ES IRGENDWIE GESCHAFFT, sich während der Woche, in der Hani und Amir weg waren, vor einem Krankenhausbesuch zu drücken. Aber sie aß, was man ihr vorsetzte, und nutzte Amirs Fitnessstudio, um ihre

Kondition zu verbessern. Trotzdem war der Wohntrakt des Palastes leer und der Mangel an Menschen und Aktivitäten bedrückte sie jeden Tag mehr.

So sollte ihr Leben einmal aussehen. Sie war allein. Wie ihre Mutter. Und wie ihre Mutter würde sie der Dunkelheit des Geistes zum Opfer fallen, der zunächst heimlich in deine Seele eindrang. Als du dann endlich die Anwesenheit des Geistes bemerktest, war es zu spät. Er hat dich verschlungen.

Sie schnappte nach Luft, als ob sie ersticken würde. Sie war nicht ihre Mutter. Sie *war nicht ihre* Mutter, wiederholte sie mit mehr Nachdruck. Sie hatte die Wahl. Sie hatte Menschen, an die sie sich wenden konnte. Aber hier, fernab von ihrem üblichen Unterstützungsnetz, fühlte sie sich so isoliert und allein wie seit Jahren nicht mehr.

Die Abende waren die schlimmsten. So wie jetzt, dachte sie, als sie durch die leeren Gänge ging. Amir hatte gesagt, dass der Palast ihr Zuhause sein sollte, aber sie fragte sich, ob er die Bedeutung dieses Wortes kannte. Sie hatte noch nie einen Ort gesehen, der weniger wie ein Zuhause aussah. An jeder Wand hing ein stolzes Porträt eines seiner Vorfahren, und auf jeder Anrichte standen entweder Fotos von Amirs toter Frau oder unbezahlbares Porzellan und Figuren aus vergangenen Jahrhunderten, die Hani nie anfassen durfte. Es war wie eine Leichenhalle, eine Galerie, ein Museum, das längst verstorbenen Menschen und Institutionen gewidmet war.

Es brauchte Leben, dachte sie, während sie das Bild einer Frau zurechtrückte, die schön gekleidet und gelassen inmitten eines halben Dutzend Kinder saß. Sie neigte den Kopf zur Seite, während sie die Familiengruppe musterte. Wenn diese Familie hier gelebt hätte -

und es sah so aus, als ob sie es getan hätte, wenn man den Hintergrund des Hafens und des Meeres betrachtete, der seit Hunderten von Jahren kaum berührt worden war -, dann wären diese Korridore nicht so ruhig gewesen wie sie es jetzt waren. Nein, dieser Ort verlangte nach einer Familie. Ruby kniff die Augen zusammen, als sie sich in den schönen Räumen umsah. Nein, dachte sie wieder, es brauchte Menschen. Und wusste sie nicht, wo sie diese finden konnte?

Sie warf einen Blick auf ihre Uhr. Es war schon spät. Sie hatte getan, was sie Amir versprochen hatte, bis jetzt. Sie hatte sich nicht mit dem Fotografen in Verbindung gesetzt, der am Hafen eine Designerkollektion fotografiert hatte. Aber sie wusste, dass sie noch dort waren. Es wäre schwer gewesen, sie zu ignorieren, da sie in den sozialen Medien all ihrer Freunde stark vertreten waren. Sie waren nur noch zwei Tage im Land. Und obwohl es schon spät war, feierten ihre Freunde noch lange. Als sie den Fotografen anrief, überlegte sie, ob sie gegen Amirs Protokoll verstoßen würde. Aber in all den Erinnerungen daran, dass er ihr gesagt hatte, was sie tun durfte und was nicht, ging es nie um die Möglichkeit, dass sie Leute einlud. Zweifellos war ihm diese Möglichkeit nicht einmal in den Sinn gekommen.

Mit einem Grinsen lehnte sie sich zurück, als ihr Anruf beantwortet wurde. „Angelo? Ich bin's, Ruby." Sie hörte einen betrunkenen Schrei zur Begrüßung, gefolgt von einer Flut von Fragen. „Ich erzähle es dir, wenn ich dich sehe. Was machst du heute Abend?"

Der Palast war jetzt genau so, wie sie es wollte. Angelo war mit etwa einem Dutzend ihrer Freunde und

Bekannten eingetroffen, die entweder tanzten, plauderten oder tranken, oder alles zusammen. Es war zwar nur ein Dutzend, aber sie machten den Lärm von zwei Dutzend. Zum ersten Mal seit Wochen wurde die Panik, die sich immer wieder in Rubys Kopf breit machte, durch den Lärm und das Treiben besänftigt. Seit der lähmenden postnatalen Depression, an der sie nach der Geburt von Hani gelitten hatte, war dies ihr einziger Trost gewesen - ein Summen von Aktivität und Lärm, das sie wie nichts anderes entstresste. Im Laufe der Jahre hatten die Leute es mit vielen Dingen verwechselt, aber sie hatte niemandem die Ursache verraten. Die Erinnerung an die Krankheit ihrer Mutter war viel zu lebendig. Nein, der einzige Weg, ein Geheimnis zu bewahren, war, es niemandem zu erzählen. So viel hatte sie vom Leben gelernt. Und so machten ihre Freunde um sie herum weiter, während sie sich mit einem Schluck Mineralwasser auf der Couch zurücklehnte und sich von ihrem Lachen und ihren Späßen die Wunden versorgen ließ.

Die Musik war laut, aber das störte Ruby nicht. Das Personal hatte den Familientrakt nachts verlassen und sie waren ganz allein. Es gab niemanden, den sie stören konnten, und es war ein gutes Gefühl, ausnahmsweise keine Angst zu haben, beobachtet oder belauscht zu werden. Sie war jetzt unter Freunden.

Sie zog ihre Schuhe aus, verstaute sie unter sich und lehnte sich auf den weichen Polstern zurück. Angelo griff nach einem ihrer Füße und begann ihn zu massieren. Ruby schloss die Augen - ihr Geist und ihr Körper wurden durch das Geräusch beruhigt. Langsam wurde es leiser und hinterließ nur noch ein Summen. Sie seufzte und war innerhalb weniger Augenblicke eingeschlafen, um die unzähligen Stunden wiedergutzumachen, die sie seit ihrer Ankunft im Palast wach gelegen hatte.

Ruby erwachte mit einem Schreck. Sie saß jetzt allein. Es dauerte einen Moment, bis sie sich erinnerte, wo sie war, so tief hatte sie geschlafen. Dann rieb sie sich die Augen und sah sich um, um herauszufinden, was sie geweckt hatte. Die Musik war noch lauter als zuvor - sie wusste nicht, wie sie durchschlafen konnte, und sie wusste nicht, was noch lauter hätte sein können, um sie zu stören. Sie richtete sich auf und sah sich um.

Sie hob ein paar leere Weinflaschen auf, die noch staubig aus dem Keller stammten. Ihre Freunde hatten keine Zeit verschwendet, um Amirs Wein aufzuspüren. Sie erbleichte, als sie das Etikett betrachtete. Sie war zwar keine Trinkerin, aber selbst sie wusste, dass das Zeug unbezahlbar war.

„Hey!" rief sie jemandem zu, den sie nicht kannte. Es waren jetzt mehr Leute hier als zu der Zeit, als sie eingeschlafen war. Sie musterte ihre Gesichter in dem schwachen Licht. Und plötzlich wurde ihr klar, dass sie kaum die Hälfte von ihnen kannte. Offensichtlich hatte es sich herumgesprochen, und die Zahl war auf mindestens das Dreifache angewachsen. Es müssen über fünfzig Leute gewesen sein, die entweder zu dem stampfenden Beat tanzten oder sich in den Schatten bewegten und Gott weiß was taten. Jegliches Gefühl der Ruhe wurde augenblicklich durch die Erkenntnis zerstört, dass die Party außer Kontrolle geraten war. Es krachte, und sie zuckte zusammen, als sie sah, was auf dem Steinboden zerschmettert worden war.

Sie schnappte sich die erste Person, mit der sie zusammenstieß. „Die Party ist vorbei." Aber ihre Stimme ging in dem Lärm unter. „Die Party ist vorbei!", rief sie, jetzt lauter. Aber niemand rührte sich, die Musik lief weiter und ließ ihren Kopf klingeln. Sie griff nach der nächsten Person, von der sie mit Erleichterung feststellte, dass sie sie kannte. „Angelo!" Sie musste näher herankommen und ihm ins Ohr schreien. „Die Party ist vorbei. All diese Leute müssen gehen!"

Er grinste und lehnte sich an sie, den Arm immer noch fest um die Taille einer Frau, die sie noch nie gesehen hatte. „Was ist das, *Cara*?"

„Sie müssen weg!"

„Aber sie sind doch gerade erst angekommen."

„Wer sind sie? Die Hälfte von ihnen kenne ich nicht."

„Freunde von mir. Dieser Ort ist wundervoll, und da Sie so fest schliefen, dachte ich, ich lade noch ein paar Leute ein."

„Ein paar mehr? Mein Gott, Angelo, das muss die Hälfte der Bevölkerung von Janub Havilah sein, ganz zu schweigen von den streunenden Touristen."

„Nicht einmal die Hälfte. Ich kann dir den Rest bringen, wenn du willst."

„Auf keinen Fall! Sie müssen weg. Sofort!"

„Aber sie sind gerade erst angekommen. Party, *Cara*. Du weißt doch noch, wie man feiert, nicht wahr? Das ist es, was du gerne tust. Komm her." Er ließ die Frau los und schlang seine Arme um Ruby. „Und ich zeige es dir."

Er schleuderte sie gegen seinen Körper, und sie war durch den Aufprall fast außer Atem. Bevor sie sich erholen konnte, hatte er seine Arme in einem schraubstockartigen Griff um sie geschlungen, aus dem sie sich nicht mehr befreien konnte, und er senkte seinen Kopf auf ihren und küsste sie voll auf die Lippen. Sie legte ihre Hände flach auf seine Brust und versuchte, ihn wegzustoßen, aber er verstärkte seinen Griff und vertiefte den Kuss. Er schmeckte nach Wein, Rauch und dem Lippenstift der anderen Frauen, die er in dieser Nacht geküsst hatte. Angewidert gelang es ihr, ihn so weit wegzustoßen, dass sie den Kuss abbrechen konnte. Aber für einen schlanken Mann war er stark und hielt sie fest. Empörung erfüllte sie, und sie zappelte und versuchte, sich von ihm zu lösen, aber er verstärkte nur seinen Griff.

„Angelo! Was zum Teufel...“

Doch ihre Worte verhallten, als er seine betrunkenen Lippen erneut auf die ihren presste.

Was in aller Welt war das für ein Geräusch? Amir stellte den Motor des Ferraris ab und hörte das tiefe, bassige Dröhnen von Partymusik. Es war drei Uhr nachts. Was zum Teufel war hier los? Sprang er aus dem Auto und lief die breite Treppe zu den Privaträumen des Palastes hinauf. Es sollte eigentlich verschlossen sein, aber die Doppeltüren standen weit offen, so dass die unbezahlbaren Antiquitäten, Gemälde und Skulpturen für jeden zugänglich waren, der sie mitnehmen wollte. Und wie ein paar Leute aussahen, die unbeholfen über den Rasen zu einem Auto liefen, schien es, als würden sie gerade entführt. Er blieb stehen, rief mit seinem Telefon an und bellte ein paar Befehle, bevor er das Gespräch beendete und ins Haus ging. Er hatte Jamal für ein paar Tage beurlaubt, aber er würde dafür sorgen, dass in dieser Nacht niemand vom Gelände des Palastes entkam.

Ein Pärchen küsste sich im Flur, aber er schob sich nur mit einem Knurren an ihnen vorbei und ging weiter zur

Quelle des Geräuschs. Er musste sich an noch mehr Menschen vorbeidrängen, von denen sich einige tatsächlich im Schatten liebten, angeheizt durch unbekannte Drogen, aber er ignorierte sie immer noch, getrieben von der Angst, was er noch alles sehen würde. Die Musik kam zu ihm in Pochen und Wellen den langen Korridor hinunter zum Empfangsraum. Alles um ihn herum schien sich zu verlangsamen, als er weiter in den Raum vordrang, wo er von einer Explosion aus Alkohol und Musik empfangen wurde. Dann blieb er stehen und schaltete das Licht ein. Die Leute schrien auf, aber er ignorierte sie, während sein Blick auf Ruby gerichtet war. Selbst inmitten so vieler Menschen, die sich in verschiedenen Zuständen auszogen, tanzten, tranken und sich zur Musik bewegten, sah er sie, ihren Körper an einen anderen Mann gepresst, ihre Lippen fest auf die eines anderen Mannes gedrückt.

Wut, heftig und glühend, füllte seine Adern. Selbst als er auf sie zuging und die Leute zur Seite schob, konnte er sehen, dass sie versuchte, wegzukommen. Das machte ihn noch wütender. Im Nu war er bei ihnen und packte den Mann am Hemdkragen. Er riss ihn von Ruby und schleuderte ihn weg, als wäre er schwerelos.

Ohne Ruby aus den Augen zu lassen, rief er seinen Leuten zu, die auf seine Aufforderung hin erschienen waren.

„Schafft die Leute hier raus! Sofort!" Seine Stimme durchbrach den Klang der Musik, des Lachens und des Geplauders der Leute. Sie war an seine Leute gerichtet, aber seine Augen hatten sich nicht von Ruby abgewandt.

Ruby rieb sich mit der Hand über den Mund und

wollte, dass der Geschmack von Angelo verschwand. Sie wollte, dass sie alle weg waren. Sie hatte bekommen, was sie wollte, sie waren gekommen und hatten den Lärm und die Lebendigkeit ihrer Welt mitgebracht. Aber etwas hatte sich verändert, und sie hatten etwas Unerwünschtes in diese Welt gebracht. Tränen der Scham stachen ihr in die Augen, als sie Amir beobachtete, der sie beobachtete, während seine Männer alle schnell aus dem Gebäude vertrieben. Es dauerte nicht lange, denn Amirs Männer erwiesen sich als nicht so höflich, wie ihre Gäste es gewohnt waren. Innerhalb weniger Augenblicke war der Raum geräumt und Amir und Ruby waren allein, umgeben von den Überresten einer Party.

„Was zum Teufel, Ruby?" Sie hatte Amir noch nie so wütend gesehen. Er zitterte fast. Sie schüttelte den Kopf und wandte sich ab. Er packte ihren Arm. „Dreh dich nicht von mir weg! Ich will wissen, was du dir dabei gedacht hast, dieses *Gesindel* in mein Haus zu bringen. In *Hanis* Haus, um Himmels willen."

„Ich kann es erklären."

„Dann geh schon, ich warte."

„Lassen Sie mich zuerst los." Sie versuchte, ihr Handgelenk aus seinem Griff zu befreien. „Du tust mir weh."

„Erst wenn Sie mir sagen, was zum Teufel hier los war."

Er riss sie am Arm, was sie vor Wut rasend machte. „Was glaubst du, was hier los war, Amir? Es war eine Party! Und kein Wunder, dass du eine Party nicht erkennst, wenn du eine siehst!"

„Ich weiß, was eine Party ist. Was ich nie mit einer Party in Verbindung gebracht habe, sind Leute, die aus meinem Haus stehlen, oder Fremde, die im Flur Liebe machen und sich an meinem Weinkeller bedienen. Was zum Teufel hast du dir dabei gedacht?" Er schüttelte ihren Arm. „Das brauchst du mir nicht zu sagen. Ich weiß genau, woran du gedacht hast. An dich selbst! Wie immer."

Sie hatte nicht bemerkt, dass ihre Freunde sich solche Freiheiten herausgenommen hatten. „Tut mir leid, das wusste ich nicht."

„Sie wussten es nicht? Was für eine Art der Verteidigung ist das? Ich habe Sie mit diesem Mann gesehen!" Er schlug ihren Arm weg, als wäre sie für ihn wertlos, was sie natürlich auch war. Sie hatte nur einen Wert in Bezug auf die Tatsache, dass sie die Mutter seines Sohnes war.

„Es tut mir leid, Amir, aber ich war allein. Ich hasse es allein zu sein. Du hast ja keine Ahnung..."

„Und das werden Sie tun? Jedes Mal, wenn die Dinge nicht so laufen, wie du willst, bringst du deine sogenannten Freunde in mein Haus und machst es kaputt?"

Er griff nach ihrem Arm und sie zog eine Grimasse. „So war es nicht."

„Danach sieht es auf jeden Fall aus."

„Ich gehe ins Bett." Sie versuchte, sich loszureißen, aber seine Hand war fest auf ihrer. „Amir? I..." Aber ihre Stimme verstummte, als sie den Blick in seinen Augen sah. Anstatt sie loszulassen, zog er sie näher an sich heran. Sein Gesicht war so nah an ihrem, dass sie eine Spur von Whiskey in seinem Atem riechen und die Bartstoppeln an seinem Kinn sehen konnte. Er hatte es offensichtlich eilig gehabt, nach Janub Havilah zurückzukehren.

„Nein. Diesmal nicht. Diesmal läufst du nicht vor mir weg."

Seine Augen waren dunkel und zornig. Er packte sie

am anderen Arm und zog sie dicht an sich heran, bis sein Mund nahe bei ihrem war, während er sprach.

Sie hob ihr Kinn und sah ihn trotzig an. „Ich habe nichts falsch gemacht. Du hast mich eingeladen, hier zu bleiben, erinnerst du dich?"

„Ich habe dich gebeten, um unseres Sohnes willen hier zu bleiben. Und was hast du getan?" Sein Atem war heiß auf ihrem Gesicht, als er seinen Mund näher an den ihren heranführte. Seine Augen wanderten über ihr Gesicht, nahmen kleine Teile auf, ein Auge, dann das andere, als ob er nach einer Antwort suchte. „Du hast es in eine geschmacklose Party-Szene verwandelt, genau wie die, die du zurückgelassen hast." Seine Finger bissen in ihre Haut und sie keuchte. Aber ihr Keuchen zog seinen Mund auf den ihren, und er presste seine Lippen mit der gleichen Dringlichkeit auf ihre, mit der seine Hände weiterhin ihre Arme festhielten. Sie konnte sich nicht bewegen. Zuerst hielt sie ihre Lippen geschlossen. Das war die einzige Verteidigung gegen den Angriff. Aber er umschloss ihre beiden Hände mit einer seiner Hände und zog sie mit der anderen an seinen Körper. Da spürte sie ihn und war sich plötzlich bewusst, wie erregt er war.

Sie spürte seine Zunge und öffnete ihren Mund, um sie mit ihrer eigenen zu liebkosen. Ihr Atem ging ihr schwer, als ihre Gedanken und Körper sich auf ihre Zungen konzentrierten, die sich mit roher Sexualität übereinander schoben, bis sie eng aneinander lagen und sich gegeneinander bewegten.

Plötzlich ließ er ihre Hände los, schob beide Hände unter ihren Po und hob sie gegen ihn. Sie schob ihre Beine um ihn herum, das enge, dehnbare Kleid rutschte hoch, bis seine Hände das nackte Fleisch fanden, das ihr

G-String nicht bedeckte. Er stöhnte und ließ einen Finger über ihre feuchte Stelle gleiten. Sie keuchte gegen seinen Mund und hob ihren Kopf. Sein Mund fand dann ihren Hals, während er seinen Finger weiter in sie hineinschob. Dann zwei Finger. Sie schluckte und vergrub ihr Gesicht in seinen Haaren, während sie versuchte, die Kontrolle wiederzuerlangen. Aber es ging nicht. Sie bewegte sich gegen seine Hand, gegen seine Härte, und kam plötzlich. Sie keuchte wieder und wieder gegen sein Haar, ihre Augen waren blind für alles, was um sie herum war, als weißes Licht durch sie hindurchschoss.

Er wartete nicht, bis sie fertig war, sondern zog sie grob herunter. Dann ergriff er ihre Hand und zog sie aus dem Zimmer.

Sie musste rennen, um mit ihm Schritt zu halten. Sie wäre auf der Treppe gestolpert, wenn er sie nicht gestützt hätte, sie beim Fallen hochgehoben und sie mit einem Verlangen, das sie in jeder seiner Bewegungen spüren konnte, vorwärtsgetrieben hätte. Er stürmte durch die Schlafzimmertür, trat sie zu und schwang sie herum, bis sie auf das Bett fiel. Er zog sein Jackett aus, trat seine Schuhe ab, öffnete seine Krawatte und sein Hemd, öffnete den Reißverschluss seiner Hose und schlüpfte aus ihr heraus.

Sie wich zurück und hatte plötzlich ein wenig Angst vor dem strengen, entschlossenen Blick in seinen Augen. Aber diese Angst wurde von ihrem Verlangen nach ihm überwältigt. Sie hatte sich noch nie von jemandem so erregt gefühlt seit... Amir, wurde ihr klar. Er sagte kein Wort, ergriff einfach ihre Füße und zog sie zu sich auf das Bett. Er riss ihr den String herunter und als sie ihre Beine um ihn schlang, drang er mit einem tiefen Stoß in sie ein. Er schloss die Augen, als hätte er einen Schlag bekommen, und blieb einen Moment lang ganz still. Dann muss er das Gefühl ihrer Hände gespürt haben, die sich über seinen Rücken und um seinen Po bewegten und ihn festhielten, denn er öffnete die Augen, hielt ihrem Blick stand, zog sich zurück und stieß erneut in sie. Er zog sich wieder zurück und stieß wieder zu. Er stieß mit seinem Körper in sie hinein und ließ jedes andere Gefühl als die offenkundige Tatsache, dass er sie beanspruchte, dahinschmelzen.

Er küsste sie nicht, sondern hielt sich nur über ihr, beherrschte sie mit seinem Willen, seinem Körper, durchdrang sie mit sich selbst, stieß sich in ihr Innerstes, bis sie aufhörte zu existieren. Sie schrie auf, als ihr Orgasmus sie hinwegfegte, aber er hörte nicht auf. Seine Konzentration war absolut. Er stieß weiter zu und zog sich zurück, steigerte langsam das Tempo, bis sie noch einmal kam, und erst dann kam er, pulsierte in ihr, verlor sich in ihr.

Sie beobachtete, wie sich seine Augen allmählich aufhellten, sich wieder konzentrierten und mit einem Ausdruck blinzelten, den sie unter anderen Umständen als Schmerz bezeichnet hätte. Er zog sich zurück und ging weg.

„Es tut mir leid", sagte er kopfschüttelnd, die Augenbrauen verwirrt zusammengezogen. „Es tut mir so leid."

Sie rollte sich auf die Seite und zog die Decke über ihre Blöße. „Es gibt keinen Grund, sich zu entschuldigen. Du hast nichts getan, was wir beide nicht wollten."

Dann sah er sie an und runzelte verwirrt die Stirn. „Du wolltest das? So wie jetzt?"

Sie schüttelte den Kopf und versuchte, klar zu denken. „Gewünscht? Mein Verstand, wenn ich in der Lage gewesen wäre, darüber nachzudenken, hätte vielleicht etwas anderes gewollt. Aber mein Körper" - sie zuckte mit den Schultern - „wollte genau das, was du mir gegeben hast."

„Es hätte nie passieren dürfen. Nicht auf diese Weise."

Sie schluckte, ihr Mund war plötzlich trocken. Sie setzte sich auf, fröstelte und zog die Decke um ihre Schultern. „Ein kleines Vorspiel wäre schön gewesen, aber ..." Sie sah auf, um zu sehen, ob ihr kleiner Versuch von Humor funktioniert hatte. Es hatte nicht geklappt. Er zog sich an, als ob er gehen wollte. „Aber verstehst du denn nicht, Amir? Du warst es, den ich wollte. Dich."

„Das war nicht ich. Das war jemand, der die Kontrolle verloren hat." Er schüttelte erneut den Kopf. „Ich war es nicht." Er ging zur Tür hinüber.

„Wohin gehst du, Amir? Das ist dein Zimmer."

Er fuhr sich mit den Fingern durch die Haare und sah sie wieder nicht an. „Ich muss gehen."

„Wohin gehst du?"

„Irgendwo. Verstehst du nicht, Ruby? Du machst mich verrückt. Ich bin nicht ich selbst, wenn ich mit dir zusammen bin. Und das muss ich sein. Ich muss es sein."

Er ging und schloss leise die Tür. Sie hörte, wie seine Schritte schnell den mit Steinen gepflasterten Flur hinuntergingen und sich entfernten. Sie hörte, wie sein Auto aufheulte und er zu Gott weiß wohin raste.

Sie sammelte ihre Sachen ein und ging, nur in eine Bettdecke gehüllt, in ihr Zimmer und stellte die Dusche an. Er hätte es vielleicht bereut, aber sie konnte es nicht, denn sie wusste jetzt, wie stark ihr Bedürfnis nacheinander war. Sie hatten es beide zu lange unterdrückt, und ihre heftige Verbindung war unvermeidlich gewesen. Das Pendel hatte stark in die andere Richtung geschwungen. Aber es würde sich beruhigen. Es *musste sich* beruhigen.

Ruby lag den Rest der Nacht wach und lauschte der tiefen Stille. Nach der Verrücktheit des Abends schien die Stille greller, aufdringlicher als je zuvor und drängte sich ihr und ihren Gedanken auf. Noch nie hatte sie sich so allein gefühlt, noch nie war sie so wütend auf sich selbst. Wie hatte sie zulassen können, dass der Abend so aus dem Ruder lief?

Um sechs Uhr hörte sie, wie das Personal hereinkam und mit dem Aufräumen begann. Sie errötete und stellte sich vor, was sie dachten und sich gegenseitig sagten. Zu den meisten von ihnen hatte sie gute Beziehungen aufgebaut, aber was würden sie jetzt von ihr denken? Amir würde sich über solche Dinge keine Gedanken machen, aber sie mochte die Menschen, sie wollte nicht, dass sie schlecht von ihr dachten. Und das würden sie. Wie könnten sie auch nicht, wenn sie schlecht von sich selbst dachte?

Und dann war da noch der Sex. Sie konnte es nicht Liebe machen nennen, denn es hatte nichts mit Liebe zu tun, sondern es ging nur um Besitz. Aber es war keine einseitige Sache. Nein, sie wollte von ihm sexuell besessen werden, genauso wie er sie besitzen wollte. Intellektuell beunruhigte sie das - es fühlte sich verdreht und falsch an. Aber ein anderer Teil von ihr wischte ihre Bedenken beiseite, denn es hatte sich auch so richtig angefühlt. Und sie wusste, wenn es sich verdreht anfühlte, dann nur aufgrund der Spannungen und des Drucks, unter dem sie beide lebten. Unter den richtigen Umständen könnte ihr Liebesleben wieder so rein sein wie früher.

Und dann war da noch Hani... In Boston, umgeben von liebevollem Personal, aber nicht von seiner Familie. Von all dem Durcheinander war es Hani, der ihr am wichtigsten war - mit dem Rest konnte sie umgehen. Aber Hani? Ob er oder Amir es wussten, Hani brauchte *sie*, nicht bezahltes Personal, um sich um ihn zu kümmern. Und darauf würde sie sich konzentrieren. Wenn er nicht bald nach Hause kommen würde, würde sie einfach zu ihm gehen müssen.

Sie setzte sich an ihren Laptop, machte ein paar Pläne und wartete, bis sie Amir nach Hause kommen hörte. Sie hörte, wie er an ihrem Zimmer vorbeiging und sein eigenes betrat und wie die Dusche im Badezimmer nebenan anging. Sie hatte es eilig, ihm ihre Pläne mitzuteilen, aber wenn sie eines über Männer wusste, dann war es besser, nach dem Frühstück mit ihnen zu sprechen, und er frühstückte immer mit seinen Beratern. Danach würde er sich für eine Stunde in die Abgeschiedenheit seines Büros zurückziehen, bevor er sich für den Rest des Tages seinen offiziellen Pflichten widmete. Sie würde ihr Treffen auf seine Stunde der Einsamkeit legen.

Eine Stunde später ging sie mit gepackter Tasche und in einem weißen, elegant geschneiderten Hosenanzug die Treppe hinunter in sein Büro. Sie klopfte an die Tür. Es gab ein Grunzen, das sie für Zustimmung hielt, und sie trat ein.

Er sah auf und runzelte die Stirn. „Ich bin beschäftigt."

Sie lächelte sanft. „Das bin ich auch."

„Dann schlage ich vor, Sie gehen."

„Nein." Sie ging zu seinem Schreibtisch, setzte sich vorsichtig auf den Stuhl davor und schlug die Beine übereinander. „Ich habe mit Ihnen zu tun."

Er brummte wieder und wandte sich wieder seinen Papieren zu. Er sagte nichts, als er ein Dokument unterschrieb, es auf einen anderen Stapel legte, ein anderes in die Hand nahm, sich in seinem Stuhl zurücklehnte und es las. Die Uhr tickte, aber er machte keine Anstalten, ihr zu antworten.

Sie seufzte. Dieser Mann war unmöglich. „Sie können zuhören oder nicht, das liegt ganz bei Ihnen. Aber ich werde Ihnen sagen, warum ich hier bin."

Er blätterte in dem Dokument, das er las, und runzelte konzentriert die Stirn.

„Nur für dich", fuhr sie fort, „werde ich es dir in Stichpunkten erzählen. Erstens: Es tut mir leid wegen gestern Abend. Die Party", fügte sie hinzu, denn es tat ihr nicht leid, was danach passiert war, auch wenn er es tat. „Es war dumm von mir."

Es schien, als hätte das Kriechen seine Aufmerksamkeit erregt. Er blickte auf, sein Blick war leer. „Ja, das war es."

„Es wird nicht wieder vorkommen."

„Nein, das wird es nicht." Er sah wieder auf seine Papiere, nahm einen Stift zur Hand und signierte eine Seite.

Sie biss irritiert die Zähne zusammen. Sie hatte den üblichen Streit erwartet, zumindest ein paar Schimpfwörter, stattdessen stimmte er ihr zu.

„Sie klingen ziemlich sicher, dass das nicht der Fall sein wird", sagte sie.

„In der Tat."

Sie schlug wieder die Beine übereinander und wackelte mit dem Fuß. „Du bist heute Morgen ein Mann der wenigen Worte."

Er warf ihr einen weiteren Blick zu, weniger leer, etwas dunkler als zuvor, bevor er die Papiere vor ihm auf dem Schreibtisch unterschrieb.

„Okay, wie Sie wollen. Zweitens, Hani."

Er schob seinen Papierkram beiseite und schenkte ihr seine volle Aufmerksamkeit. „Was ist mit ihm?"

„Er sollte nicht allein in Boston sein."

„Er ist nicht allein. Sein Kindermädchen ist bei ihm, und auch drei andere Mitarbeiter, die er gut kennt."

„Sie gehören nicht zur Familie. Sondern ich. Ich habe Vorkehrungen getroffen, um heute Abend in die USA zu reisen und bei ihm zu sein."

„Das ist nicht nötig."

Sie sprang auf und beugte sich über ihn, wobei sie sich an der Kante des Schreibtischs festhielt. „Das ist es! Wie kannst du so ruhig dasitzen und mir sagen, dass Hani seine Eltern nicht bei sich braucht?"

„Ich nicht."

„Du bist nicht was?" Wenn er versucht hatte, sie zu verwirren, war es ihm gelungen.

„Hani braucht uns, deshalb wird mein Jet gerade für die Rückkehr nach Boston vorbereitet."

„Du wolltest zurückkehren, ohne mir etwas zu sagen?" Kalte Wut füllte ihre Adern.

„Nein. Ich hatte Jamal angewiesen, Sie zu informieren." Er warf einen Blick auf seine Uhr. „Wir werden heute Abend abreisen."

„Ich gehe auch! Du kannst mich doch nicht zurücklassen..."

„Ich sagte ‚wir' -"

„Und wie du so etwas tun konntest, ist mir schleierhaft."

„Ich sagte ‚wir'", wiederholte er.

„Ich bin seine Mutter, um Himmels willen! Seine Mutter! Wie konntest du das nur vergessen!"

„Glauben Sie mir, das kann ich nicht."

Plötzlich ließ sie seine Worte in ihrem Kopf Revue passieren. Sie waren das Gegenteil von dem, was sie erwartet hatte. „Du hast ‚wir' gesagt. Du meinst dich und Jamal, richtig?"

„Ja. Und du."

„Oh!" Sie atmete aus und ging weg, während sie versuchte, das Ganze in ihrem Kopf zu sortieren. „Du bist also nicht böse auf mich wegen gestern Abend?"

„Das wäre, als wäre man einem Kind böse."

Sie knirschte mit den Zähnen. „Ich bin *kein* Kind, das weißt du genau!"

„Ah, ja, vielleicht nicht im Schlafzimmer, aber du hast das Bedürfnis eines Kindes nach Unterhaltung, nach ständiger Aktivität."

„Du verstehst das nicht."

Er erhob sich, jetzt wütend. Endlich hatte sie seine Zurückhaltung durchbrochen. „Ich verstehe, dass ich alles kontrollieren muss, was meine Familie oder mein Königreich zu stören droht. Du hast Recht, es wird keine Wiederholung der letzten Nacht geben, denn ich werde dafür sorgen, dass du nicht von meiner Seite weichst. Ich werde dafür sorgen, dass dein Bedürfnis nach Gesellschaft gestillt wird und dass du dich nicht zu weiteren Dummheiten wie gestern Abend hinreißen lässt. Ich werde dich kontrollieren, Ruby, also gewöhne dich besser daran. Denn ich werde nicht zulassen, dass meine Familie durch dein Chaos zerstört wird." Er nahm ein Telefon in die Hand. „Hier, nimm das. Jamal hat es mit allem geladen, was du über die bevorstehende Reise wissen musst."

Sie hatte zwar eine Antwort bekommen, aber nicht die, die sie erwartet hatte. Er hatte den Machtkampf gleich wieder umgedreht. Sie schüttelte den Kopf. „Du bist unmöglich, Amir!"

„Ich bin sicher, das ist wahr."

„Und ich hasse dich!"

Er schüttelte den Kopf. „Und da liegst du falsch." Er ging auf sie zu und sie hielt den Atem an, als seine Augen über ihr Gesicht wanderten, bevor sie auf ihren Lippen zur Ruhe kamen. Er leckte sich über die Lippen, und sie spürte ein Echo seines Verlangens tief in ihr, in einem Teil von ihr, der sich von der letzten Nacht gut benutzt fühlte. Gut ausgenutzt, aber immer noch bereit für diesen Mann, der ihren Geist und ihren Körper beherrschte. Er reichte ihr das Telefon. Ihre Finger berührten kurz seine, als sie sich darum schlangen. Es kostete sie all ihre Willenskraft, sich umzudrehen und den Raum zu verlassen.

Als sie wegging, ging ihr Atem schnell, ihr Herz klopfte. Und er wollte sie in seiner Nähe haben? Wie zum Teufel sollte sie sich vor ihm schützen, wenn sie in jedem wachen und nicht wachen Moment bei ihm sein würde?

Es war ein Nachtflug in die USA. Ruby versuchte, so lange wie möglich wach zu bleiben, aber das Dröhnen des Flugzeugs und das Gemurmel von Jamal, der mit Amir über Geschäfte sprach, ließen sie einschlafen. Eine sanfte Berührung an der Wange weckte sie auf. Sie drehte sich um und spürte, wie eine Mohairdecke ihr Kinn kitzelte. Das musste es sein. Dann öffnete sie die Augen und sah, wie Amir sich von ihr entfernte. Sie richtete sich in ihrem Sitz auf. Jetzt waren sie ganz allein. Nur sie beide an den gegenüberliegenden Enden der Kabine - außer, dass er zu ihr hinübergegangen war und sie mit einer Decke zugedeckt hatte. Die Zärtlichkeit dieser Geste traf sie mitten ins Herz.

„Amir!", sagte sie leise.

Er blieb stehen und drehte sich um. „Ja?"

„Ich danke Ihnen. Für die Decke."

Er zuckte mit den Schultern. „Der Pilot hat die Temperatur heruntergedreht. Ich dachte, dir ist vielleicht kalt."

Sie nickte. Die Tatsache, dass er überhaupt über sie nachgedacht hatte, verblüffte sie. „Ein bisschen, vielleicht." Aber weniger, nachdem sie seine Berührung an ihrer Wange gespürt hatte.

„Du hast das Abendessen verpasst. Bist du hungrig?", fragte er.

Sie schüttelte den Kopf.

„Du musst richtig essen."

Natürlich sorgte er dafür, dass seine Versicherung warm und gut gefüttert war. Das war alles.

„Ich esse richtig. Ich habe zu Mittag gegessen."

„Okay." Er öffnete den Getränkeschrank. „Möchten Sie etwas trinken?"

„Klar. Danke."

„Mögen Sie immer noch Brandy? Ich meine mich zu erinnern, dass du früher gerne einen guten Remy Martin getrunken hast."

Sie dachte an ihre Studentenwohnung zurück, als

Amir mit einem Korb voller Essen, Wein und gutem Brandy aufgetaucht war.

„Du hast meinen Geschmack für das Beste entwickelt."

„Da ist es gut, dass ich nur das Beste von allem in meinem Flugzeug habe."

Sie schob die Decke von sich, stand auf und streckte sich, dann ging sie zur kleinen Bar hinüber. Sie nahm das Glas von ihm, schwenkte die goldene Flüssigkeit um den Brandy-Ballon und atmete ein. Ihre Augen tränten, also schloss sie sie und nahm einen Schluck. Er rann ihre Kehle hinunter wie Feuer. Und sie brauchte Feuer, denn war es nicht das Feuer, mit dem man Feuer bekämpfte?

Er stützte sich auf einen Barhocker und sah sie nachdenklich an. Er schenkte sich einen kräftigen Schluck ein. „Du bist nicht der Einzige, der sich entschuldigen sollte."

Sie begegnete seinem Blick.

„Es tut mir leid, was nach der Party passiert ist. Es war ungeheuerlich. Ich mache so etwas nie. Ich weiß nicht, was über mich gekommen ist."

„Das tue ich."

„Dann werden Sie es vielleicht erklären."

„Es war immer das Gleiche, Amir. Erinnerst du dich nicht? Wir konnten nie die Hände voneinander lassen. Es hat sich nichts geändert."

„Du hast Recht. Wenn ich dich jetzt anschaue, stelle ich mir vor, dass du keine Kleidung trägst. Ich stelle mir vor, wie du nackt bist und mein Mund dich erforscht."

Sie holte tief Luft und wandte sich mit einem gemurmelten Schimpfwort ab. „Nicht mehr. Ich kann das nicht mehr tun."

„Warum nicht? Du hast doch zugegeben, dass du genauso fühlst." Er nahm einen weiteren gemessenen

Schluck von seinem Getränk. Er bewegte seine Finger um den Becher aus geschliffenem Glas. Sie konnte die Anstrengung spüren, die es ihn kostete, ehrlich über seine Gefühle zu sprechen. Es war, als würde man einem Zehn-Tonnen-Lastwagen dabei zusehen, wie er mit hoher Geschwindigkeit eine Kehrtwendung macht. Sie konnte das Brennen fast riechen. Der Gedanke brachte sie zum Lächeln, und sie war entschlossen, seine Ehrlichkeit mit ihrer eigenen zu beantworten.

„Das habe ich, und das tue ich. Aber das ist Sex. Vor fünf Jahren hat uns das nicht weitergebracht, und jetzt hängt mehr daran. Wie Hani, wie unsere Zukunft."

„Sie sehen also eine Zukunft."

„Natürlich. Ich werde nicht wieder weglaufen, egal, was passiert."

Er runzelte die Stirn. „Was erwartest du denn?"

Sie schluckte und schaute in ihr Glas. Sie hatte dieses Gespräch noch nicht gewollt. Aber wie sollten sie ohne es vorankommen?

„Was erwartest du?", wiederholte er mit ruhigerer Stimme.

Sie biss sich auf die Lippe und sah ihm in die Augen, die ihre übliche Arroganz verloren hatten. Er wollte es wissen, wurde ihr plötzlich klar.

Sie kippte ihren Drink hinunter und genoss das Feuer, das ihre Kehle hinunterlief und ihren Magen hart traf. Sie drehte sich zu ihm um.

„Gib mir etwas zu essen, und ich erzähle es dir." Sie grinste. Sie hatte eine Kleinigkeit zu Mittag gegessen und sich aus Gewohnheit das Essen vorenthalten.

Er ging zur Tür.

Sie hörte dem gemurmelten Austausch zu, sprang auf

und ging in der kleinen Kabine umher, wobei sie sich die Fotos und die teuren Ornamente und Gegenstände ansah. Sie hob ein Foto von Amir, Mia und Hani auf. Hani sah glücklich aus, dachte sie mit einem Ziehen im Bauch. Dann sah sie sich Mia und Amir an. Beide hatten einen herrischen Blick, als sie für das Foto posierten.

Er nahm ihr das Foto ab, runzelte die Stirn und stellte es vorsichtig auf die Anrichte.

„Warum das Stirnrunzeln?", fragte sie.

„Weil sich die Dinge so plötzlich geändert haben." Er betrachtete das Foto erneut. „Damals war alles normal."

„Ist es normal, so auszusehen, als ob man die Sekunden zählt, bis man zu dem zurückkehren kann, was man gerade getan hat?"

Er zuckte mit den Schultern. „Ja. Mia und ich waren vielbeschäftigte Leute."

„Richtig." Der Ton ihrer Stimme muss etwas von ihren Zweifeln verraten haben.

Er hob eine Augenbraue. „Sie war Geschäftsführerin einer Wohltätigkeitsorganisation für Kinder", sagte er in einem kühleren Ton. „Sie war sehr effizient und sammelte viel Geld für die Organisation. Sie gab ihr ein internationales Profil."

„Oh." Verdammt, dachte sie. Warum konnte die Frau nicht eine Schmarotzerin sein, jemand, der nichtssagend und, nun ja, nicht gut ist.

„Sie war eine gute Frau." Sie sah zu ihm auf. Hatte er ihre Gedanken gelesen?

„Ich bin sicher." Sie hat gelogen.

„Sie heiratete mich und nahm ein Kind an, von dem sie wusste, dass ich es gezeugt hatte, während unsere Familien über unsere Verbindung diskutierten."

„Union", sagte sie. Sie schenkte ihm ein kurzes Lächeln. „Klingt nach einer geschäftlichen Fusion."

„Sie wissen, dass genau das der Fall war. Unsere Länder sind ein Geschäft. Und wir müssen es wie ein solches behandeln. Besonders nach dem plötzlichen Tod meines Vaters. Da ging alles sehr schnell."

„Aber was hat Hani mit all dem zu tun? Wurden Sie nicht von Ihren Leuten kritisiert, weil Mia nicht Hanis Mutter ist?"

„Du liest wirklich keine Zeitungen, oder, Ruby? Er wurde acht Monate nach unserer Heirat geboren. Nach einer gewissen Zeit der Abgeschiedenheit und einer gewissen Anzahl von Bestechungen wurde Hani sowohl mein als auch Mias leibliches Kind. Und so hat ihn die Welt gesehen."

„Es war, wie ich ihn gesehen habe. Denn du irrst dich, ich habe es überprüft. Vielleicht nicht die Zeitungen, aber Twitter und Facebook. Du hast ihn gut beschützt. Ich wusste nicht einmal, dass er blondes Haar hat."

„Das war Absicht."

Sie stöhnte, als ihr plötzlich bewusst wurde, wie viel getan worden war, um sie darüber im Unklaren zu lassen, dass ihr Sohn als seiner und Mias Sohn aufgezogen wurde.

Ihr Blick verweilte auf Hani. „Er sieht glücklich aus", räumte sie ein.

„Das war er. Sie war eine gute Mutter. Sie gab Hani, was er brauchte."

„Und was war das?" Sie konnte nicht verhindern, dass sich eine gewisse Schärfe in ihre Stimme einschlich. Sie wusste, dass es nicht fair war, dass es nicht rational war, aber Gefühle sind nun mal so.

„Stabilität".

Sie nickte langsam. „Stabilität", wiederholte sie und schenkte ihm ein schwaches Lächeln. „Nicht gerade das, wofür ich bekannt bin."

„Du musst dich nicht ständig mit Mia vergleichen."

„Ich kann nicht anders, denn das ist es, was du tust."

„Das bin ich nicht, weißt du."

„Wirklich?"

„Nein. Ich bin nicht unlogisch, das solltest du wissen", sagte er und seine Lippen zuckten mit selbstironischem Humor. „Wenn Mia Stabilität mitgebracht hat, bringst du Energie und Spaß mit."

„Klingt ziemlich oberflächlich im Vergleich zur Stabilität."

„Vor einem Monat hätte ich zugestimmt. Aber nachdem ich gesehen habe, wie sich Hani in Ihrer Gegenwart verwandelt hat, ist mir klar geworden, dass das nicht oberflächlich ist, sondern notwendig. Genauso wie die Stabilität. *Das* muss so bleiben."

Sie schüttelte den Kopf. „Ich kann nicht stabil sein. Ich kann das nicht tun."

„Warum nicht?"

Sie holte kurz scharf Luft. „Das ist eine lange Geschichte."

„Wir haben einen langen Flug vor uns."

Sie sagte nicht sofort etwas. Er erhob sich, und einen Moment lang fragte sie sich, ob er einfach weggehen würde, die Intimität des Augenblicks und die Einladung, ihre Geschichte zu hören, vergessen würde. Und plötzlich wollte sie sie ihm erzählen.

„Gehen Sie nicht!"

Er ging weiter zum Telefon. Sein Befehl war kurz und

knapp. Er legte den Hörer auf und wandte sich mit einem schiefen Blick an sie. „Ich gehe nirgendwo hin. Ich bestelle nur mehr Essen. Ich dachte, ich leiste Ihnen Gesellschaft." Er bewegte sich nicht sofort zu ihr. Er blieb einfach stehen und ließ seinen Blick über sie gleiten.

Sie schob ihre nackten Beine unter sich und kroch zurück in die Kissen.

„Was ist es?"

Er schüttelte den Kopf, als wolle er ihn von einem Gedanken befreien. Er drehte ihr den Rücken zu und füllte ihre Getränke nach und schenkte ein Glas Wasser ein. Er brachte sie herüber und stellte sie auf den Tisch.

„Du..." Er begegnete ihrem Blick nicht. „Du siehst so verletzlich aus, irgendwie. Ohne deine Rüstung aus hellen Kleidern, hohen Absätzen und makellosem Haar und Make-up. Das ist nicht hilfreich."

„Hilfe?"

„Hilf mir, nicht wütend auf dich zu sein."

„Gut. Ich bin froh. Wenn wir für Hani zusammen sein wollen, dann müssen wir den Ärger loswerden." Sie nahm einen Schluck und begegnete kurz seinem Blick, bevor sie sich abwandte und das Glas auf dem Tisch abstellte. „Ich glaube, meine Geschichte kann dabei auch helfen."

„Du bist nicht müde?"

„Ein wenig, aber ich habe Schlafprobleme."

Er runzelte die Stirn. „Das hast du früher nie getan. Ich erinnere mich, dass du viel Zeit im Bett verbracht hast." Er lächelte bei dieser Erinnerung.

„Ja, aber nicht viel davon schläft." Sie schloss sich seinem Lächeln an, doch plötzlich erstarrte ihr Lächeln, als sie sich gegenseitig in die Augen sahen. Keiner von beiden sprach für lange Sekunden. Es war Ruby, die zuerst den Blick abwandte. „Jedenfalls", fuhr Ruby fort, „höre ich Sie nachts auf und ab gehen und telefonieren. Wann schlafen Sie?"

„Ich brauche nicht viel Schlaf."

Ihr Blick schweifte über sein Gesicht und erfasste die dunklen Schatten unter seinen Augen. „Aber du siehst müde aus."

Er zuckte die Achseln. „Man lernt, damit zu leben."

„Man lernt, mit vielen Dingen zu leben."

Er setzte sich ihr gegenüber. „Und womit haben Sie gelernt zu leben?"

Sie nahm einen langen Schluck von ihrem Getränk, bevor sie es vorsichtig auf den Tisch stellte. „Viele Dinge. Aber es gibt einige Dinge, mit denen ich noch nicht gelernt habe zu leben."

Er lehnte sich zurück. „Wie zum Beispiel?"

„Allein sein."

Er runzelte die Stirn. „Warum?"

Sie zuckte mit den Schultern und schenkte ihm ein Lächeln, das sich nicht festsetzte, sondern auf ihren Lippen flatterte und ihre Nervosität verriet. „Es ist kompliziert."

„Was ist nicht?" Er trank seinen Brandy aus und betrachtete sie noch einmal. „Sag es mir."

Sie seufzte. „Wenn ich allein bin, habe ich Angst, dass ich..."

„Sie?"

„Ich werde wie meine Mutter werden."

„Deine Mutter?" Sein Stirnrunzeln vertiefte sich. „Das verstehe ich nicht. Du hast mir nie von deiner Mutter erzählt."

„Sie" - sie holte tief Luft - „litt unter Depressionen.

Das ist ein mildes Wort für das, was sie erlitt." Plötzlich sprudelten die Worte aus ihr heraus, nachdem sie scheinbar ein Leben lang niemandem etwas gesagt hatte. „Nachdem ich Hani bekommen hatte, bekam ich einen Vorgeschmack auf das, was sie erlitten hatte. Ich will kein weiteres Kind. Deshalb vermeide ich es, allein zu sein, und ich meide Krankenhäuser. Allein der Geruch erinnert mich an diese Zeit." Sie schüttelte den Kopf und hielt das Glas fest umklammert. Sein Blick wanderte zu ihren Händen. Ihm schien nichts zu entgehen.

„Du füllst also deine Tage..."

„Und meine Nächte..."

„Mit Lärm, weil man Angst hat, depressiv zu werden, wenn man allein ist."

Sie nickte. „Dumm, nicht wahr?"

„Es gibt nichts Logisches an Krankheiten. Das würde also das ganze Feiern erklären."

Sie nickte langsam und schaute in ihr Getränk. „Das würde es."

Bevor sie merkte, was er tat, griff er nach ihrer Hand und hielt sie fest in seiner. „Du wirst nie wieder allein sein, Ruby. Das musst du wissen. Schließlich lebst du in einem Palast. Es ist immer jemand da. Du brauchst keine Angst mehr zu haben."

„Ich bin zwar nicht allein, aber ich habe das Krankenhaus vor mir. Aber ich schätze, dass die Bluttransfusion keine Übernachtung für mich bedeuten sollte. Also sollte ich das gerade noch so schaffen."

Langsam zog er seine Hände zurück. Er antwortete nicht, und ihr Herz sank.

„Sollte ich nicht?"

„Ruby, ich..."

Sie zitterte. „Mir ist kalt." Sie sprang auf, weil sie nicht hören wollte, was er nur schwer in Worte fassen konnte. Hier, hoch über dem Atlantik, war sie sich nicht sicher, ob sie eine schlechte Nachricht verkraften würde. „Ich glaube, ich werde jetzt doch ins Bett gehen." Sie ging zur Tür, griff nach dem Türgriff und blieb plötzlich stehen. Langsam drehte sie sich um und sah ihn an. „Du erzählst mir doch nicht alles, oder?"

Er schüttelte den Kopf. „Nein."

„Und... ich soll trotzdem keine Angst haben?" Sein Schweigen war eine Antwort für sich. Sie grunzte und ging zur Tür hinaus, ins Schlafzimmer. Sie lehnte sich mit dem Rücken gegen die Tür und fragte sich, worauf sie sich da eingelassen hatte.

Amir schloss die Augen fest. Aber das hinderte ihn nicht daran, ihre großen, ängstlichen Augen zu sehen. Und sie bohrten sich in ein Herz, das er für tot hielt.

Er hatte ihr gesagt, sie brauche keine Angst zu haben. Und so war es.

Er hatte sich eingeredet, keine Gefühle für sie zu haben. Und er hatte sie.

KAPITEL 8

Als sie aufwachte, war sie allein. Entgegen den Aussagen von Amir war er im Privatbereich des Flugzeugs nirgends zu sehen. Erst nachdem sie geduscht, sich angezogen und allein gefrühstückt hatte, wagte sie sich in sein Büro in der Nähe des Pilotencockpits, wo er mit Jamal und einer Sekretärin fleißig arbeitete. Als sie den Raum betrat, sahen sie alle auf. Sie sahen nicht gerade einladend aus.

Sie lächelte zaghaft. „Guten Morgen", wagte sie zu sagen.

Die beiden Assistenten neigten ihre Köpfe in einer blassen Nachahmung der Verbeugung, die sie ihrem König und Scheich entgegenbrachten. Amir erhob sich von seinem Platz und wandte sich ihr zu.

„Sie wollten etwas?" fragte Amir.

Sie schluckte, entschlossen, den strengen Blicken von Amir und seinen Assistenten zu trotzen. „Ja. Ich würde gerne mit Ihnen sprechen."

„Ich bin im Moment beschäftigt." Er warf einen Blick

auf den mit Papieren beladenen Schreibtisch. „Wenn Sie möchten, können wir uns nach der Landung treffen." Er seufzte, als wäre er verärgert darüber, dass er einer Belästigung nachgeben musste.

„Ein Treffen", wiederholte sie, wobei ein Funken Wut ihr Kraft gab. „Wie eine begrenzte Zeit, in der wir sitzen und reden."

„Ich bin froh, dass Sie die Definition des Wortes ‚Treffen' verstehen. Wie Sie sehen können, bin ich beschäftigt..."

„Vielleicht möchten Sie, dass ich eine Tagesordnung vorbereite."

Er fuhr mit dem Einscannen eines Dokuments fort, das Jamal ihm vor die Nase gehalten hatte. „Eine ausgezeichnete Idee."

Der Funke verwandelte sich in eine böse Flamme, die an ihrem Verstand und ihrem Herzen leckte. „Möchten Sie, dass ich auch das Protokoll schreibe?"

Ein Muskel in seinem Kiefer zuckte, sein Gesicht versteifte sich. Seine Assistenten blickten von einem zum anderen und vermieden es sorgfältig, sie anzuschauen. Amir holte tief Luft, schloss die Mappe und schob sie Jamal zu. „Bitte lassen Sie uns für fünf Minuten allein."

Ruby trat zur Seite, um die Assistenten aus dem Büro zu lassen. Sobald die Tür geschlossen war, verschränkte sie die Arme. „Was ist hier los, Amir?"

Er deutete auf das Werk. „Was denkst du, Ruby? Ich bin am Arbeiten. Und du unterbrichst meine Arbeit." Er seufzte und lehnte sich zurück. „Ich hoffe, das ist wichtig."

Sie presste die Lippen zusammen und versuchte, den ersten Gedanken zu unterdrücken, von dem sie wusste, dass er sie nicht weiterbringen würde. Fluchen brachte nie etwas. Sie ging zum Tisch hinüber, setzte sich auf einen der freien Plätze und lehnte sich mit verschränkten Armen vor, damit er ihrem Blick nicht ausweichen konnte.

„Es ist, Amir."

„Dann machen Sie weiter."

„Sie sagten, Sie hätten mir nicht alles erzählt. Stimmt das?"

Er blinzelte, aber ansonsten änderte sich sein Gesichtsausdruck nicht. „Richtig."

„Ich würde gerne wissen, was genau es ist, das Sie mir verschweigen."

„Glaubst du nicht, ich hätte es dir gesagt, wenn ich es für eine gute Idee gehalten hätte?"

„Das werde *ich* selbst entscheiden, danke. Was auch immer Sie mir vorenthalten, es betrifft mich und meinen Sohn. Ich habe ein Recht darauf, es zu erfahren."

Seine Augen musterten sie einen Moment lang, bevor er ihr kurz zunickte.

„Okay. Du hattest Recht mit der Bluttransfusion. Ich brauchte dein Blut nicht. Ich wollte dein Blut nicht. Das kann ich auch woanders bekommen."

Sie schluckte. „Und... warum hast du deine Meinung geändert?"

Er räusperte sich, und ihre Befürchtungen stiegen noch weiter an. „In Ihrer Krankenhausakte steht..."

„Wie zum Teufel sind Sie an die gekommen?"

„Indem wir die richtigen Leute bezahlen."

Sie grunzte. Sie bezweifelte es nicht. „Also, was haben sie gezeigt?"

„Dass deine Niere zu Hani passt."

Es war, als hätte ein Blitz eingeschlagen und sie beide

bewegungsunfähig gemacht. Der Lärm des Flugzeugs schien sich um sie herum zu verstärken. Sie schluckte. „Und warum ... sollte das von Interesse sein?"

„Vor einigen Monaten informierte mich der Arzt, dass Hani möglicherweise eine Nierentransplantation benötigt."

Sie lehnte sich zurück, als hätte sie einen Schlag bekommen. „Meine Niere. Du brauchst meine Niere für eine Transplantation." Sie stützte den Kopf in die Hände, während in ihr Panik wütete bei dem Gedanken an die Operation und den Sturz in den Abgrund der Depression, der sicher folgen würde.

„Aber die Berichte der Berater sind vorsichtig optimistisch", sagte er.

Sie sah auf und schüttelte verwirrt den Kopf. „Was bedeutet das?"

„Die letzten Ergebnisse zeigen, dass die neuen Medikamente besser wirken als erwartet. Wenn das so bleibt, ist eine Transplantation nicht nötig. Ich sah keinen Sinn darin, Ihnen etwas zu sagen, was vielleicht nicht eintritt."

Erleichterung machte sich in ihr breit. „Das macht man mit einem Kind, nicht mit einem Erwachsenen. Du hättest mir alles sagen müssen. Wie wäre es, wenn du jetzt damit anfängst?"

Er nickte. „Hani hat vor zwei Monaten mit diesen neuen Medikamenten begonnen. Wie ich schon sagte, sind die Ergebnisse äußerst vielversprechend. Ich werde heute noch einmal mit dem Berater sprechen."

Sie seufzte und schenkte Amir ein kurzes Lächeln. „Also, gute Nachrichten bis jetzt."

„Ja. Ende des Tages werden wir es definitiv wissen."

„Eine Sache verstehe ich nicht."

„Ja?“

„Wenn Sie wussten, dass die Behandlung gut verläuft, warum brauchten Sie mich dann?“

„Versicherung.“

Das kalte, klinische Wort stach.

„Natürlich. Ich war nur eine Versicherung gegen Hanis Verfall. Oder besser gesagt, meine Niere, denn ich war es nicht, den du wolltest, stimmt's?“

„Ruby, du hast unseren Sohn zur Adoption freigegeben! Nein, ich wollte niemanden, der so etwas tun könnte. Und nein, ich wollte meinen Sohn nicht in der Nähe einer Mutter haben, die so etwas tun könnte!“

Sie erhob sich, und das Blut wich aus ihrem Körper. Sterne stiegen ihr in die Augen, und sie klammerte sich an die Stuhllehne und fragte sich, ob sie in Ohnmacht fallen würde. Dann verging der Moment und sie trat zurück.

„Du wirst mir nie verzeihen, oder?“

Er verengte die Augen, als ob er von ihrer Frage überrascht wäre. „Ist das wichtig?“

„Für mich schon. Und du hast meine Frage nicht beantwortet. Wirst du mir jemals verzeihen?“

In der darauf folgenden Pause hatte sie das Gefühl, dass ihr zukünftiges Glück davon abhängt.

„Ich wünschte bei Gott, ich könnte es.“ Sein Ton war düster, sein Gesichtsausdruck noch düsterer.

Ohne zurückzublicken, verließ sie die Kabine und setzte sich wieder ans Fenster. Sie blickte über die Wolken und den blauen Himmel hinweg auf das aufgewühlte Meer weit unten. Sie hatte ihm alles erklärt. Jetzt musste sie nur noch akzeptieren, dass diese Barriere immer zwischen ihnen stehen würde.

Bald würden sie Boston erreichen und Hani. Sie

würde vielleicht keine emotionale Zukunft mit Amir haben, aber sie würde ihren Sohn bald wiedersehen. Aber als sie sich ihn vorstellte, zerfiel das Bild, als ihr plötzlich klar wurde, dass sie, wenn ihre Nieren nicht mehr gebraucht wurden, auch nicht mehr gebraucht werden würde.

RUBY HATTE VERGESSEN, wie der Herbst in Massachusetts aussah. Flammende Orange- und Rottöne, strahlend blauer Himmel und eine Schärfe in der Luft, die sie schon lange nicht mehr gespürt hatte. Sie hatte viel, wofür sie dankbar sein konnte, erinnerte sie sich. Die Tatsache, dass Hanis Prognose jetzt besser war als je zuvor, und die Tatsache, dass sie in seinem Leben war. Zumindest im Moment.

Sie hatte viel, wofür sie dankbar sein konnte, wiederholte sie sich, während sie Amir ansah, der neben ihr im hinteren Teil der Limousine saß, das Telefon ans Ohr geklebt, und sich mal auf Arabisch, mal auf Englisch unterhielt. Er hatte nicht mehr aufgehört, seit er in den Wagen gestiegen war. Ein Anruf folgte dem nächsten, während er weiter ein Land regierte, das niemals schlief.

Ruby drehte sich noch einmal um und schaute aus dem Fenster. Amir hatte sie kaum angeschaut, seit sie den Flughafen verlassen hatten. Es war, als hätte er sich abgeschaltet, ihrer früheren Intimität den Rücken gekehrt, als hätte es sie nie gegeben.

Er bellte weiter Befehle auf Arabisch, als der Wagen vor der Adresse in Beacon Hill hielt, die er für die Zeit von Hanis Behandlung gemietet hatte. Ruby war immer nur in der Gegend herumgelaufen und hatte den viktorianischen Charme, das Kopfsteinpflaster, die Backsteinfassaden und die altmodischen Laternenmasten aufgesogen, aber sie war nie in einem der Häuser gewesen. Ihre Freunde gehörten nicht zu den wohlhabenden Gemeinschaften, die in Orten wie Beacon Hill lebten, wo es die teuersten Immobilien in Boston gab. Sie hatte sich immer in den Loft-Wohnungen in der Innenstadt, in den Fotostudios, Restaurants und Nachtclubs in dieser Gegend aufgehalten. Das hier, dachte sie, als sie aus dem Auto stieg und das Haus von außen betrachtete, war etwas anderes.

Das Haus hatte die typische rote Backsteinfassade und eine Treppe, die zu einer säulenbewachten dunkelroten Eingangstür führte. Sie blickte auf und sah Hanis Gesicht an ein Fenster im Obergeschoss gepresst. Ihr Herz blieb angesichts seiner Blässe stehen.

Sie spürte eine Hand auf ihrem Rücken. Amir steckte sein Handy ein. „Der Arzt sagt, es gehe ihm gut und er solle sich keine Sorgen wegen seiner Blässe machen."

Sie leckte sich über die Lippen und winkte Hani zu, dankbar und überrascht von Amirs scharfsinniger Bemerkung. „Wann werden Sie die endgültigen Ergebnisse des medizinischen Beraters erhalten?", fragte sie, den Blick auf den Jungen gerichtet, dessen Grinsen sein Gesicht spaltete, bevor er das Fenster verließ.

„Bis zum Ende des Tages. Dann sollte alles klar sein."

Sie blinzelte leicht und biss sich auf die Lippe. Von ganzem Herzen wünschte sie sich, dass es Hani gut ging, dass er ein langes und glückliches Leben hatte. Aber wenn das der Fall wäre, dann würde er es fern von ihr leben. Denn sie kannte Amir gut genug, um zu wissen, dass er nicht freiwillig mit jemandem leben würde, dem er den Verrat an ihm und ihrem Sohn nicht verzeihen konnte. Und sie konnte es ihm nicht verdenken, da sie sich selbst nicht vergeben konnte.

Sie waren zwar verheiratet, aber es war nur eine private, zivile Zeremonie. Die Nachricht wurde anscheinend streng geheim gehalten. Sie wusste, dass es in seinem Land Tradition war, dass die bürgerliche Zeremonie vor der öffentlichen Krönung stattfand, bei der er seine neue Königin offiziell seinem Land vorstellte. Aber normalerweise lagen nur wenige Tage, nicht Wochen zwischen den beiden Ereignissen. Sie hatte nicht gefragt, wann es geschehen würde, und sie vermutete jetzt, dass es vielleicht nie geschehen würde. Es wäre viel einfacher, entweder die private Zeremonie zu annullieren oder sich scheiden zu lassen und so zu tun, als hätte es nie stattgefunden.

Plötzlich flog die Haustür auf, und Hani kam die Treppe herunter und in Amirs Arme gelaufen. Amir schwang ihn aber nicht einfach, sondern nahm Hanis Energie vorsichtig auf und hob ihn hoch, um ihn dann in eine warme Umarmung zu nehmen.

Ruby hatte noch nie eine so umfassende Umarmung von Amir gesehen, der ihn für einen Moment fest an seinen Körper drückte, als er seine Augen schloss. Das erwärmte ihr Herz, machte sie aber auch traurig, weil sie sich von ihrer Nähe ausgeschlossen fühlte.

Amir setzte ihn auf dem Boden ab, und Hani drehte sich zu Ruby und umarmte sie um die Taille. Es war nicht so leidenschaftlich wie Amirs Umarmung, aber es war warm, und das reichte ihr. Sie beugte sich hinunter und strich ihm die Haare aus dem Gesicht.

„Hani! Schön, dich zu sehen!", sagte sie.

„Es ist auch schön, dich zu sehen, Ruby!" Hani blickte von Ruby zu seinem Vater. Nachdem Amir gelächelt und genickt hatte, nahm er die Hände der beiden. „Kommt, ich zeige euch mein Spielzimmer. Ich war einkaufen und wir haben ein paar richtig coole Spielsachen gekauft. Und Baba hat gesagt, wenn ich nicht zu müde bin, können wir einen Familienausflug in den Park machen."

Ruby hob eine Augenbraue zu Amir, der kurz eine Grimasse zog.

„Das habe ich", sagte Amir mit einem langsamen Lächeln, das sich als ansteckend erwies, denn erst lächelte Hani, dann Ruby, und das Lächeln verwandelte sich in Gelächter. Alle Zweifel, die Ruby über ihre Zukunft mit den beiden hatte, wurden in den Hintergrund gedrängt. Sie hatte das *Jetzt*. Sie war es gewohnt, das *Jetzt* zu genießen. Sie konnte das hier tun.

Als Ruby sich auf einem der bequemen Ledersofas im Designer-Familienzimmer niederließ und Hani dabei zusah, wie er Amir seine neuen Spielsachen zeigte, konnte sie sich des Eindrucks nicht erwehren, dass es weniger die Spielsachen waren als vielmehr die Tatsache, dass es sich hier nicht um einen Palast, sondern um ein echtes Zuhause handelte, das Hani so bezauberte und ihn entspannter erscheinen ließ.

Das Haus war zwar von außen konventionell, aber innen eine Mischung aus modern - mit hochmodernen diskreten Büros und einem Kommunikationszentrum - und traditionell, gebaut mit Blick auf eine Familie.

Die drei, Amir, Hani und Ruby, blieben den Rest des Vormittags allein - sie spielten und unterhielten sich, während Ruby ihnen das Mittagessen zubereitete und die

Hilfe von Amirs Haushaltspersonal ablehnte. Ausnahmsweise wollte sie, dass sie allein sind. Vielleicht war es nur ein Vorwand, dachte sie, aber es fühlte sich gut an.

Nach dem Mittagessen, während Hani sich ausruhte, kehrte Amir zur Arbeit zurück, und Ruby war frei, um im Haus herumzustreifen. Sie zog sich einen lockeren Pullover an und ging nach draußen in den Garten. Draußen war es frisch, aber noch nicht kalt. Der Winter schlich sich in diesem Jahr langsam an die Ostküste.

Der Garten in diesem historischen Viertel war klein und von Backsteinmauern umgeben, eine davon eine lebende Mooswand. Die anderen Mauern waren mit Efeu oder Birken bewachsen, deren Blätter sich farblich von dem immergrünen Efeu und den alten Backsteinmauern abhoben. Unter dem Blätterdach befand sich ein Rasenstreifen mit übergroßen Töpfen mit spätblühenden Blumen und Wasserspielen an beiden Enden, die an den Swimmingpool und die Innenhöfe des Schlosses erinnerten. Ruby fragte sich, ob Amir das Haus deshalb gemietet hatte.

Sie setzte sich auf einen der schmiedeeisernen Sitze, die mit Laub bedeckt waren, und blickte zu dem Gebäude hinauf. Die dunkel verglasten Fenster verliehen dem traditionellen Haus einen modernen Touch. Sie seufzte und nippte an dem Kaffee, den sie mitgebracht hatte. Dieser Ort war meilenweit entfernt von ihrem Leben in Italien oder dem Leben, das Amir und Hani in Janub Havilah führten. Es war ein Leben, von dem sie nie zu träumen gewagt hatte. Ein Leben mit einer Familie. Ein *richtiges* Leben. Sie war am Rande eines solchen Lebens aufgewachsen und hatte nach innen geschaut. Sie war immer die Letzte in ihrem Freundeskreis, die nach Hause wollte, denn da begannen die Probleme für sie. Ab diesem Zeitpunkt war sie kein Kind mehr und musste sich um ihre Mutter kümmern. Sie hatte ihre Mutter geliebt und ihr Bestes für sie getan, aber der Gedanke an ihr altes Leben am Rande eines abgelegenen englischen Dorfes verursachte ihr immer wieder ein Frösteln in der Seele.

Sie leerte die Tasse und stand auf, da es ihr nicht gefiel, wohin ihre Gedanken abschweiften. Sie würde einen Moment nach dem anderen ergreifen und in der Gegenwart leben, wie sie es immer getan hatte. Vielleicht würde dann dieses Gefühl der Angst, das sich in ihrem Unterbewusstsein aufbaute, sie verhöhnte und ihr Angst machte, dass es sie überfallen würde, von ihr weichen. Sie schaute auf ihre Uhr. Zeit zu gehen. Sie hatte einen Familienausflug vor sich.

DIE ÖFFENTLICHEN GÄRTEN von Boston - so viktorianisch wie Beacon Hill - gegenüber dem Common waren zu dieser Jahreszeit prächtig. Neben den leuchtenden Herbsttönen der Bäume und Sträucher trugen auch die spät blühenden Rosen und anderen Blumen zu der lebhaften Farbpalette bei, als ob sie Rubys Glück unterstrichen.

„Was willst du zuerst tun, Hani?", fragte Ruby.

Hani grinste Ruby an. „Die Schwanenboote. Aber nur, wenn Baba es erlaubt." Sein fröhliches Gesicht wurde plötzlich von Zweifeln getrübt, als er seinen Vater ansah.

Ruby musste bei Amirs Gesichtsausdruck ein Lachen unterdrücken. Der große Scheich und König von Havilah, der in einem Schwanenboot auf der Lagune fuhr, passte

irgendwie nicht so recht. Sie beschloss, ihm etwas Nach-
sicht zu gewähren.

„Wie wäre es, wenn wir beide auf dem Schwanenboot
fahren. So kann dein Baba ein paar Fotos von uns
machen.“

„Ja!“ Hani sprang auf, als er antwortete. „Ja, wenn das
Baba recht ist?“

Amir warf Ruby einen dankbaren Blick zu. „Ja, natürlich. Tolle Idee.“

Es war gut, dass Ruby etwas Geld hatte, um die
Fahrten zu bezahlen. Es schien, als wäre es Amir wieder
entfallen, und Ruby wollte wirklich nicht, dass seine
Sicherheitsleute, die er auf Distanz halten wollte,
auftauchten und die Illusion der Familie zerstörten.

Als der Fahrer das Schwanenboot in die Lagune
hinausfuhr, warf Ruby einen Blick auf Amir, der auf einer
Bank saß und sie beobachtete. Seine Sicherheitsleute
waren vom Wasser aus leicht zu erkennen, ihre stämmige
Erscheinung, ihr wachsamer Blick und ihr Gemurmel in
ihre Mundstücke wiesen auf ihre Tätigkeit hin. Für jeden
anderen wäre das vielleicht lästig gewesen, dachte sie und
blickte zu Hani, dessen Grinsen nie sein Gesicht verließ,
aber für sie war es eine beruhigende Präsenz, eine
Barriere gegen ihre Ängste.

Hani begann sich leichter zu unterhalten, während das
Boot langsam in der Mitte der Hauptlagune entlangfuhr.
Der Steg war voll von Schaulustigen. Hani winkte ihnen
aufgeregt zu, und Ruby schloss sich ihm an. Dann drehte
er sich um und winkte Amir zu, der jetzt den Fußweg
entlangging und mit ihnen Schritt hielt. Von Zeit zu Zeit
blieb Amir stehen und machte mit seinem Handy Fotos

von ihnen, bevor er es wieder in seine Tasche steckte und den Weg fortsetzte.

Irgendwann flog eine Ente quakend an ihnen vorbei, was Hani zu einem Sprung veranlasste und sie beide zum Lachen brachte. Sie drehte sich um und sah Amir, der lächelnd auf sein Handy schaute. Er hatte wohl gerade ein Foto gemacht und betrachtete sein Telefon. Er war eingerahmt von einer Trauerweide und dem leuchtenden Karminrot eines japanischen Ahorns hinter ihm. Auf der einen Seite stand eine traditionelle Lampe. Aber es war nicht die Kulisse - egal wie perfekt sie war -, es war sein Gesichtsausdruck. Sie hatte ihn noch nie in einem so unbewachten Moment gesehen. Schnell hob sie ihre Kamera an ihr Auge - ihre Jahre im Modelbusiness hatten ein Interesse an der Fotografie geweckt, das eine Handykamera nicht erfüllen konnte -, zoomte heran und drückte den Auslöser, bevor sie sich wieder Hani zuwandte.

Unaufgefordert ließ Hani seine Hand durch ihre gleiten, als sie das Boot verließen und von Amir begrüßt wurden.

Sie gingen über die Hängebrücke mit den großen Säulen, die von Lampenkugeln gekrönt wurden, und einen gewundenen Pfad entlang zurück zur Beacon Street. Die Türme der Stadt ragten über die Bäume hinaus.

Sie kamen an eine Ecke, an der Kinder über einige Entenküken-Statuen kletterten. Hani rannte los, um das Gleiche zu tun. Entlang des gemauerten Weges standen kleine Entenfiguren, die bunte Hüte trugen. Die Mutter - Frau Stockente - führte ihre acht Entenküken an, und

Hani kletterte auf sie, nachdem ein anderes Kind heruntergesprungen war.

Ruby brauchte keine Einladung, um sich zu ihm zu gesellen, und mit zusammengedrückten Köpfen posierten sie für ein weiteres Foto.

Amir senkte langsam seine Kamera, aber sein Blick wich von Hani, der bereits von der Statue herunterglitt, um sich die Entchen anzusehen, und blieb auf Ruby gerichtet.

Ruby spürte, wie ihr selbst das Lächeln entglitt, als sie an Amirs Seite zurückkehrte.

„Du siehst ernst aus", sagte sie mit einem kurzen Lächeln.

„Du hast mir vorgeworfen, dass ich *immer* ernst bin."

Sie beantwortete Amirs leichtes Zucken der Lippen mit einem ihrer eigenen. „Ich behalte mir das Recht vor, meine Anschuldigung zu ändern."

„Jetzt hörst *du* dich ernst an."

Sie zuckte mit den Schultern. „Das kann ich sein, weißt du."

Er legte seinen Arm um sie. „Ich wusste es nicht, aber ich lerne dich jetzt besser kennen."

Sie atmete zitternd ein und spürte, wie die sexuelle Spannung von ihm bis tief in ihr Inneres strömte. Die Distanz, die im Flugzeug und auf der Autofahrt zum Haus zwischen ihnen gestanden hatte, war jetzt verschwunden. Irgendwann an diesem Nachmittag - sei es im Haus beim Mittagessen oder im Park - war Amirs Missbilligung ihr gegenüber vergessen worden. Vergessen, erinnerte sie sich, *vorübergehend* vergessen. Es würde zurückkommen, das wusste sie. Aber im Moment lag sein Arm um sie, und sie konnte nur mit Mühe die

Hände von ihm lassen, und sie vermutete, dass er das Gleiche fühlte, wenn man seinem Blick Glauben schenken konnte.

„Ich denke", sagte er, „es ist Zeit, dass wir zurückkehren." Seine Worte waren wie eine Liebkosung. Er sah Hani an, der bei den Entenfiguren mit einem anderen Kind plauderte. „Er darf es nicht übertreiben."

Ruby unterdrückte ein leises Keuchen. Was hat sie sich dabei gedacht? Er war nur vorsichtig wegen Hani. Er hatte nicht die Absicht, ihre frühere Intimität wieder aufleben zu lassen.

Nachdem Hanis kurzer Versuch, dort zu bleiben, mit einem kurzen Befehl seines Vaters abgewiesen wurde, kehrten sie zum Haus zurück. Sie gingen schweigend weiter. Hani, weil er müde war, aber Amir? Ruby hatte nicht die geringste Ahnung, was Amir dachte. Aber sie vermutete, dass sie es bald herausfinden würde.

Es war schon spät am Abend, als Amir sein Telefonat mit dem medizinischen Berater beendete und zu seinem Entsetzen feststellte, dass er weinte. Er sprang auf und wischte sich die Tränen ab. Seit seiner Kindheit hatte er nicht mehr geweint. Er war gezwungen worden, sich abzuhärten, und er konnte sich an nichts erinnern, was ihn so berührt hatte wie die Liebe zu seinem Kind. Seine Liebe zu Ruby war in einem Bleisarg verschlossen gewesen, verbrannt von seiner Wut auf eine Frau, die so wenig Skrupel, Moral und Gefühl besaß. Aber jetzt, als er blinzelnd am Fenster stand und weder die Farbenpracht des Parks gegenüber noch die Passanten sah, die zu den viktorianischen Villen hinaufblickten, spürte er, wie sich etwas in ihm bewegte.

Das hätte nicht sein dürfen, das wusste er. Die Fakten blieben dieselben. Ruby hatte ihren geliebten Sohn vor all den Jahren zur Adoption freigegeben. Aber es schien, dass sein Herz keine Feindseligkeit mehr gegen sie empfand. Die Schleusen seiner Emotionen hatten sich weit geöffnet und er fühlte sich von Gefühlen erfüllt, die er jahrelang verleugnet hatte.

Der Anruf war später gekommen, als er gehofft hatte, und Ruby und er hatten den Abend damit verbracht, den Blicken des anderen auszuweichen, beim Klang eines Telefons aufzuspringen und Hani durch ihre Unaufmerksamkeit zu verwirren.

Die ärztliche Beraterin war immer vorsichtig gewesen, was ihre Aussagen über die Auswirkungen des neuen Medikaments auf Hani noch überzeugender machte. Ihm war gar nicht bewusst, wie viel Stress er hatte, bis die Beraterin diese Worte sagte: „Er ist geheilt". Amir schluckte und strich sich mit den Fingern durch die Haare.

Hani war jetzt im Bett und das Haus war ruhig. Also gab es nur eine Sache, die ihn beschäftigte. Ruby. Er verließ das Büro und den Stapel von Papieren, die er bearbeiten sollte, die E-Mails, die er beantworten sollte, und die Anrufe, die er noch zu beantworten hatte. Die konnten warten. Er musste Ruby finden.

Es dauerte nicht lange. Sie saß in der gemütlichen Stube und sah sich irgendeinen Unsinn im Fernsehen an. Die dicken Vorhänge waren gegen die dunkle Nacht geschlossen, und ihr Haar leuchtete auf dem schwarzen Ledersofa.

„Ruby", sagte er, als er die Tür hinter ihnen schloss. Aber sie bewegte sich nicht.

Er ging um die Couch herum und fand sie zusammengerollt, die Augen geschlossen, fest schlafend, die Kamera auf dem Schoß. Er setzte sich neben sie und hob die Kamera von ihrem Schoß, um es ihr bequemer zu machen. Ihre Augen schossen sofort wieder auf.

„Amir!", sagte sie und richtete sich auf.

Sie strich ihr Haar aus den Augen, und er wünschte, seine Hände hätten es getan. Er wollte ihre weichen Wangen mehr als alles andere berühren, wie es schien. Er sehnte sich nach ihr.

„Ich wollte dich nicht wecken", sagte er, obwohl er wusste, dass das nicht ganz stimmte.

„Das ist in Ordnung. Wahrscheinlich ist es nur ein kleiner Jetlag." Ihr Blick fiel auf die Kamera und dann wieder auf ihn. Sie griff danach, und er reichte sie ihr widerwillig zurück.

„Sehen Sie sich etwas Bestimmtes an?"

Sie fummelte an der Kamera herum und zögerte. „Ja."

„Was zum Beispiel?"

Sie sah auf, und sein Magen krampfte sich vor Verlangen zusammen. Ihre blauen Augen waren in dem gedämpften Licht noch dunkler, wie Wasserbecken, in die er eintauchen wollte. Er schluckte.

„Wie du." Sie schwenkte die Kamera so, dass er sie sehen konnte. Und er sah, aber er erkannte das Gesicht des Mannes, den sie aufgenommen hatte, nicht. Dieser Mann betrachtete etwas genau. Was immer es war, das er betrachtete, hatte seine Lippen sanft geöffnet und die Fältchen um seine Augen gemildert. Auch in den Augen war ein Licht zu sehen. Das war er. „Und ich konnte nicht umhin, mich zu fragen", fuhr sie fort, „was *du da ansiehst.*"

Er wusste genau, was er vor sich hatte. „Sie", sagte er einfach.

Sie neigte fragend den Kopf zur Seite.

Es genügte, die Hand nach ihr auszustrecken und das zu tun, was er tun wollte, als er das Foto von ihr betrachtet hatte, und mit dem Finger an der Seite ihres Gesichts entlangzufahren, die seidige Beschaffenheit ihrer Haut von der Stirn über den äußeren Augenwinkel, die Wangenknochen und den Kiefer zu spüren, bevor er nach oben fuhr und ihre Lippen berührte.

„Du", wiederholte er. Bevor sie diese schönen Lippen zum Sprechen öffnen konnte, beugte er sich vor und küsste sie. Es war ein sanfter Kuss, aber sie keuchte und er zog sich zurück. Er atmete tief und beruhigend ein. „Es tut mir leid, ich..."

„Nicht!", sagte sie.

„Nein, ich werde es nicht wieder tun. Es ist nur so, dass du..." Er brach ab und zuckte mit den Schultern.

„Nein", schüttelte sie heftig den Kopf, ihre Augen glühten nun. „Nein! Du verstehst das falsch. Ich meine, hören Sie nicht auf."

Er lächelte über ihre Not, denn sie war wie seine eigene. „Aber ich muss. Ich habe dir etwas zu sagen. Über Hani. Der Arzt hat nur gute Nachrichten für mich. Die Medikamente wirken. Er sollte keine weitere Behandlung brauchen."

Sie schloss die Augen und ließ sich zurück auf das Sofa fallen, blinzelte zur Deckenrosette hinauf, den Blick weit weg, während sie schluckte. Dann sah sie ihn wieder scharf an. „Bist du sicher?"

„So sicher wie wir sein können. Also keine invasive Behandlung für Hani ... oder für Sie."

Er sah, wie eine Träne aus ihrem Auge trat. Sie drückte sie zu und kniff sich mit den Fingern in den Nasenrücken. Er legte seinen Arm um sie, und sie drehte ihr Gesicht zu ihm, aber nicht um zu sprechen. Ihr Mund suchte seinen mit einer Intensität, die er verstand. Die Erleichterung über Hani, die Unterströmungen ihrer Lust, kulminierten in einer Leidenschaft, die schwer zu leugnen war, aber nicht unmöglich.

Er zog sich zurück: „So sehr ich dich auch will, ich möchte mehr mit dir reden. Das ändert alles."

Sie spielte einen Moment lang mit ihren Fingern, bevor sie ihn mit einem untypisch verletzten Gesichtsausdruck ansah. Normalerweise verbarg sie solche Reaktionen vor ihm. Es schien, als hätte die unerwartete Nachricht von Hanis Genesung sie beide umgehauen.

Auf den Schmerz folgte Ungläubigkeit, schnell gefolgt von einem Aufflackern von Schmerz, schlimmer als Schmerz. „Sag mir, Amir, ganz ehrlich, was genau ändert sich dadurch?"

KAPITEL 9

Ruby beobachtete, wie er zum Fenster schritt, mit zusammengezogenen Brauen ins Leere blickte und dann wieder zurückging. Was auch immer sich verändert hatte, es fiel ihm schwer, Worte zu finden, um es zu beschreiben.

Ihr Herz sank noch ein wenig tiefer. Sie hatte nicht gedacht, dass ihr Herz noch tiefer sinken könnte, aber dann drehte er sich zu ihr um, und der Blick in seinen Augen sagte alles. Er hatte sie vor fünf Jahren nicht heiraten wollen, er hatte sie nicht heiraten wollen, als sie wieder in sein Leben getreten war, und er hatte ganz sicher keinen Grund, jetzt noch mit ihr verheiratet zu sein. Ihre Zukunft mit Hani war ihr einfach durch die Finger gerutscht.

Sie sprang auf, fuhr sich mit den Fingern durch die Haare und drehte sich von ihm weg. Sie konnte es nicht ertragen, seine Worte der Endgültigkeit zu hören, die das Leben beendeten, an das sie eigentlich zu glauben begonnen hatte.

Sie hob ihr Telefon vom Tisch auf. „Es ist schon spät. Vielleicht sollten wir dieses Gespräch verschieben." Sie atmete tief durch und drehte sich dann zu ihm um, wobei sie versuchte, sich so gut wie möglich zu konzentrieren, entschlossen, ihm die Botschaft zu übermitteln. Die Wahrheit. „Hani geht es gut, und das ist das größte Geschenk, das uns gemacht werden kann." Sie zuckte unbeholfen mit den Schultern. „Alles, was danach kommt, kann bewältigt werden." Sie hielt inne und hoffte, er würde sie unterbrechen, etwas sagen, irgendetwas, um den Gedankengang zu unterbrechen, den sein Schweigen ausgelöst hatte.

Er nickte nur.

„Dann werde ich ins Bett gehen. Wir können morgen früh reden ... wenn du willst." Sie ging zur Tür, die Wut stieg in ihr auf, dass er sich nach allem, was sie in den letzten Wochen miteinander geteilt hatten, davon abwenden würde, von ihr, von ihrer gemeinsamen Zukunft.

Sie griff nach dem Türgriff und zögerte. Noch immer hatte er nichts gesagt. Das einzige Geräusch war der Wind in den Bäumen und das Klirren von Ästen gegen ein Fenster, als ob sich jemand Zutritt verschaffen wollte. Draußen fuhren Autos vorbei und sie hörten Gelächter aus dem Park.

„Du wirst mir nie verzeihen, nicht wahr, Amir?", sagte sie zwischen zusammengebissenen Zähnen.

„Dir verzeihen?"

Die Hand noch immer fest um den Türgriff gelegt, drehte sie sich zu ihm um, und die Wut, die Frustration und die Ablehnung brachen in ihr hervor. „Du kannst mir nicht verzeihen, dass ich unseren Sohn aufgegeben habe."

„Nein, ich kann nicht."

Sie drehte ihren Kopf zur Tür zurück. „Dann gibt es nicht mehr viel zu sagen." Sie drehte an der Klinke, aber bevor sie sie öffnen konnte, war er durch den Raum geschritten und legte eine Hand auf ihre.

Sie sah in seine unleserlichen dunklen Augen. Sie versuchte, sich loszureißen, aber er hielt sie weiter fest.

„Wohin gehst du?"

Sie versuchte, ein Lächeln zustande zu bringen. „Ins Bett. Zum Schlafen", fügte sie hinzu, für den Fall, dass er noch Zweifel hatte.

Er nickte. „Ich kann es nicht ändern, Ruby. Ich kann nichts dafür, dass ich dir nicht verzeihen kann. Das ist mein Gefühl."

„Und so fühle *ich* mich. Ich habe dir erzählt, was passiert ist, und gehofft, du würdest es verstehen, aber es sieht nicht so aus, als würdest du es verstehen."

„Es ist ..." Er zögerte. „Kompliziert."

„Es ist nicht einfach, das ist sicher." Sie versuchte erneut, die Türklinke zu drehen, weil sie sich plötzlich von ihm entfernen wollte. Denn wenn sie mit ihm zusammen war, sah sie sich als die Frau, für die er sie hielt. Die Art von Frau, die ihr Kind weggeben würde. Sie wusste, dass es ihre Depression war, sie wusste, dass ihre sogenannter Freundin sie dazu ermutigt hatte. Damals hatte sie gedacht, ihre Freundin wolle sich um sie kümmern. Aber es stellte sich heraus, dass sie sich nur um sich selbst gekümmert hatte, indem sie Amir gegen Geld alles gestand. Sie kannte all diese mildernden Umstände, aber das Entscheidende war, dass sie ihren Sohn verraten hatte und Amir ihr niemals verzeihen würde.

Sie versuchte erneut, den Griff zu drehen, aber sein Griff war fester als ihrer.

„Bitte hören Sie mir zu", sagte er.

Sie schüttelte den Kopf. „Das hat keinen Sinn. Ich kann mir nicht anhören, wie du mir immer wieder sagst, was für eine schreckliche Frau ich bin." Sie schluckte die Tränen hinunter. „Ich kann das nicht mehr tun."

Sie spürte seinen Atem an ihrer Wange, als er sich an sie lehnte, und sein Arm legte sich um sie. „Du irrst dich."

Sie stieß ein Lachen aus. „Natürlich bin ich das. Ich bin eine schreckliche Mutter, und ich liege immer falsch." Sie warf ihm einen Seitenblick zu. „Also lass mich gehen."

„Nicht bevor du mir zugehört hast." Er löste seine Hand von ihrer und trat einen Schritt zurück. „Ich entschuldige mich. Ich bin daran gewöhnt, meinen Willen zu bekommen. Bitte, Ruby, bleiben Sie, nehmen Sie einen Drink, während ich versuche, Ihnen etwas zu erklären."

Sie schloss für ein paar Sekunden die Augen. Konnte sie ruhig dasitzen und an einem Drink nippen, während er ihr sagte, dass sie weder in seinem noch in Hanis Leben mehr willkommen war?

„Bitte", wiederholte er mit dieser gesenkten, verführerischen Stimme, die ihre Haut kribbeln und ihre Beine schwach werden ließ. Verdammt.

„Dann nur einen Drink."

In seinem Seufzer lag etwas, das eine Verletzlichkeit verriet, die sie überraschte. Sie setzte sich auf die Couch, den Tisch fest zwischen sich und ihm, und verschränkte abwehrend die Arme. Sie beobachtete, wie er zur Anrichte hinüberging und zwei Drinks einschenkte. Er füllte Eis in die Whiskys und zögerte, als er die klirrenden Eiswürfel im Glas umherwirbelte. Das geschliffene Kristall glitzerte im Schein des Seitenlichts. Als er sich umdrehte, wandte sie sofort den Blick ab, unfähig, den dunklen Augen zu begegnen, die ihr so viel vorenthielten.

Er reichte ihr das Getränk und sie nahm einen Schluck, während er sich ihr gegenüber auf einen einzelnen Stuhl setzte, als wären sie Fremde. Intime Fremde.

„Ich schulde dir eine Erklärung", sagte er. „Du bist vielleicht immer noch wütend, dass ich dir nicht verzeihen kann, aber die Erklärung könnte dir helfen, mich zu verstehen."

Sie nickte und nahm einen weiteren nervösen Schluck von ihrem Whiskey, unfähig, sich vorzustellen, was er ihr sagen wollte. „Okay. Ich höre zu."

Er blickte auf, als suche er nach Inspiration, als sei er unsicher, und seufzte, bevor er seinen Blick wieder auf sie richtete. „Ich habe niemandem gesagt, was ich dir jetzt sagen werde."

Sie neigte ihren Kopf zur Seite. „Okay. Ich hoffe, Sie kennen mich gut genug, um zu wissen, dass ich es nicht wiederholen werde."

„Das weiß ich."

„Na, das ist doch schon mal was."

„Das ist es, glauben Sie mir. Hören Sie, es ist schwierig, was ich jetzt sagen werde. Ich habe mit niemandem darüber gesprochen."

„Nicht zu Mia?"

„Nein, nicht einmal Mia."

„Aber du willst es mir sagen? Warum?"

„Weil ich Ihnen eine Erklärung schulde. Ich habe dir Hani vorenthalten, als ich wusste, dass du ihn suchst. Und ich bedaure das, und ich möchte, dass du weißt, warum."

Die Erinnerung an die Jahre, in denen sie Anwälten und Ablenkungsmanövern hinterhergejagt war, in denen sie sich in einer Menschenmenge verirrt hatte, während sie versuchte, ihren Kummer in Gesellschaft zu ertränken, überkam sie und hinterließ in ihr das gleiche Gefühl der Verzweiflung und des Grolls. „Gut, denn ich würde gerne wissen, warum."

„Ich habe es gehasst, dass du Hani adoptiert hast. Ich habe es gehasst." Die Vehemenz und das Gefühl blieben in der Luft hängen. Fast wäre sie vor der Leidenschaft der Gefühle zurückgeschreckt.

„Mir hat es auch nicht besonders gefallen. Aber wie ich schon sagte, war ich zu dem Zeitpunkt nicht ganz bei Trost. Und es gab keinen Moment, in dem ich es nicht im Nachhinein bereut habe. Das musst du mir glauben."

„Ich schon. Aber wissen Sie, mancher Hass - wie die Adoption - geht tiefer als rationales Denken. Manche Gefühle können nie angesprochen werden, sie sind so tief verwurzelt."

„Sie meinen, Sie wurden mit einem tief verwurzelten Hass auf Adoptionen geboren?" Sie hatte keine Ahnung, worauf er damit hinauswollte. „Wirklich?"

„So ähnlich."

„Sag mir, wie es ist - *genau*." Ihr Herz klopfte heftig. Sie musste diesen unerklärlichen Mann verstehen, den sie liebte, von dem sie sich aber weiterhin distanziert fühlte.

„Das wissen nur wenige."

„Ich würde gerne zu diesen Menschen gehören."

Er zögerte, suchte in ihrem Gesicht nach einer Antwort, auf die sie nicht einmal die Frage kannte. „Meine Mutter war schwanger, als sie herausfand, dass mein Vater eine Vorliebe für ein bestimmtes Bordell hatte."

Ruby lehnte sich schockiert in ihrem Stuhl zurück. „Was? Aber Ihr Vater war so... Nun, ich kannte ihn natürlich nicht, aber sein Ruf war..." Sie brach ab, als sie versuchte, sich an den Eindruck zu erinnern, den er in der Presse hinterlassen hatte, und der, soweit sie sich erinnern konnte, durchaus respektabel war.

„Das eines Mannes, für den die Familie an erster Stelle stand. Und das war er auch. Nur dass seine Definition von Familie offensichtlich weiter gefasst war, als meine Mutter sie gekannt hatte."

„Und was ist passiert? Hat dein Vater aufgehört, ins Bordell zu gehen? Du wurdest geboren und dann waren alle glücklich bis ans Ende ihrer Tage?"

Er nahm vorsichtig seinen Whiskey, schwenkte ihn im Glas und stellte es dann auf den Tisch, ohne es auszutrinken. „Nicht ganz. Mein Vater besuchte weiterhin das Bordell, und meine Mutter beschloss eines Tages, ihm zu folgen. Sie fand ihn mit einer schönen Frau, einer Prostituierten. Und sie entdeckte, dass die Frau schwanger war. Mein Vater behauptete, es sei sein Kind."

„Mein Gott! Das muss deine Mutter umgehauen haben."

„Das hat es. Meine Mutter hat das Baby verloren."

„Was? Aber..."

„Meine Mutter hatte eine Fehlgeburt."

„Dann ist sie also später mit dir schwanger geworden?"

„Nein. Sie konnte keine weiteren Kinder bekommen. Aber die Geliebte meines Vaters brachte einen Jungen zur Welt. Zu diesem Zeitpunkt war mein Vater von Schuldgefühlen über das, was meiner Mutter widerfahren war, so zerfressen, dass er seine Geliebte verstoßen hatte. Er war reumütig. Er schwor meiner Mutter, dass dies nie wieder geschehen würde. Aber sie sahen einer Zukunft ohne Söhne entgegen, und meine Mutter wusste, dass mein Vater einen Sohn wollte, dass das Land einen brauchte. Also ging sie zu der Geliebten meines Vaters und sie kamen zu einer Einigung. Geld für ein Baby. Kommt Ihnen das bekannt vor?"

Amirs Stimme war so bitter wie Galle geworden. Ruby konnte spüren, wie ihr das Blut aus dem Gesicht lief. „Und du bist dieser Junge", flüsterte sie mit einer Stimme, die sich wie Kies anfühlte. „Du wurdest adoptiert, genau wie Hani."

„Nein. Nicht so wie Hani. Mein Vater hat einfach das Sorgerecht übernommen. Für alle Welt bin ich das leibliche Kind meines Vaters und meiner Mutter."

„Aber für dich", sagte sie düster, „wurdest du immer von deiner leiblichen Mutter abgelehnt."

Er nickte. „Ich war neunzehn Jahre alt, als mein Vater mir sagte, dass ich adoptiert wurde. Meine Mutter war in den letzten Jahren ihres Lebens krank und war nicht mehr sie selbst. Sie sagte mir, ich sei nicht ihr Sohn. Mein Vater hatte keine andere Wahl, als es mir zu erklären."

„Und wie war Ihre Reaktion?"

„Auch das ist kompliziert. Ich habe meinen Vater eine Zeit lang gehasst und bin ein paar Jahre lang auf die schiefe Bahn geraten."

„Die Jahre, in denen du mich kennengelernt hast."

Er nickte.

Sie schluckte. Sie musste die Antwort auf eine Frage wissen, die sie nie hatte stellen können.

„Wenn du ihn so sehr gehasst hast, warum hast du dann zugestimmt, jemanden zu heiraten, den du nicht liebst?"

„Pflicht. Schließlich war er mein Vater, und ungeachtet meiner Gefühle hatte ich ihm gegenüber eine Verpflichtung."

Ruby schüttelte den Kopf und konnte kaum fassen, was Amir ihr sagte.

„Eine Pflicht gegenüber dem Mann, der dich ohne deine Mutter im Stich gelassen hätte."

„Aber das hat er nicht. Es war meine leibliche Mutter, die mich gehen ließ, die mich verkaufte."

„Richtig", sagte sie leise. „Genau wie du geglaubt hast, dass ich es hatte. Aber du hast mich zuerst gehen lassen, Amir. Du hast mir gesagt, dass du mich nicht liebst, und bist weggegangen."

Er nickte einmal, lehnte sich auf dem Stuhl zurück und schloss kurz die Augen, bevor er fortfuhr.

„Mein Vater wollte, dass ich Mia aus Gründen des Landes und der Familie heirate. Er wollte nicht, dass ich dieselben Fehler mache wie er. Ich verdankte meinen Eltern mein Leben, und ich hatte ihnen gegenüber eine Verantwortung und Pflicht, der ich mich niemals entziehen würde. Meine Familie und mein Land verlangten das von mir. Ohne die Heirat hätte es Probleme gegeben, Probleme zwischen verfeindeten Clans, uralte Spaltungen, die weiter bestanden hätten. Ich war es allen schuldig, das zu tun, was von mir verlangt wurde."

„Warum hast du mir das nicht gesagt?"

„Ich dachte, es wäre einfacher für dich, wenn ich lüge."

Sie stieß ein spöttisches Lachen aus. „Der Mann der Ehre und der Pflicht, der lügt.“

„Ich habe getan, was ich für das Beste hielt. Ich hatte keine Wahl, Ruby, das musst du verstehen.“

„Wir alle haben Entscheidungen zu treffen. Du hast die Pflicht über die Liebe gestellt...“ Sie brach ab. „Zumindest glaube ich, dass du das getan hast. Am Anfang hast du mir gesagt, dass du mich liebst, und ich habe dir geglaubt. War das falsch von mir? Und dann, als du Schluss gemacht hast und sagtest, du liebst mich nicht, habe ich dir nicht geglaubt. Habe ich mich da auch geirrt?“

Das Schweigen wiegt schwer.

„Es war falsch von dir, mir nichts von deiner Schwangerschaft zu erzählen“, sagte er schließlich.

Sein Ausbleiben einer direkten Antwort war bezeichnend. „Warum? Du warst aus meinem Leben verschwunden. Warum sollte ich wollen, dass du etwas mit meinem Baby zu tun hast, wenn du nichts mit mir zu tun haben wolltest?“

„Es war meine Pflicht, für ein Kind zu sorgen, das ich gezeugt habe.“

„Aber nicht deine Pflicht, dich um eine Frau zu kümmern, die du angeblich liebst.“ Sie konnte nicht verhindern, dass ein bitterer Ton in ihre Stimme drang. „Und so wiederholte sich die Geschichte. Wie der Vater, so der Sohn.“

Die Äste des Baumes draußen schlugen gegen das Fenster, getrieben von einem verirrten Windstoß, als wollten sie sie zurechtweisen, so wie Amir sie zurechtgewiesen hatte und immer wieder zurechtweisen würde. Sie drehte den Kopf und blickte durch ein offenes Seitenfenster hinaus. Sie konnte gerade noch die ersten Sterne am indigoblauen Himmel erkennen.

„Ja", sagte Amir. „Ich hatte das Gefühl, alle im Stich zu lassen."

„Ihre Familie, meinen Sie."

„Meine Familie und vor allem du. Als ich dir gesagt habe, dass wir uns nicht mehr sehen können, habe ich Dinge gesagt, die nicht der Wahrheit entsprachen. Es war schwer, aber ich glaubte, du würdest es leichter finden, wenn du glaubst, dass ich dich nicht liebe. Also habe ich dir das gesagt."

„Einfacher? Vielleicht in mancher Hinsicht. Weil ich wusste, dass ich nicht zu dir gehen konnte. Ich hatte keine andere Wahl. Wenn es einfacher ist, keine Wahl zu haben, dann ja, das war es. Aber ich war schwanger und allein. Ich hatte Angst und bin in eine Tiefe gesunken, die ich nicht für möglich gehalten hätte."

„Es tut mir leid. Ich habe getan, was ich für das Beste hielt."

„Das haben wir beide. Aber es war kein spektakulärer Erfolg, oder?"

Er stand auf. „Komm schon. Es ist Zeit, ins Bett zu gehen."

Sie sah zu ihm auf, der sich jetzt dunkel gegen eine Lampe abzeichnete, die er in der Dunkelheit angezündet hatte, und bewegte sich nicht. Trotz des Schocks durch die Enthüllungen hatte sie mit Amir eine Intimität geteilt, die sie zuvor nie erlebt hatte. Hier, in der zwanglosen Lounge, gab es kein imposantes Gebäude, keine unbezahlbaren Artefakte, die sie umgaben, nichts, was sich zwischen sie stellen konnte. Selbst die Vergangenheit schien auf magische Weise ihres Giftes beraubt worden zu sein, indem sie darüber sprachen. Sie konnte spüren, dass es ihm genauso ging. Die Förmlichkeit in seinen Bewegungen war verschwunden und zeigte sich in der Geste seiner Hand, die er ihr entgegenstreckte. In diesem Moment war er der wahre Amir, der junge Mann, den sie kennengelernt hatte, als sie beide unbeschwert und verliebt waren. Sie wusste, dass er sich irgendwann zurückziehen würde, aber im Moment war er hier, bei ihr, nicht nur körperlich.

Sie erhob sich auf ihre Fußballen, legte ihre Hände auf beide Seiten seiner Wangen und küsste ihn sanft auf den Mund. Sie seufzte, als sie sich wieder auf die Füße rollte. Er begegnete ihrem Blick, und das Weiße seiner Augen leuchtete in der Dunkelheit wie aus einer anderen Welt.

„Ruby..." Ihr geflüsterter Name klang wie ein Seufzer.

Sie hob ihren Blick von seinen Lippen wieder zu seinen Augen und öffnete instinktiv ihre Lippen. Er brachte seine Lippen dazu, ihre zu berühren und sie berührten sich kaum, bevor er sich zurückzog.

„Danke, dass du mir das gesagt hast, Amir. Das hilft."

Er nickte. „Mir hat es auch geholfen."

Sie schenkte ihm ein kurzes Lächeln und ging zur Tür. Die wenigen Schritte schienen endlos zu sein. Diesmal versuchte er nicht, sie aufzuhalten. Ohne einen Blick zurückzuwerfen, ging sie in ihr Schlafzimmer und schloss die Tür hinter sich. Es folgten ihr keine Schritte.

Instinktiv ging sie zum Spiegel, nahm ihre Ohrringe ab und griff nach ihrer Haarbürste. Sie schüttelte ihr Haar aus und begann, es zügig zu bürsten, während sie sich immer wieder vor Augen führte, was er ihr gerade gesagt hatte. Und was es für sie und ihre gemeinsame Zukunft bedeutete.

Er würde ihr vielleicht nie verzeihen, dass sie ihr Kind weggegeben hatte. Und sie verstand das, denn fühlte sie nicht das Gleiche? Aber zumindest verstand sie jetzt, warum. Und das „Warum" war untrennbar mit demselben „Warum" verbunden, das hinter seiner Ehe stand. Er war mit zwei Werten aufgewachsen: Pflicht gegenüber seiner Familie und seinem Land und das Gefühl, von seiner leiblichen Mutter zutiefst verraten worden zu sein. Und diese Werte saßen tief. Und deshalb wusste sie nicht, ob er sie so lieben konnte, wie er sie einst geliebt hatte.

Sie hatte ihn gefragt, ob er sie noch liebe, und er hatte nicht geantwortet.

Dann hielt sie inne, hob die Haarbürste auf halber Höhe ihres Kopfes an und fixierte ihren Blick im Spiegel. Sie konnte dem Gedanken nicht mehr ausweichen, der sie vorhin getroffen hatte - dem Gedanken, den sie verdrängt hatte, seit Amir ihr gesagt hatte, dass Hani geheilt war. Wenn sie nicht mehr gebraucht wurde, um sich gegen Hanis Gesundheit zu versichern, dann hatte sie ihr Druckmittel verloren, um zu bleiben. Sie war überflüssig.

Sie schluckte und ließ ihre Gespräche mit Amir noch einmal Revue passieren, um sie auf Anzeichen für eine zukünftige Verpflichtung zu überprüfen. Liebe? Nein. Ihre Ehe fortsetzen? Davon war nicht mehr die Rede gewesen.

Sie hatten Sex gehabt, ja. Verrückten, intensiven Sex, aber es schien, dass das alles war, was sie hatten.

Sie musste sich damit abfinden, dass sie in deren Leben nicht mehr gebraucht wurde.

KAPITEL 10

Die Rückreise nach Havilah verlief beschaulich. Eine Krankenschwester aus der Klinik begleitete sie, um Hanis Gesundheit in den nächsten Monaten ständig zu überwachen. Mit der Krankenschwester und der ständigen Anwesenheit von Amirs Beratern und Assistenten hatte sie die Betriebsamkeit, nach der sie sich immer gesehnt hatte. Nur jetzt sehnte sie sich nicht danach. Jetzt wollte sie nur noch eine Antwort auf eine Frage, die sie nicht zu stellen wagte. Denn wenn die Antwort so ausfiel, wie sie es sich vorgestellt hatte, wusste sie nicht, wie es weitergehen sollte. Sie beschloss, zu versuchen, die Antwort durch Zuhören herauszufinden. Sie brauchte nicht lange auf den ersten Hinweis zu warten. Und er kam aus einer unerwarteten Richtung.

Sie hatte Hani bei seinem Gespräch mit der Krankenschwester zugehört. Er war jetzt stärker. Sie konnte es daran erkennen, wie lange er aktiv sein konnte - immer am Reden und Tun -, bevor er schwächer wurde und schlafen musste. Auch vertrug er jetzt anderes Essen, genoss Dinge, die lange Zeit verboten waren.

Aber erst als Hani der Krankenschwester ein Foto zeigte, konzentrierte sich Ruby auf das, was gesagt wurde.

„Und wer ist das?", fragte die Krankenschwester und verwöhnte ihren Schützling mit einem Interesse, das sie zweifellos nicht spürte.

„Das ist meine Mutter. Sie war sehr schön." Tränen füllten seine Augen und er schniefte. Er schluckte und wischte sich die Tränen mit dem Handrücken weg. „Sie starb bei einem Autounfall."

„Oh, das tut mir leid", sagte die Krankenschwester mitfühlend, nachdem sie einen neugierigen Blick auf Ruby geworfen hatte, die wegschauen musste. „Aber sie ist jetzt im Himmel, nicht wahr?"

Hani nickte. „Ja. Alle sagen das, weil sie so nett und gut war. Sie hat mich geliebt und ich bin sehr traurig, dass sie nicht mehr da ist, aber Baba sagt, sie wird immer in unseren Herzen bleiben." Er legte das Foto zurück, jetzt etwas erholt, getröstet durch die Erinnerung an die Worte seines Vaters.

Ruby starrte auf die Zeitschrift, die vor ihr lag. Die Worte gerieten durcheinander. Wem wollte sie etwas vormachen? Sie mochte mit Amir verheiratet sein, aber Hani hatte eine Mutter, die ihn geliebt hatte und die er immer noch bedingungslos liebte, eine Mutter, mit deren Erinnerung sie niemals konkurrieren konnte. Und wer war sie jetzt? Eine Frau, die man mit einer Unterschrift loswerden konnte - mit Amirs Unterschrift.

Hani sah sich das Foto weiter an. „Ich vermisse sie. Niemand kann je meine Mutter ersetzen."

Die Krankenschwester wagte es nicht, Ruby anzusehen, die stumm blieb und mit gesenktem Blick die
Realität ihrer Welt verfolgte. Hani wollte sie nicht verletzen, er sprach ihr einfach aus dem Herzen. Einem Herzen,
das sie nicht zu seiner Mutter machen wollte. Er wollte
niemanden außer der Frau, die ihn adoptiert hatte und
gestorben war. Wie sollte sie es mit einer Heiligen
aufnehmen?

Den Rest der Reise saß sie allein im Schlafzimmer,
während Hani in einem anderen Raum schlief und Amir
in seinem Büro arbeitete, umgeben von einer Wand aus
Mitarbeitern. Während sie auf dem Bett lag und dem
Brummen des Flugzeugs lauschte, versuchte sie verzweifelt herauszufinden, was sie tun konnte, um die Kontrolle
zu übernehmen. Seit der Geburt von Hani und ihrer
Genesung von der anschließenden Depression hatte sie
immer dafür gesorgt, dass sie die Kontrolle behielt - so
konnte sie das Schlimmste der Panik, die sie verfolgte,
vermeiden.

Was würde sie tun, wenn Amir sie nicht mehr in
seinem oder Hanis Leben haben wollte? Sie konnte Hani
nicht sagen, dass sie seine leibliche Mutter war, nicht
wenn er seine Adoptivmutter abgöttisch liebte. Sie hatte
nichts außer Amirs guten Willen um ihr zu erlauben zu
bleiben. Und sie war sich nicht einmal sicher, ob sie das
hatte. Leidenschaft, ja, aber etwas Beständigeres als das?
Sie hatte keine Ahnung.

Sie wurde Stunden später von einem Besatzungsmit-
glied geweckt, das ihr mitteilte, dass sie in Kürze landen
würden. Ihre erste Reaktion war Panik. Während sie sich

zurechtmachte, warf sie einen Blick auf die Zeitschrift, die sie zuvor gelesen hatte. Die Titelseite zeigte ein Modeshooting im Vereinigten Königreich. Sie kannte den Fotografen, den Redakteur des Magazins, für das es bestimmt war, und auch die Models. Sie konnte jederzeit in diese Welt zurückkehren. Aber der Gedanke, Hani und Amir zu verlassen, war zu schmerzhaft. Auf Gedeih und Verderb hatte sie sich mit ihnen eingelassen und würde bleiben müssen, um zu sehen, wie es ausgehen würde. Und sie hatte das Gefühl, dass es eher früher als später so weit sein könnte.

Sie fuhren in getrennten Autos zurück zum Palast. Niemand erklärte ihr dies. Sie musste annehmen, dass es daran lag, dass Amir sofort in den offiziellen Teil des Palastes gebracht wurde, wo er sich mit Beamten traf. In der Zwischenzeit wurden Ruby und Hani in den Privatquartieren allein gelassen. Sie hatte der erschöpften Krankenschwester die Erlaubnis gegeben, sich auszuruhen.

Sie lag auf dem Diwan neben einem unruhigen Hani und sah sich einen Film an. Wenn sie schon bald abreisen musste, dachte sie, dann hatte sie wenigstens die Erinnerungen an diese und die letzten Wochen, die ihr Halt gaben. Sie versuchte, sich selbst davon zu überzeugen, aber sie wusste, dass es nach einem solchen Geschmack nie genug sein würde.

Sie sahen sich einen Film nach dem anderen an, wobei Hani von Zeit zu Zeit eindöste. In diesen Momenten streichelte sie sein Haar und beobachtete ihn. Sie versuchte, sich jede Linie seines Gesichts, jedes Merkmal, jede Nuance seines Ausdrucks einzuprägen, der über sein Gesicht flimmerte, während er träumte.

Er wachte schnell auf und war im Nu vom Schlaf zur

Aktivität übergegangen. Der Film, den sie gesehen hatten, neigte sich dem Ende zu und es gab eine Hochzeitsszene.

„Wer heiratet denn?", fragte er. „Waren das die Leute, die sich am Anfang gestritten haben?"

„Das stimmt."

„Seltsam, dass sie sich mögen. Sie schienen sich nicht zu mögen."

Sie zerzauste sein Haar. „So ist das Leben manchmal. Andere Dinge kommen einem in die Quere und verkomplizieren Freundschaften."

Er überlegte einen Moment lang.

„Was zum Beispiel?"

„Nun", sagte sie und setzte sich auf. Er tat das Gleiche. „Wie Missverständnisse."

„Aber Missverständnisse kann man doch einfach durch Reden klären, oder?"

Ruby wusste nicht, woher Hani seine Weisheit hatte, aber sie stammte nicht von ihr. „Du hast Recht, das können sie. Ein besseres Beispiel wäre vielleicht, wenn ein Junge ein Mädchen liebt, aber der Junge denkt vielleicht, dass es aus irgendeinem Grund falsch ist."

„Was für ein Grund?"

Sie zuckte mit den Schultern, als sie an Amir dachte. „Zum Beispiel, weil seine Eltern vielleicht wollen, dass er eine andere heiratet."

„Aber warum sollten sie das tun wollen?"

„Vielleicht, weil sie sich in anderen Kreisen bewegen und jemanden wollen, den sie kennen, jemanden aus ihrer Welt, jemanden, der zu ihnen passt."

„Oh", sagte Hani, der das offensichtlich etwas besser verstand.

Sie zögerte, musste dann aber doch fragen. „Du hast gesagt, dass niemand außer Mia deine Mutter sein kann."

Er verzog das Gesicht und dachte nach, dann fummelte er weiter an etwas herum. „Das stimmt."

„Aber... denkst du nicht, dass..."

Plötzlich ertönte ein Geräusch an der Tür, und Ruby und Hani blickten beide auf und sahen Amir mit einem Gesicht wie vom Donner gerührt an der Tür stehen.

„Baba", sagte Hani, sprang auf und rannte zu ihm hinüber. Aber auch er spürte Amirs Stimmung und umarmte ihn nicht mehr. „Ich dachte, du wärst den ganzen Tag in Besprechungen."

„Das war ich. Aber ich wollte sehen, wie es dir geht." Er warf einen missbilligenden Blick auf Ruby, bevor er das Haar seines Sohnes zerzauste.

„Mir geht es gut, Baba, ehrlich. Ich fühle mich so viel besser als vorher."

„Das ist gut. Meinst du, du kannst heute Abend zum Essen aufbleiben?"

„Ja! Natürlich. Ich habe mich schon darauf gefreut."

Das war für Ruby neu.

„Dann kommen Sie mit mir, ich bringe Sie zurück auf Ihre Zimmer."

Hani ging in den Flur und Amir wollte gerade die Tür schließen, als Ruby aufsprang.

„Ich wollte nur sagen...", sagte Ruby.

„Ich glaube, Sie haben schon genug gesagt", sagte er, als er die Tür hinter ihr schloss.

Sie saß auf dem Sofa und stützte ihren Kopf in die Hände. Amir muss gehört haben, wie sie mit Hani über seine Mutter sprach. Sie errötete. Sie stellte sich vor, wie es auf Amir gewirkt haben musste. Als ob sie versuchen würde, Hani zu drängen, sie zu lieben. Amir würde das hassen. Aber das hatte sie nicht getan, oder? Das Gespräch hatte sich einfach aus dem Film ergeben. Aber die nackten Tatsachen blieben. Amir hatte gesehen, wie sie Hani fragen wollte, ob sie Mia jemals in seinem Leben ersetzen könnte, ob er sie lieben könnte. Das ließ sie verzweifelt aussehen. Es ließ sie so aussehen, als würde sie ihre eigenen Gefühle über die ihres Sohnes stellen.

AMIR SPÜRTE EINE UNTERSCHWELLIGE BEUNRUHIGUNG, als er am höchsten Tisch saß, umgeben von Würdenträgern und seinem Sohn. An dem Staatsbankett nahmen auch die Könige seiner beiden Nachbarländer, Gharb Havilah und Sharq Havilah, teil. Es war gut, dass sie anwesend waren, denn sie erinnerten ihn an die Beständigkeit seiner Welt, während sein eigenes Leben so ungeordnet zu sein schien.

Er blickte den Tisch entlang zu Ruby, die dort saß. Sie saß weiter von ihm entfernt, als er beabsichtigt hatte, aber sein Assistent hatte gesagt, dass das Protokoll verlangte, dass andere näher saßen, und er hatte Recht, also war die Sitzordnung beibehalten worden, aber er konnte sehen, dass Ruby nicht glücklich darüber war.

Oder vielleicht war sie nicht glücklich über ihr früheres Treffen. Aus irgendeinem Grund geriet seine berühmte Kontrolle ins Wanken, wann immer er Ruby sah. Vor allem, wenn es um Hani ging. Dass sie mit Hani über seine Liebe zu Mia sprach, zeigte, dass sie sich unsicher fühlte, so viel war klar, und er verstand den Grund dafür vollkommen. Aber er hatte sein ganzes Leben damit verbracht, Hani gegenüber beschützend zu sein, und alte

Gewohnheiten ließen sich nur schwer ablegen. Selbst wenn es um jemanden ging, der Hani ebenfalls leidenschaftlich liebte.

Er würde es bei ihr wieder gutmachen müssen. Und ihm fielen einige interessante Möglichkeiten ein, die er später erkunden würde.

„Es liegt also an mir", sagte der König von Gharb Havilah, Scheich Zavian.

Amir runzelte die Stirn und war kurzzeitig verwirrt.

„Um unseren Ländern Frieden zu bringen", fuhr Zavian fort.

„Sie werden also in den sauren Apfel beißen", sagte der König von Sharq Havilah, Sheikh Roshan, mit einem Grinsen. „Nimm einen für das Team. Heirate die Tawazun-Scheichs."

Zavian warf einen finsteren Blick auf Roshan. „Nur weil Ihr Ruf als Frauenheld Sie für ihren Vater weniger attraktiv macht." Er grunzte und rieb sich mit der Hand über die Lippen. Zavian wirkte untypisch unruhig.

„Stimmt etwas nicht, Zavian?" fragte Amir.

Die Wolke verflüchtigte sich schnell und Zavian schüttelte den Kopf. „Nichts. Alles ist so, wie es sein sollte." Er warf den beiden anderen Männern ein kurzes Lächeln zu und richtete seinen Blick auf Ruby. „Und eure neue Königin. Sie ist sehr schön und charmant, wie ich höre. Aber du hältst sie von uns fern, Amir."

Amir begegnete Zavians aufmerksamen Blicken. „Das ist alles sehr neu für sie."

„Und für dich, glaube ich."

„Ich war schon einmal verheiratet."

„Ja. Aber ich habe diesen Blick in deinen Augen noch nie gesehen."

„Ich weiß nicht, was du meinst."

Zavian legte den Kopf schief und seine strengen Lippen verzogen sich leicht. „Oder nicht?"

Amir antwortete nicht. Er wusste, worauf Zavian hinauswollte. Jeder Schlag seines Herzens erinnerte ihn an die Liebe, die er für Ruby empfand, eine Liebe, die seinen Körper und seinen Geist verzehrte und von der er jetzt wusste, dass sie ihn nie verlassen würde. Aber er war sich auch bewusst, dass sie ihn schwächte. Selbst jetzt, bei seinen Mitkönigen, spürte er diese Schwäche, die es vorher nicht gegeben hatte. Aber es war nur eine Schwäche, wenn er sie zugab. Und das hatte er nicht vor, weder Zavian, noch Roshan, noch Ruby gegenüber.

„Nein, das weiß ich nicht", antwortete er schließlich.

„Eine Schande", sagte Roshan. „Eine so schöne Frau sollte gewürdigt werden." Ein langsames Lächeln breitete sich auf seinem Gesicht aus. „Und öffentlich." Er hob sein Glas und drehte sich zu den Anwesenden um. „Erhebt eure Gläser auf die schöne neue Königin von Janub Havilah."

Es wurde höflich gelächelt, als die Gläser erhoben wurden und der Toast im Raum wiederholt wurde. Ruby errötete, als alle Augen auf sie gerichtet waren. Amir beobachtete, wie sie sich schnell erholte, anmutig nickte und alle anlächelte. Sie machte das gut. Trotzdem irritierte ihn die Aufmerksamkeit des gut aussehenden Roshan für Ruby. Und noch mehr, als Roshan mit einer Stimme, die jeden Winkel des Raumes erreichte, sagte.

„Und wirst du uns sagen, wann die offizielle Krönung stattfinden wird, Amir?"

Amir ging nicht aus dem Takt, seine Augen verließen Ruby nicht.

„Nein, Roshan.“ Es ging Roshan nichts an, nur ihn.

Roshan lächelte und wandte sich der Frau zu seiner Linken zu, unbeeindruckt von der Brüskierung.

Die Röte wich aus Rubys Gesicht. Er fing ihren Blick auf und nickte. Ihr Gesichtsausdruck schwankte ein wenig, als hätte sie sein Nicken nicht verstanden. Schnell wandte sie sich ab, die Röte blieb auf ihren Wangen und in ihrem abgewandten Blick. Vielleicht verstand sie es nicht, aber sie würde es verstehen.

Ruby verließ das Bankett, so schnell sie konnte. Sie wusste nicht einmal, warum sie eingeladen worden war. Sie saß am Ende des Tisches zwischen der Frau eines einfachen Angestellten und einem älteren Herrn im Halbschlaf, und es war klar, wo sie in der Hackordnung stand - nirgendwo.

Sie zog sich aus und legte sich in ihrem Bademantel auf das Bett, das Fenster weit geöffnet, und lauschte den nächtlichen Geräuschen der nahen Wüste, die in der warmen Brise zu ihr herüberwehten. Sie zog es vor, keine Klimaanlage zu haben. Auf diese Weise fühlte sie sich mit der Welt in Kontakt. Und es war eine Welt, die sie bald verlassen würde. Es war klar, dass sie nicht mehr erwünscht war. Nicht von Amir und auch nicht von Hani. Amir wollte sie nur für Sex. Seine negative Antwort auf die Frage nach ihrer Krönung beim Abendessen hätte nicht deutlicher ausfallen können - er hatte nicht die Absicht, diese Scheinehe fortzusetzen. Und Hani wollte sie zum Spaß, zur Gesellschaft, als wäre sie eine lustige ältere Schwester. Nicht eine Mutter. Und sie wollte eine Mutter sein. Das oder gar nichts.

Sie sprang auf. Sie konnte es nicht ertragen, nichts zu

tun. Sie würde tun, was Hani vorgeschlagen hatte. Sie würde zu Amir gehen, damit sie reden und die Sache ein für alle Mal klären konnten.

Sie ging durch die Verbindungstür in Amirs Zimmer. Es war leer, wie sie es erwartet hatte. Sie warf einen Blick auf das Bett, ging aber in die entgegengesetzte Richtung, hinaus auf den Balkon, der an ihres grenzte, und setzte sich auf den Stuhl, um in die dunkle Nacht zu blicken, in der die Brise aus der Wüste mit trockener Hitze und Orangenblüten aus dem Garten unter ihr vermischt war.

Sie hörte nicht, wie die Tür geöffnet wurde, aber sie wusste genau, wann Amir den Raum betrat. Etwas veränderte sich, in der Atmosphäre und in ihr selbst. Es war, als hätte sie einen sechsten Sinn, der Amirs Anwesenheit in ihr wahrnahm, bevor sie ihn gesehen oder gehört hatte. Oder ihn spürte, dachte sie, als er hinter sie trat und seine Hände um ihre Schultern legte, sie streichelte und sie dazu brachte, die Augen zu schließen, während sich Glückseligkeit über sie stahl.

Sie atmete ihn ein. Er roch nach exotischen Gewürzen, Leder, Ambra, sauberem Schweiß und reiner Männlichkeit. Das Ganze verband sich zu einem einzigartigen Duft, der seine Essenz war. Er ließ ihr das Wasser im Munde zusammenlaufen und ihren Körper wieder vor Verlangen aufflammen.

Es ließ sie fast die turbulenten Gefühle vergessen, die sie für ihn hegte. Wut darüber, dass er nicht die Absicht hatte, ein Leben mit ihr zu beginnen, Demütigung darüber, dass sie geglaubt hatte, er hätte es getan, aber darüber hinaus Freude darüber, dass sie von dem Mann, den sie liebte, berührt und gestreichelt wurde.

Sie drehte sich nicht um, legte nur ihre Hand auf seine

und schloss für einen Moment die Augen, um die nötige Kraft zu finden, ihn zurückzuweisen.

„Das ist eine schöne Überraschung", sagte er.

Sie nahm seine Hand und stand auf, um ihn anzusehen.

„Du denkst, ich bin zum Sex gekommen?"

Seine Augen, die durch die Außenbeleuchtung glitzerten, verengten sich. „Das klingt ziemlich ... grundlegend."

„Das ist es doch, nicht wahr? Unsere Beziehung ist ziemlich... grundlegend."

Er strich ihr das Haar aus dem Gesicht und trat näher an sie heran. Er blickte auf ihren Körper hinunter, der unter dem Bademantel nackt war. Sie hätte sich nicht ausziehen sollen, dachte sie im Nachhinein. Sie spürte, wie sich ihre Brustwarzen unter seinem Blick und der Berührung seiner Hand verhärteten, als er nach ihrem Gesicht griff. Er schob eine Hand in ihr Haar und küsste sie.

Sie sollte sich bewegen, sie sollte ihn zurückweisen, sie sollte auf ein Gespräch bestehen. Stattdessen erhitzte sich das Verlangen in ihr und drohte sie zu verschlingen. Er hörte auf, sie zu küssen, und zog an dem Gürtel ihres Gewandes. Sie schlug ihre Hand gerade noch rechtzeitig über seine, um zu verhindern, dass der Gürtel durch die Schlaufe rutschte und ihr Gewand aufriss.

Er trat einen Schritt zurück und zog seine Krawatte ab. „Und ist *Grundlegendes* so schlecht?"

„Nicht, wenn es ein Baustein für etwas Größeres ist. Aber allein?" Sie schüttelte den Kopf. „Es ist nicht genug, um eine Beziehung darauf aufzubauen."

Er neigte seinen Kopf zur Seite, um ihr Gesicht sehen zu können.

„Habibti, was ist denn los?"

Sie strich ihm mit der Hand über die Brust, ohne seinen Blick zu erwidern. „Zweifelst du an deiner Fähigkeit zu verführen?", murmelte sie.

„Nein. Und ich zweifle auch nicht an meiner Fähigkeit, zu erkennen, wenn etwas nicht stimmt. Ich wiederhole: Was ist los?"

Sie fuhr sich mit den Fingern durch die Haare. „Du willst wissen, was los ist? Okay, ich werde es dir sagen. Du bist wütend auf mich, weil ich mit *Hani* - unserem Sohn, nicht nur deinem - über seine Gefühle für Mia, für mich, seine Mutter, gesprochen habe. *Das* ist das Problem."

„Ich war nicht wütend", antwortete er in einem überraschend milden Ton.

„Warum dann die Szene?"

„Szene?"

„Du hast mir einen finsteren Blick zugeworfen und bist ohne ein Wort gegangen!"

Er zuckte mit den Schultern. „Es hat mich überrascht, das ist alles. Ich bin es nicht gewohnt, dass eine andere Person eine so vertraute Beziehung zu ihm hat und auf so persönliche Weise über mich spricht. Mein Instinkt war, es abzulehnen, aber ich habe es verstanden."

Sie verschränkte die Arme. „Und was dachten Sie, dass Sie verstanden haben?"

„Dass du dich unsicher über unsere Zukunft fühlst."

Ihr Herz schlug wie wild und sie schluckte, als die Angst in ihr aufstieg. Sie hielt inne und war sich des Blutes bewusst, das in ihren Ohren pulsierte. „Wenn ich damals nicht unsicher war, bin ich es jetzt. Als du dich beim Abendessen geweigert hast, über meine Krönung zu sprechen, kann ich nur zu einem Schluss kommen."

„Nur einen?“ Seine Lippen verzogen sich zu einem kurzen Lächeln und sie dachte, er würde sie auslachen. Er nahm dieses Gespräch nicht einmal ernst. „Und du wirfst mir vor, schwarz-weiß zu denken. Aus meinem Schweigen zu Ihrer Krönung könnte man doch sicher auch andere Schlüsse ziehen.“

„Die offensichtliche ist, dass Sie nicht wollen, dass es weitergeht.“

Sie wartete auf seine Antwort und suchte in seinem Gesicht nach Hinweisen auf seine wahren Gefühle.

„Wir haben eine Vereinbarung getroffen, Amir“, fuhr sie fort, unfähig, das Schweigen zu ertragen und was es bedeuten könnte. „Um zu heiraten…“

„Und wir sind…“

„Und um der Gesundheit unseres Sohnes willen verheiratet *bleiben*.“

Er runzelte die Stirn und sah weg. Sie hasste es, wie er es tat. „Aber unserem Sohn geht es jetzt gut. Es ist nicht nötig, für seine Gesundheit zusammenzubleiben.“ Dann richtete er seinen Blick wieder auf sie und sie konnte nicht lesen, was in seinen Augen lag. Aber sie brauchte es auch nicht zu lesen. Seine Worte sagten alles.

Mit einem Satz war ihr Leben zusammengebrochen und ihre Ängste hatten sich wieder eingestellt. Sie schluckte. Sie musste die Kontrolle behalten, zumindest noch eine Weile.

„Nicht nötig“, wiederholte sie und drehte sich um, bevor sie sich mit Tränen lächerlich machte.

„Ruby“, sagte er.

Sie ging weg und war stolz darauf, dass sie es geschafft hatte, irgendwoher die Kraft zu finden, aufrecht zu gehen. Als sie die Tür erreichte, beschleunigte sich ihr Schritt.

„Ruby", wiederholte er mit einem drohenden Knurren. „Verlassen Sie mich nicht."

Ihre Hand umklammerte den Türgriff der Verbindungstür, und sie hielt inne, unfähig zu glauben, dass er sie sowohl zurückweisen als auch derjenige sein wollte, der ihr sagte, wann sie gehen konnte. Sie drehte sich zu ihm um und achtete nicht darauf, dass ihre Augen mit Tränen glitzerten.

„Du kannst nicht beides haben, Amir. Du kannst mich nicht *nicht* wollen und mich daran hindern zu gehen, bis du es sagst."

„Ich habe nicht gesagt…"

Sie wartete nicht ab, um herauszufinden, was er tat oder nicht tat. Sie wusste, was er sagte, und was er wollte. Es lag an seiner autoritären Art, an seiner Wut, dass sie es wagte, ihn zu verlassen, und nicht zuletzt an dem, was er gesagt hatte. In seinem Leben gab es keinen Platz für eine Frau wie sie, und in Hanis Leben gab es keinen Platz für eine Mutter. Und sie konnte es nicht ertragen, jetzt etwas anderes für ihn zu sein.

So kehrte sie in ihr Schlafzimmer zurück, halb in der Hoffnung, dass sie hören würde, wie sich die Tür hinter ihr öffnete und Amir herauskam und sie anflehte, zu bleiben, sie anflehte, ihm zu verzeihen und ihm seine unendliche Liebe zu ihr zu schwören.

Doch als die Minuten immer länger wurden und sich in eine unerklärliche Zeitspanne verwandelten, öffnete sie ihren Kleiderschrank, warf ihre Sachen auf das Bett und packte eilig ihren Koffer. Als sie aus der Dusche trat, war die Verbindungstür immer noch geschlossen, und aus Amirs Zimmer kam kein Geräusch. Es herrschte nur Stille - eine Stille, die sich um sie herum ausbreitete und ihr den Weg zu der Zukunft versperrte, die sie wollte. Eine Zukunft, von der sie einst geglaubt hatte, sie könnte Wirklichkeit werden. Sie war eine Närrin gewesen. Mit trockenen Augen griff sie nach ihrem Telefon. Sie hatte einen Flug zu buchen.

KAPITEL 11

Der private Flügel des Palastes war ruhig, als Ruby am späten Vormittag auftauchte. Sie hatte diese Zeit gewählt, weil sie wusste, dass Amir im Hauptgebäude arbeiten würde und Hani sich in aller Ruhe ausruhen und sich an das alte Regime halten würde, das Amir eingeführt hatte. Hani mochte auf dem Weg der Besserung sein, aber Ruby musste zugeben, dass einige von Amirs Routinen, wie diese hier, gut waren.

Sie warf einen letzten Blick in ihr Zimmer, bevor sie die Tür schloss. Jetzt war keine Zeit für Bedauern oder Gefühle - sie musste weitergehen, ob sie wollte oder nicht. Und das tat sie nicht. Aber die Alternative - so lange hier zu bleiben, wie Amir sie in seinem Bett haben wollte - war nicht machbar. In Hanis Augen wäre sie herabgewürdigt worden - sein lebensfroher Freund, die nur so lange da war, wie Amir sie wollte.

Sie ging schnell an Amirs Schlafzimmer vorbei. Er hatte sein Zimmer vor dem Morgengrauen verlassen, ohne bei ihr vorbeizuschauen, und war seitdem nicht mehr zurückgekehrt. Er hätte es nicht noch deutlicher machen können. Er wollte sie, aber nicht so, wie sie ihn wollte.

Sie hatte ihre Koffer zu einem Taxi bringen lassen, das diskret draußen auf der Straße wartete, verloren inmitten der Sehenswürdigkeiten und des Lärms der Altstadt, der sich vor den öffentlichen Gebäuden abspielte. Bei all den Besuchern des Palastes hätte niemand zweimal hingesehen, als der Gepäckträger ihre Koffer zu einem Taxi brachte.

Sie klopfte leise an die Tür und spähte mit dem Kopf herum, um hineinzuschauen. Hanis Augen leuchteten auf und sie verspürte einen Stich im Schmerz. Sie würde lernen müssen, damit zu leben.

„Hallo, Hani!"

„Hallo, Ruby! Was machst du denn hier?", fragte er und blickte von einem Buch auf. „Ich dachte, alle Erwachsenen wären auf dem Empfang. Vater hat jedenfalls gesagt, dass sie da sein würden."

„Na ja, vielleicht bin ich nur heute nicht so erwachsen wie sie."

„Das ist cool. Dann kannst du mit mir lesen, wenn du willst."

Sie kam und setzte sich neben ihn. „Das würde ich sehr gerne. Was lesen Sie da?"

„*Der Wind in den Weiden*".

„*Der Wind in den Weiden?*" Ruby war überrascht über den altmodischen englischen Klassiker. „Wirklich? Wie kommt das?"

„Ich habe es gefunden." Er blätterte auf die Vorderseite des Buches und entdeckte eine Inschrift. „Es war das Buch meiner Großmutter. Baba hat mir erzählt, dass sie ein englisches Kindermädchen hatte, das ihr englische Bücher vorgelesen hat. Es gibt noch einen Haufen davon in der Bibliothek."

Ruby stieß ein leises, überraschtes Grunzen aus. Das hatte sie nicht gewusst. „Und macht es dir Spaß?"

„Ja. Mein Kindermädchen hat es mir schon einmal vorgelesen, aber ich lese manche Stellen gerne noch einmal. Hast du es gelesen?"

„Ja, meine Mutter hat es mir immer vorgelesen. Ich habe Papierboote gebastelt und sie auf dem Fluss schwimmen lassen und mir vorgestellt, dass die Ratte in ihnen segelt." Sie nahm ein Stück Papier in die Hand. „Ich kann dir auch eins machen, wenn du willst."

Hanis Augen leuchteten. „Ja, bitte!"

„Okay, wenn du mir deine Lieblingsstelle vorliest, baue ich dir ein Boot. Abgemacht?"

„Abgemacht."

Nachdem Hani ihr die Passage über Badgers Haus vorgelesen hatte - sein Gedächtnis half ihm bei den schwierigeren Wörtern -, gab Ruby ihm das Papierboot und versuchte, die aufsteigende Ergriffenheit, die seine Lieblingspassage ausgelöst hatte, zu unterdrücken. Die Worte beschrieben ein Haus, das kein Palast war, sondern ein Zuhause, klein, gemütlich, urig und voller Charakter. Ein Ort der Sicherheit. Ruby konnte sich damit identifizieren.

„Es ist wunderschön", sagte sie nach einer langen Pause.

„Das gibt mir ein gutes Gefühl", sagte er. Und ihr Herz krampfte sich zusammen. Sie musste es einfach hinter sich bringen.

„Hani, ich bin gekommen, weil ich dir etwas zu sagen habe."

Er sah zu ihr auf und blinzelte. „Gehst du?"

Sie verschluckte sich fast an ihren gut eingeübten Worten. „Nun, ja. Wie kommst du denn darauf?"

„Ah, Baba sagte, du würdest nicht lange bleiben."

„Wann hat er das gesagt?"

„Oh, das ist schon lange her, nachdem du hier angekommen bist. Er sagte mir, ich solle dich nicht zu sehr mögen, weil du nicht lange hier bleiben würdest."

Sie versuchte, ihm ein Lächeln zu schenken, aber es kam nichts dabei heraus. Ihr war das Lächeln ausgegangen. Stattdessen streichelte sie sein Haar und küsste seinen Kopf, bevor sie aufstand.

„Anscheinend hatte er recht", sagte sie leise, mit heiserer Stimme. Sie räusperte sich.

„Nicht wirklich", sagte er mit großen Augen. „Denn ich mag dich wirklich sehr. Ich werde dich vermissen, Ruby." Er sagte das mit einer solchen Gelassenheit, als wäre er daran gewöhnt, dass Menschen, an denen er hing, ihn verließen, dass Ruby fast ihre Meinung änderte. „Du bist lustig", fügte er hinzu.

Spaß. Sie war Spaß für ihren Sohn, und Spaß für seinen Vater. Aber sie brauchte mehr als Spaß. Sie wollte geliebt werden. Vielleicht liebte Hani sie wirklich, es war schwer zu sagen. Offensichtlich hatte er sein kurzes Leben damit verbracht, sich vor liebenden Menschen zu schützen, falls sie ihn verließen. So wie das Personal des Palastes kam und ging, und so wie Mia ihn auch verlassen hatte.

Sie küsste ihn erneut und sprang auf. „Ich muss gehen. Ein Taxi wartet auf mich. Ich fahre nach England, wo ich geboren bin. Ich habe dort Arbeit. Aber ich bin nur einen Telefonanruf entfernt. Du rufst mich an, wenn du reden willst, ja?"

„Wann?"

Sie lachte vor Erleichterung. Er war wirklich der Sohn seines Vaters, der es ganz genau wissen wollte. „Wie wäre es mit morgen früh? Bis dahin bin ich in Großbritannien und wünsche dir einen guten Morgen." Er runzelte die Stirn. „Was gibt's?"

„Ich darf erst nach dem Frühstück an meinen Computer."

„Dann melden Sie sich bei mir, wenn Sie können." Sie fummelte an den Griffen ihrer Tasche herum. „Und machen Sie sich keine Sorgen, wenn etwas dazwischen kommt. Rufen Sie mich einfach an, wenn Sie Lust auf ein Gespräch haben, ja?"

„Genau." Er sprang auf und umarmte sie. Keine große Sache, dachte sie. Sie hatte ihren Sohn noch nie belogen. Nur durch Unterlassung. Er ging weg.

Sie lächelte. „Sieh zu, dass du Spaß hast, Hani, auch wenn ich nicht hier bin. Stell dir vor, ich wäre im Geiste hier. Wenn du dich z. B. gut fühlen willst, liest du über Badgers Haus. Genauso kannst du dich an all die Dinge erinnern, die wir zusammen gemacht haben, wenn du dich in eine lustige Stimmung versetzen willst. Ja?"

Er nickte. „Wir hatten viel Spaß, nicht wahr, Ruby?"

„Das haben wir." Sie schluckte, nickte und verließ schnell den Raum. Ihr Gang ging in einen Lauf über, als sie den hinteren Korridoren und den Gängen der Bediensteten bis zum hinteren Dienstbotenhof und zum wartenden Taxi folgte.

Amir winkte die anwesenden Würdenträger ab und ging in den Palast, wobei er auch seine Assistenten wegwinkte. Das Treffen war gut verlaufen. Anscheinend war es den Diplomaten aus Tawazun egal, wen ihre Scheichs heiratete - ihn, Zavian oder Roshan. Er hatte Ruby im Einvernehmen mit dem König von Tawazun geheiratet, aber die Diplomaten machten es offiziell.

Zum ersten Mal, seit Ruby in sein Leben zurückgekehrt war, konnte er sich eine Zukunft für sie alle vorstellen. Nun, da das Treffen vorbei war, konnte er ihr geben, was er wusste, dass sie es wollte - eine Verpflichtung, die die anfängliche Zeremonie nicht vermittelt hatte.

Er steckte die Hände in die Taschen und ging durch die Säulengänge des Palastes zurück zu den Privatquartieren. Er bemerkte, dass ihn einige Leute verwundert ansahen, und er lächelte, als ihm bewusst wurde, dass er leise gepfiffen hatte. Er konnte sich nicht erinnern, wann er das das letzte Mal getan hatte. Wie lautete die Melodie? Eine, die Ruby Hani beigebracht hatte.

Er ging weiter, vorbei an den Gärten, in denen sich Ruby und Hani zum ersten Mal getroffen hatten, und hielt am Sandkasten inne, als er sich Ruby in ihrem sonnengelben Kleid vorstellte, wie sie mit Schlamm bespritzt wurde und es ihr nichts ausmachte. Ihr Herz war schon immer größer gewesen als alles andere an ihr. Sie scherte sich nicht um ihre Schönheit und ihren Glanz, nicht im Vergleich zu ihrer Liebe zu Hani, die ständig in ihren Augen leuchtete. Es war ein Ausdruck, den er versucht hatte, nicht zu sehen, auf den er nicht reagieren wollte. Aber als dieser Ausdruck in seine Richtung gedreht worden war, hatte er keine Chance gehabt. Er war es ihr schuldig, nichts zu versprechen, was er nicht halten konnte, aber all die Arbeit, die er hinter den Kulissen der diplomatischen Mission geleistet hatte, hatte sich schließlich ausgezahlt, und sein Weg war frei, um mit ihrer Krönung fortzufahren - sein Versprechen an sie, dass sie eine gemeinsame Zukunft hatten.

Er ging direkt zu Hanis Zimmer. Aber die Tür war offen und Hani ruhte nicht. Er runzelte die Stirn, dann drehte er sich um und sah ihn. Er kniete an dem kleinen Brunnen und tauchte seine Finger in das Wasser, während er versuchte, ein Spielzeugboot zu steuern. Amirs Kehle schnürte sich für einen Moment zusammen, als ihn die Erinnerung daran überkam, wie Hani noch vor Monaten um diese Zeit stundenlang geschlafen hatte. Jetzt, so schien es, war er voller Leben und Energie.

Er ging zu ihm und kniete sich neben ihn. Er stand nicht über ihm und bedrängte ihn, wie er es in den letzten Jahren getan hatte, sondern spielte mit ihm. Ruby hatte ihm das beigebracht.

„Du bist nicht müde?", fragte Amir.

Hani schüttelte den Kopf und konzentrierte sich darauf, das Boot, das ins Wasser gekippt war, wieder aufzurichten.

„Das ist gut."

Hani antwortete immer noch nicht, während er mit einem Papierschiffchen hantierte, das in der Strömung des Wassers schwankte.

„Wir haben Spielzeugboote, die ihr stattdessen benutzen könnt."

„Ja, aber es ist nicht dasselbe."

Jetzt war es an Amir, die Stirn zu runzeln. „Das Gleiche wie was?"

„Dasselbe wie das, das Ruby gemacht hat. Der, mit dem die Ratte den Fluss hinuntergesegelt ist."

„Was?"

„Ratte." Hani seufzte und hob das kleine Boot auf, wobei er den aufgeweichten Boden in seiner Hand testete. „In *Der Wind in den Weiden.*"

„Der Wind in den Weiden?" Amir hatte nicht die geringste Ahnung, wovon Hani sprach.

„Es ist ein altes Buch. Eines von Großmutters. Ruby sagte, dass es auch ein Lieblingsbuch ihrer Mutter war, die es Ruby immer vorgelesen hat."

„Oh, ich verstehe." Das tat er aber nicht.

Hani lehnte sich zurück und sah Amir mit einem geduldigen Gesichtsausdruck an. „Ruby sagte, wenn ich mich ihr jemals nahe fühlen wolle, dann müsse ich nur an Ratte und Dachs und Maulwurf und all die anderen denken und wissen, dass sie sie auch liebe."

Amir stand auf, runzelte die Stirn und blickte über die Hügel. Hoch über ihnen erhob sich ein Flugzeug vom Flughafen und verschwand am strahlend weißen Himmel, um sich im Nu in einen Fleck aufzulösen. „Das ist eine gute Idee", sagte er vage, immer noch unsicher, wovon sein Sohn sprach. „Aber du könntest sie auch suchen gehen. Sie wird nicht weit weg sein."

Hani starrte ihn nur an, als ob sein Vater verrückt geworden wäre.

„Was ist los?" Amir drückte seine Hand auf Hanis Stirn und dachte, er müsse kränker sein, als er gedacht hatte.

„Weißt du es nicht? Sie ist weg."

Der Schock durchfuhr Amir und ließ ihn heiß und kalt und übel zugleich werden. Die Pause wurde länger und er leckte sich über die Lippen. Verschiedene Möglichkeiten schossen ihm durch den Kopf. Sie war einkaufen gegangen; sie hatte jemanden besucht; sie hatte ... Aber es gab keine anderen Möglichkeiten. Sie kannte kaum jemanden in Janub Havilah. Aber er brauchte keine Worte, denn er sah es in dem strengen Blick seines Sohnes.

„Sie ist weg“, wiederholte Amir. Er nickte, einmal, dann zweimal und dann wieder, als ob er versuchte, die Worte zu verstehen, die er gerade ausgesprochen hatte.

„Ja.“

„Hani...“ Das Wort klang angestrengt und heiser. Er räusperte sich. „Hani“, sagte er, jetzt kräftiger. „Wann ist sie gegangen?“

Hani zuckte mit den Schultern. „Vorhin. Ich weiß nicht ... als ich mich ausruhte. Sie kam, um sich zu verabschieden.“

Amir gab auf, so zu tun, als wüsste er, was vor sich ging. „Hat sie gesagt, wo?“

Hani betastete das Papierboot in seinen Händen. Er zuckte mit den Schultern. „Irgendwo, wo sie herkommt, glaube ich. England?“ Er schielte fragend zu Amir hinauf.

Amir schafft es gerade noch, beruhigend zu lächeln und mit den Schultern zu zucken. „Das stimmt. Sie kommt aus England. Wahrscheinlich ist sie zu jemandem gegangen.“

„Ich denke schon.“

„Ja, genau das wird sie getan haben.“ Amir drehte sich um und blickte zum Fenster seines und ihres Schlafzimmers mit dem gemeinsamen Balkon, der von der Palme beschattet wurde, die sich in der Brise wiegte. Er konnte sich vorstellen, wie sie dort lag, so wie er sie gestern Abend gefunden hatte. Und sie würde wieder da sein. Zweifellos. Nur ein Besuch. Auf Freunde.

Hanis Papierboot wurde plötzlich voll Wasser und sank. Mit panischem Blick sah er zu Amir auf. „Es ist weg! Und ich kann kein neues machen. Das kann nur Ruby."

„Dann wird sie dir ein neues machen, wenn sie zurückkommt."

Hani rieb sich die tränenden Augen. „Sie kommt nicht mehr zurück."

„Natürlich tut sie das. Warum sollte sie nicht?"

„Weil sie einen Job hat."

Aus Ungläubigkeit fühlte sich Amir plötzlich von Wut erfüllt. Ein Job? Sie hatte ihn ohne ein Wort verlassen und war für einen Job nach England verschwunden? Und Hani auch noch verlassen? Es war unfassbar! *Sie* war unfassbar!

Wenn sie beweisen wollte, dass sie eine unabhängige Frau war, dann hatte sie sich das anders vorgestellt. Er würde hinübergehen und sie selbst zurückbringen. Er begann, in Richtung seines Zimmers zu gehen. Aber was, wenn das die falsche Entscheidung war? Er blieb stehen und fuhr sich mit den Fingern durch die Haare, während er versuchte, sein Schwarz-Weiß-Denken in Grautöne zu verwandeln. Zu denken wie Ruby. Aber nicht wie Grautöne, sondern wie die Farben des Regenbogens. Die Farben des Regenbogens, die er nicht gesehen hatte. Er war so sehr auf das konzentriert, was er zu tun hatte, dass er eines der wichtigsten Dinge übersehen hatte, die gerade vor ihm geschahen.

Er hatte ihre Ängste abgetan, weil er sie nicht verstanden hatte.

Er hatte ihre Fragen ignoriert, weil er sie für lächerlich hielt.

Aber sie hatte Angst und wollte Antworten, und er hatte sich in beiden Fällen geweigert, ihr zu helfen.

Oder ... vielleicht, nur vielleicht, lehnte sie dieses Leben, das er für sie vorgesehen hatte, ab und kehrte in ihr altes Leben zurück. Er knirschte mit den Zähnen. Er hatte ihr alles angeboten, und sie hatte es ihm ins Gesicht zurückgeschmissen.

Nein, so verrückt war sie nicht. Sie würde zurückkommen. Er brauchte nur zu warten.

Doch aus dem Warten wurden Wochen, und noch immer hatte er keine Nachricht von Ruby erhalten. Sie hatte an Hani geschrieben, ja. Aber die intensiven Spekulationen über jedes Wort, das sie an Hani schrieb, brachten ihn nicht weiter, um zu verstehen, was vor sich ging.

Er beobachtete jedes Interview mit ihr, studierte die Zeitschriften, in denen sie als Model auftrat, und versuchte herauszufinden, was sie tat. Erst nachdem fünf Wochen vergangen waren, fand er in einem Interview mit einem Klatschmagazin einen ersten Hinweis. Der Journalist hatte herausgefunden, dass sie kürzlich in Janub Havilah gewesen war, und fragte sie, ob die Frauen von den Machthabern unterdrückt würden. Sie hatte das Land und ihn verteidigt. Und nachdem sie dazu gedrängt worden war, hatte sie erklärt, dass dies ihr Lieblingsort auf der Welt sei.

Er schob den Computer beiseite und rief sofort seinen Assistenten. Es war vielleicht keine Liebeserklärung, aber nach so langer Zeit ohne etwas und mit seinen eigenen Gefühlen, die von Tag zu Tag klarer wurden, wusste er, dass er einen Vertrauensvorschuss geben musste. Er wird vielleicht abgelehnt, er wird vielleicht geschmäht, aber er würde trotzdem gehen.

ER HATTE HANI GESAGT, dass dies etwas sei, das er selbst tun müsse. Und irgendwie hatte Hani die Erklärung akzeptiert, als ob er sie verstanden hätte. Er hatte Rubys Geist mit vielen Schattierungen und Farben, nicht wie sein starrer, schwarz-weißer Geist. Und er war froh, dass Hani jetzt nicht hier war. Er ging die regennasse Straße hinauf und hielt vor den blinkenden Lichtern eines Nachtclubs inne. Es schien, als hätte sie ihre Gewohnheiten nicht geändert. Aber dann wollte er nicht mehr, dass sie sich ändert.

Seine Assistentin hatte ihm wie üblich den Weg geebnet, und als er den Club betrat, wurde er sofort begrüßt.

Es dauerte eine Weile, bis sich seine Augen und Ohren an die Düsternis und die pulsierende Musik gewöhnt hatten. Unter dem Stroboskoplicht bewegten sich die Körper rhythmisch, während rundherum Tische und Stühle aufgereiht waren, um die sich schöne Menschen versammelten, um zu trinken und zu essen. Er schaute dorthin, wo die meisten Leute waren - auf die Tanzfläche. Sie würde dort sein.

Er drängte sich durch, musterte jeden, aber er fand nicht, wen er suchte. Er kam auf der anderen Seite heraus und schaute sich an den Tischen um, die auf die Tanzfläche blickten. Sie musste eine Gruppe von Leuten angezogen haben, und er suchte nach einem lebhaften blonden

Kopf in ihrer Mitte. Aber er hatte immer noch nichts gefunden.

Vielleicht war er von ihrer Agentur falsch informiert worden. Er ging zur Bar, bestellte einen Drink und fragte die Kellnerin, ob er Ruby kenne. Sie sah etwas enttäuscht aus, dass er hinter einer bestimmten Frau her war.

„Sicher", sagte sie und füllte sein Getränk auf. „Sie wird wie immer da draußen sein."

Er folgte ihrem Blick in den hinteren Teil der Bar, wo eine Tür auf eine Terrasse mit Blick auf einen kleinen städtischen Garten führte. Hohe Bäume und Kletterpflanzen hatten eine Oase geschaffen, von der aus man auf eine kleine Rasenfläche blicken konnte, in deren Mitte ein Springbrunnen stand. Es vergingen ein paar Minuten, bis sich seine Augen an die Dunkelheit gewöhnt hatten und er sie sah.

Sie stand im Schatten, hielt sich mit den Händen am Geländer fest und blickte über den Garten hinweg zum Mond, der gerade noch durch die kahlen Äste der Bäume, die den Garten säumten, zu sehen war. Er hätte sie nicht gesehen, wenn nicht ihre Wange, als sie sich nach vorne beugte, die Lichter der Stadt erfasst hätte, von denen sie wegschaute. Dass sie den Blick von den Lichtern abwandte, entging ihm nicht. Sie hatte sich immer zu ihnen hingezogen gefühlt wie eine Biene zum Honig, wie eine einsame Person, die Gesellschaft suchte, wie eine Frau, die Angst vor der Depression hatte, die ihre Mutter verfolgt hatte. Aber jetzt war sie still, allein und betrachtete den Mond.

Er trat vor, und sie zuckte zusammen, drehte sich aber nicht um. Sie wurde sogar noch ruhiger, wenn das überhaupt möglich war, als ob ein Gedanke über sie gekommen wäre. Dann zuckte sie leicht mit den Schultern und richtete ihren Blick wieder auf den Mond.

„Ruby", sagte er leise, fast unwillig, ihre ungewöhnliche Träumerei zu stören. Sie drehte halb den Kopf, als ob derselbe Gedanke wieder aufgetaucht wäre. Er wiederholte ihren Namen noch einmal, und diesmal drehte sie sich um und sah ihn an. Das Weiße ihrer Augen leuchtete in der Dunkelheit und ließ sie noch erschrockener aussehen, als sie war.

Er machte noch einen Schritt auf sie zu, wurde aber von einem Tisch aufgehalten, auf dem ein einziges Weinglas stand. Ihm gefiel, dass es nur ein Glas war. Aber selbst wenn der Tisch nicht da gewesen wäre, hätte er nicht den Mut gehabt, sich ihr weiter zu nähern. Er hatte alles durcheinander gebracht. Er, der so stolz auf seine Logik und seine sorgfältigen Entscheidungen war, hatte versagt, als es um die Frau ging, mit der er den Rest seines Lebens verbringen wollte, um die Frau, die die Mutter seines Kindes war.

„Amir?", sagte sie zögernd und neigte leicht ungläubig den Kopf. „Bist das wirklich du?"

Er schenkte ihr ein kurzes Lächeln, das jedoch bald wieder verschwand, da ihr Stirnrunzeln bestehen blieb. Hatte er diese Reise umsonst gemacht? „Ja, ich bin's. Hattest du jemand anderen erwartet?" Er hätte sich selbst einen Tritt verpassen können, als die Worte aus ihm heraussprudelten und die Unsicherheit und das Machogehabe offenbarten, das sie in ihm auslöste. Aber er wollte ihr gegenüber nicht so erscheinen, nicht jetzt, nicht in diesem Moment. Er konnte nicht riskieren, seine Mission zu gefährden, sie war zu wichtig.

Sie ließ die Schultern hängen und nahm ihre Sektflöte

vom Tisch, ohne einen Schluck zu nehmen. „Und was, wenn ich es bin? Du hast deutlich gemacht, dass ich in deiner Zukunft keine Rolle spiele."

„Nein, du irrst dich. Das habe ich nicht gesagt."

Sie warf den Kopf zurück und stieß einen zackigen Seufzer aus, als würde es sie das Atmen kosten. Sie nickte mit dem Kopf. „Okay, sag mir, was du glaubst, dass du gesagt hast."

Er öffnete den Mund, um zu sprechen, merkte aber plötzlich, dass er ein Loch geschaffen hatte, aus dem er sich nicht mehr befreien konnte. „Vielleicht war es nicht genau das, was ich gesagt habe, sondern das, was ich versäumt habe zu sagen."

„Ha! Versuchen wir jetzt, uns mit Semantik aus der Affäre zu ziehen, oder was?"

Er schüttelte den Kopf. „Ruby. Ich bin über dreitausend Meilen gereist, um dich zu sehen..."

„Und du denkst, ich sollte dir in die Arme springen, ist es das?"

„Nein, ich denke, Sie sollten mich sprechen lassen."

Sie verschränkte die Arme und stützte ihr Gewicht auf eine Hüfte. „Dann geh schon, ich warte."

„Es mag sein", sagte er und schnitt mit der Hand in die Luft, als ob das die Sache eindeutiger machen würde, „dass ich deine Gefühle nicht berücksichtigt habe..."

„Gefühle? Du bist also gekommen, um meine Gefühle zu befriedigen?" Sie schüttelte den Kopf, wobei sich der Ärger in jeder ruckartigen Bewegung zeigte. „Schatz, es sind nicht meine Gefühle, um die ich mich kümmere, ob du es glaubst oder nicht. Es geht um deine, es geht um Hanis."

Sie hatte ihn überrumpelt, und er hatte es nicht

kommen sehen. „Es geht nicht um dich“, schlug er zögernd vor.

„Natürlich geht es um mich. Aber es geht mehr um dich und Hani.“

„Richtig ...“ Er leckte sich über die Lippen und suchte in ihrem Gesicht nach einem Hinweis darauf, wovon sie sprach.

Sie schnalzte mit der Zunge und stellte ihr Getränk auf den Tisch. „Muss ich es buchstabieren?“

„Ich glaube, das tust du.“

„Jesus! Warum sind Männer manchmal so dumm?“

„Ich weiß es nicht. Es muss in unseren Genen liegen.“

„Der Grund, Amir, warum ich gegangen bin, ist, dass Hani keine Mutter wollte. Er wollte jemanden, mit dem er Spaß haben kann, und du wolltest keine Frau, nur eine Geliebte.“

„Und du?“, wagte er zu sagen.

„Ich möchte eine Ehefrau und Mutter sein. Ich möchte Engagement, Amir, und obwohl wir technisch gesehen verheiratet waren, hast du nicht gezeigt, dass du willst, dass es von Dauer ist.“ Sie stieß einen aufgestauten Seufzer aus. „Ich habe mein Leben in Angst vor meinem eigenen Schatten verbracht, auf der Suche nach einem Sohn, den ich weggegeben habe. Ich habe mich selbst gehasst, Amir. Aber das tue ich nicht mehr. Und das ist etwas, das du und Hani mir gegeben habt, ob du es wuss-test oder nicht. Ich kam nach London, nicht nur um Arbeit anzunehmen, sondern auch um Hilfe zu bekom-men. Und in den letzten Wochen war ich bei einem Bera-ter, der mir gezeigt hat, dass ich stärker bin, als ich dachte. Ich habe keine Angst mehr vor dem Leben. Ich will das Leben sogar. Ich weiß, was ich will, und ich bin stark genug, wegzugehen, wenn ich es nicht bekommen kann." Sie hielt inne. „Ist das deutlich genug für dich?"

Er nickte. „Es tut mir leid, Ruby. Es tut mir so leid." Er zögerte, während er überlegte, welche der vielen Dinge, die ihm leid taten, er näher ausführen sollte. Sie missverstand sein Schweigen.

„Es ist okay. Es gibt keinen Grund, sich für etwas zu entschuldigen, für das man nichts kann." Sie sah sich um, als wolle sie fliehen. „Wenn Sie jetzt fertig sind, können Sie gehen. Obwohl ich sagen muss, dass dreitausend Meilen eine lange Reise sind, nur um sich zu entschuldigen."

Er griff nach ihr, als sie versuchte, an ihm vorbeizukommen. „Ruby! Du weißt, dass ich nicht der Beste für Worte bin." Er beschloss, ihr wildes Grunzen der Zustimmung nicht zu kommentieren. „Aber ich bin nicht gekommen, um mich zu entschuldigen." Er zuckte mit den Schultern. „Nun, ich schon, aber nicht nur. Ich wollte dir sagen, dass du dich geirrt hast."

Sie rollte mit den Augen. „Gut. Ich bin mir sicher, dass du denkst, ich liege mit so ziemlich allem falsch. Das hast du ja deutlich gemacht. Von meinen Entscheidungen, über den Umgang mit anderen, bis hin zu meiner Persönlichkeit..."

„Nein. Hör mir zu, ja? Mit keinem von ihnen ist irgendetwas falsch. Du irrst dich in mir." Er drückte ihre Hand fester. „Als ich sagte, es sei nicht notwendig, für Hanis Gesundheit zusammenzubleiben, habe ich nicht gemeint, dass ich unsere Ehe nicht fortsetzen will."

Ihr Gesichtsausdruck zeigte deutlich, dass sie ungläubig war. „Du bist also heute hierher gekommen, um mir zu sagen, dass du doch verheiratet bleiben willst." Sie schüttelte den Kopf. „Was? Habt ihr Minister beschlossen, dass es das Beste für euer Land ist, weiterhin mit einem Niemand verheiratet zu sein?" Sie stieß ein Lachen aus. „Oder vielleicht halten sie es für eine gute Idee, mit einem Niemand verheiratet zu sein, der das Ohr der Presse hat. Das ist es doch, oder? Ihre Berater meinen, ein bisschen Berühmtheit wäre gut für Ihr Image."

„Du redest Unsinn."

Sie zog ihre Hand weg. „Das sagst du immer, wenn ich nicht deiner Meinung bin." Sie drehte sich um und ging, und ihm wurde plötzlich klar, dass er sie verlieren würde.

„Ruby! Schau! Hier, ich habe etwas für dich." Sie blieb stehen und drehte sich um, aber ihr Blick war immer noch nicht vertrauensvoll. Er kramte in seiner Tasche und holte das Etui mit dem Ring heraus. „Es ist ein Ring."

„Das kann ich sehen."

„Aber es ist kein gewöhnlicher Ring. Es ist ein Ewigkeitsring, der meiner Großmutter gehörte."

„Und vermutlich gehörte es Mia, bis sie starb." Sie sah mit einem neugierigen Blick auf.

„Nein. Meine Großmutter ließ mich schwören, dass ich den Ring nur der Frau geben würde, die ich liebe und mit der ich mein Leben teilen möchte." Er lächelte bei dieser Erinnerung. „Liebe war für meine Großmutter sehr wichtig."

„Und auch *Der Wind in den Weiden*".

„Was?"

Dann grinste sie, dieses wunderbare breite Grinsen, das Fotografen in den Bann zog, Zeitschriftenleser mitten auf der Seite stoppen ließ und ihn völlig in den Bann zog. „Deine Großmutter klingt, als wäre sie eine großartige Frau gewesen."

„Das war sie. Ihr hättet euch gemocht. Mehr als gemocht, ihr hättet-"

Mit einer schnellen Bewegung trat sie vor und legte einen Finger auf seine Lippen. „Ich denke", sagte sie in einem tiefen, provozierenden Ton, „dass ich dich aus deinem Elend erlösen und die Worte sagen werde, die du offensichtlich nicht zu sagen gewohnt bist." Sie stellte sich auf die Zehenspitzen und küsste ihn, und er verlor jeglichen Gedankengang, den er hatte. „Amir, willst du mit mir verheiratet bleiben?"

Er brummte ein Lachen. „Ich dachte schon, du würdest nie fragen."

Mit einem Seufzer lehnte sie sich an ihn. „Bring mich nach Hause."

FÜNF MINUTEN nachdem sie hätte ankommen sollen.

Sie war spät dran. Amir schaute auf seine Uhr, rollte sich auf den Fersen ab und richtete seinen Blick auf die kunstvoll gefliese Wand des großen Empfangssaals im Königspalast. Der Imam sah ihm nicht in die Augen, zweifellos verunsichert durch die internationale Aufmerksamkeit, die die Krönung erfuhr, und durch ihr verspätetes Erscheinen bei der Zeremonie. Also konzentrierte sich Amir auf die kunstvoll verzierten Wände. Erst eine Schriftrolle, dann eine andere, fest entschlossen, die abwegigen Gedanken, die ihm durch den Kopf schossen, zu bändigen. Würde sie kommen? Er hatte sich noch nie wegen irgendetwas unsicher gefühlt, bis er sich erlaubt hatte zu erkennen, dass er Ruby mit Leib und Seele liebte.

Sie gehörte ihm. Und er hatte Angst, dass sie nicht auftauchen würde.

Die Leute hinter ihm murmelten und husteten leise. Er fragte sich, ob sie dasselbe dachten wie er. Hatte sie einen Sinneswandel gehabt?

Acht Minuten nachdem sie hätte ankommen sollen.

Amir änderte seine Haltung und war sofort wütend auf sich selbst. Er wollte seine Unsicherheit nicht an die Welt verraten. Er richtete sich zu seiner vollen Größe auf und atmete einen langen Atemzug zur Beruhigung ein.

Sie würde kommen. Es wäre die Schuld all der Menschen, die aus der ganzen Welt in den Palast gekommen waren. Make-up-Künstler, Friseure, Promi-Blogger, Stylisten, Fotografen - sie alle wollten sicherstellen, dass sie an ihrem großen Tag für die Welt am besten aussieht.

„Sie wird kommen", sagte Zavian mit gesenkter Stimme. Zavian war sich seiner Sache immer so sicher. Trotz seiner selbst, war er beruhigt.

„Natürlich wird sie das", sagte Roshan, der auf der anderen Seite von Amir stand. „Sie hat nur Augen für dich."

„Und du würdest es wissen", spottete Zavian. „Zweifellos konntest du nicht glauben, dass sie nicht von deiner eigenen Schönheit bezaubert war."

Amir warf Roshan einen scharfen Blick zu. „Hast du mit meiner Frau geflirtet?", fragte er mit scharfem Unterton.

Roshan grinste. „Ich wünschte, ich hätte es. Leider hatte ich, wie gesagt, noch nicht die Gelegenheit. Und auch nicht die Neigung, denn ich weiß, dass sie schon immer für dich bestimmt war."

Amir blickte noch einmal geradeaus und grunzte. „Ich bin froh, dass jemand Bescheid weiß."

„Nun", sagte Roshan und richtete seine Armeeuniform. „Du hättest es auch gewusst, wenn du dir erlaubt hättest, deinen Stolz zu überwinden."

Zavian legte eine feste Hand auf Amirs Arm, bevor dieser antworten konnte. Amir schüttelte den Kopf. „Mir geht es gut. Diesmal lasse ich mich von Roshan nicht irritieren, nicht hier und nicht jetzt", sagte Amir.

Zavian grunzte und schaute auf seine Uhr. „Nicht einmal, wenn deine zukünftige Frau zehn Minuten zu spät zu ihrer eigenen Krönung kommt?"

Zehn Minuten nachdem sie hätte ankommen sollen.

Zavian hatte recht, verdammt. Er war wütend. Sie würde nicht kommen. Er öffnete die Hände in einer dramatischen Geste der Kapitulation und drehte sich um, nur um zu sehen, wie eine kleine Schar von Fotografen und anderen Leuten sich langsam ihren Weg zu ihm bahnte, durch die Eingangstüren und die kreisförmige, kuppelförmige große Halle, deren opulente Kachelwände im Licht des gläsernen Kuppeldachs hoch über ihm glitzerten. Der große Saal - mit seinen Farben von Terrakotta, Weiß und hellen Türkistönen - hätte seine Königin in den Schatten stellen müssen, aber als sie aus ihrem Gefolge hervortrat, stellte sie alles und jeden in den Schatten.

Die Aufregung und das Gemurmel, die ihr vorausgingen, kamen auf ihn zu wie eine Welle, die ihn aufmunterte und seine Zweifel vergessen ließ. Hani ging vor ihr her, sein Auftreten war würdevoll, als wäre er sich der Bedeutung des Anlasses bewusst und entschlossen, niemanden zu enttäuschen. Er würde eines Tages ein guter König sein, dachte Amir. Ruby war ursprünglich nervös gewesen, weil sie ihm sagen wollte, dass sie in einer offiziellen Zeremonie zur Königin gekrönt werden würde. Aber Amir kannte seinen Sohn besser. Ja, er liebte Mia, die Frau, die ihn wie ihr eigenes Kind aufgezogen hatte, und würde sie immer lieben, aber seine Liebe war grenzenlos, und es schien, als könnte er „Spaß" problemlos in sein Bild von einer Mutter einbauen. Hani war genauso begeistert wie Ruby nervös gewesen war.

Doch von Nervosität war bei Ruby nichts mehr zu spüren. Sie bewegte sich mit dem Selbstbewusstsein eines Models und einer geliebten Frau. Sie trug ein exquisites Kleid, das mit Blick auf die Geschichte seines Landes entworfen worden war, und einen Kopfschmuck, von dem eine passende Schleppe hinter ihr hergezogen wurde. Ihr gesamtes Ensemble war die perfekte Mischung aus der Vergangenheit und der Gegenwart seines Landes. Doch ihre Figur, ihr breites Lächeln und ihre leuchtenden Augen waren ihr ganz eigen.

Als sie neben ihm Platz nahm und die Aufregung schließlich abflaute, beugte sie sich zu ihm vor. „Tut mir leid, dass ich zu spät bin."

Er schloss kurz die Augen und schüttelte den Kopf. Aber er konnte sich ein Lächeln nicht verkneifen. Und plötzlich wurde ihm klar, dass sein ganzes Leben so verlaufen würde. Dass er von ihr bezaubert wurde. Und er konnte es nicht erwarten.

EPILOG

Seit Ruby entdeckt hatte, dass sie schwanger war, wartete sie darauf, dass dieser Splitter der Angst in sie eindrang und sie lähmte. Jeden Tag. Egal, ob sie mit Hani zusammen war, ihm bei seinen Studien half - obwohl Amir das Wort „helfen" bestritt - oder bei Staatsbanketten amtierte, Wohltätigkeitsorganisationen besuchte oder, was ihr am liebsten war, allein mit Amir im Bett lag, Ruby spürte einen Anflug von Angst und wartete darauf, dass die Axt fiel und ihr kostbares neues Leben zerstörte.

Aber das tat es nicht.

Die Wochen wurden zu Monaten, bis sie sich hier wiederfand und in dem Raum umherwanderte, den Amir für sie im Palast hergerichtet hatte. Das große Gemach war in einen Ort verwandelt worden, an dem jeder Gedanke an Komfort - sowohl körperlich als auch geistig - berücksichtigt worden war. Der Raum war wegen des Lichts ausgewählt worden, das diffus und weich war, da er nach Norden ausgerichtet war. Es bestand keine

Notwendigkeit, die Vorhänge gegen die grelle Sonne zuzuziehen. Nur ein hauchdünner Seidenstoff, der in der Brise dieses Frühlingsmorgens flatterte, trennte das Zimmer vom Grün des Gartens. Die Bäume dort waren groß und schützten das Fenster mit einem grünen, frischen Schatten - der Farbe des Lebens und der Hoffnung.

Ruby strich mit den Fingern über den Samtüberwurf der Chaiselongue, etwas, das definitiv nur zum Anschauen gedacht war, nicht aber, um darauf ein Baby zu gebären. Sie blieb an einer Nebentür stehen und drückte kurz auf die Klinke. Nein, die ganze Ausrüstung und die Bereitschaftsspezialisten würden dort drinnen sein, falls nötig, außer Sichtweite, um sie nicht zu erschrecken, um nicht dazu beizutragen, sie in die Tiefen der Depression zu stürzen, vor der sie sich so gefürchtet hatte. Sie war es gewesen, aber jetzt nicht mehr. Die Bedrohung durch die Depression war immer noch da, aber nur wie ein Schatten, der sich an den Rand ihres Verstandes drängte.

Sie ließ ihre Hand von der Tür los und wandte sich wieder dem schönen Raum zu. Die Ausrüstung war da, wenn sie sie brauchte, aber sie hoffte, dass sie dieses Mal eine natürliche Geburt erleben würde. Sie sah sich um. Sie befand sich in einer anderen Welt, in jeder Hinsicht, als sie Hani zur Welt gebracht hatte.

Sie schaute zum Bett hinüber, wo Hani zusammengerollt lag und las. Er war gerade vom Reiten gekommen - etwas, auf das er in den letzten Jahren aus Mangel an Kraft verzichten musste - und hatte sich in ihrer Nähe niedergelassen. Das gefiel ihr. Selbst wenn sie nichts zu tun hatten, fand er sie und ließ sich mit einem Buch in ihrer Nähe nieder. Ihre Beziehung wuchs, veränderte sich, vertiefte sich. Natürlich hatten sie immer noch Spaß, aber jetzt, wenn der Spaß vorbei war, waren sie als Mutter und Sohn zusammen. Etwas, das sie mit jedem Tag mehr schätzte und pflegte, vor allem jetzt, da er ein Geschwisterchen haben würde. Sie wollte nicht, dass ihre Beziehung darunter litt.

„Du siehst nachdenklich aus", sagte Amir, als er hinter ihr den Raum betrat.

Sie drehte sich mit einem Lächeln um. „Ist das so seltsam?"

„Ehrlich gesagt, ja", antwortete er mit einem Lächeln. Dann verwandelte sich das Lächeln in ein Stirnrunzeln. „Ist es das Baby?"

„Was? Du denkst, weil ich so nachdenklich aussehe, stehe ich kurz vor der Entbindung?" Sie hob spielerisch eine Augenbraue und blickte zu Hani hinüber, der grinsend von seinem Buch aufsah.

„Was denkst du, Hani?", fragte Amir, ging auf ihn zu und schaute auf das Buch, das er las. „Findest du, dass deine Mutter irgendwie anders aussieht?"

Ruby wurde mit einem tiefen, prüfenden Blick belohnt, der Hani viel älter aussehen ließ als seine Jahre. Eine alte Seele, dachte sie, und ihr Herz schmolz noch ein bisschen mehr dahin.

Dann nickte er. „Du hast recht, Baba. Ruby sieht irgendwie zufrieden aus."

Sie zog überrascht die Augenbrauen hoch. Amirs Besorgnis konnte sie auf seine Ängste wegen ihrer Vorgeschichte zurückführen. Aber Hani? Er hatte gerade genau beschrieben, wie sie sich fühlte. Sie fühlte sich anders, ausgeglichen. Sie stieß ein Lachen aus, das selbst in ihren

Ohren unsicher klang. „Ihr zwei!" Doch noch während sie antwortete, spürte sie, wie die Schwere in ihrem Rücken zunahm, und sie setzte sich auf die Liege, als wolle sie es ausprobieren. Sie strich mit der Hand über den luxuriösen Samt und die goldenen Ormolu-Besätze und atmete langsam ein, um den Schmerz zu lindern. Als der Schmerz nachließ, lächelte sie und wandte sich ihren beiden Männern zu. Hani war aufgesprungen und sah besorgt aus, und Amir ging schnell zu ihr hinüber, sah sie an und wandte sich dann wieder Hani zu.

„Hani! Geh und ruf die Ärzte. Sag ihnen, dass sie gebraucht werden."

Bevor sie protestieren konnte, durchzuckte erneut ein Schmerz ihren Körper. Sie blickte zur Tür, hinter der eine Phalanx von Schmerzmitteln stand, und plötzlich hatte sie das Gefühl, dass eine natürliche Geburt doch nicht so wichtig war.

Sie blickte wieder in Amirs Augen, die voller Liebe und Fürsorge waren, und in denen eine Kraft lag, von der sie wusste, dass sie sie brauchen würde.

„Es gibt keinen Grund zur Sorge, Ruby. Ich bin hier, Hani ist hier, und es gibt nichts zu befürchten. Du musst mir vertrauen."

Dann hob er sie auf, trug sie hinüber zum Bett und legte sie so vorsichtig hin, als wäre sie sein größter Schatz auf der Welt. Und in diesem Moment wusste sie, dass sie ihm vertraute. Und sie wusste, dass alles gut werden würde.

AIYSA WAR EINE FRÜHGEBURT, aber trotz allem stark und gesund. Ruby setzte sich auf und schaute zu Amir hinüber, der mit Aiysa in den Armen vor dem Fenster stand. Er war von dem Moment an in sein kleines Mädchen verliebt, als es auf die Welt kam.

Es hatte etwas Bezauberndes, dachte sie, zu sehen, wie ein starker und mächtiger Mann von einem winzigen Baby mit gesunden Lungen in die Knie gezwungen wurde.

„Baba sieht doof aus", sagte Hani leise, so dass sein Vater es nicht hören konnte. Er saß auf dem Boden neben ihrem Bett, wo er ein kompliziertes Zug-Set zusammengebaut hatte.

Ruby lachte. „Goofy? Ich wette, so ist dein Vater noch nie genannt worden. Hm, ich glaube, ‚besessen' wäre ein besseres Wort."

„Was bedeutet ‚besessen'?"

Es bedeutet „voller Liebe".

Hani lächelte und schaute seinen Vater noch einmal an. „Ah, ja, ich verstehe, was du meinst."

Sie zerzauste sein Haar. „Und weißt du, wann sonst das Gesicht deines Vaters voller Liebe ist?"

Er schaute sie mit ihren eigenen Augen an. „Wann?"

„Wenn er dich ansieht."

Dann sah Amir zu ihr auf.

„Und wenn er dich ansieht", sagte Hani.

Und Ruby wusste, dass er Recht hatte.

DAS ENDE

~

Kaufen Sie jetzt das nächste Buch der Serie!

Gekauft vom Scheich - Sie wurde einmal gekauft, er wird sie wieder kaufen...

Hier ist eine Rezension von *Gekauft vom Scheich*, um Ihnen einen Vorgeschmack auf das zu geben, was Sie erwartet.

„Konnte es nicht aus der Hand legen... Ich habe alle Bücher dieser Serie gelesen. Gute Lektüre." (Amazon)

Gekauft vom Scheich

NACHWORT

Vielen Dank, dass Sie *Das geheime Baby des Scheichs* gelesen haben. Ich hoffe, es hat Ihnen gefallen! Rezensionen sind immer willkommen - sie helfen mir und potenziellen Lesern bei der Entscheidung, ob ihnen das Buch gefallen würde.

In Das geheime Baby des Scheichs werden Scheich Zavian, ein Mann, der von einer Frau aus seiner Vergangenheit besessen ist, und der notorische Frauenheld Scheich Roshan vorgestellt. Gemeinsam mit Amir müssen sie daran arbeiten, durch Heirat Frieden in der Region zu schaffen. Nach seiner Heirat mit Ruby kommt Amir nicht mehr in Frage. Wenn Sie also erfahren möchten, wer für sein Land heiratet, lesen Sie weiter!

Die komplette Serie der **Scheichs von Havilah** umfasst:

Das geheime Baby des Scheichs
Gekauft vom Scheich (Auszug folgt)

Die verbotene Liebhaberin des Scheichs
Hingabe an den Scheich
Entführt in den Harem des Scheichs

Viel Spaß beim Lesen!

Diana
dianafraser.com

GEKAUFT VOM SCHEICH

BUCH 2 DER SCHEICHS VON HAVILAH- ZAVIAN UND GABRIELLE

Eine gestörte Erziehung hat Scheich Zavian bin Ameen Al Rasheed misstrauisch gegenüber Menschen gemacht - aber er vertraute Gabrielle. Das heißt, bis sie ihn verriet, indem sie die Bestechung seines Vaters annahm, um Zavian und sein Land zu verlassen. Der Verrat hat ihn erschüttert, doch seine Besessenheit für sie wird mit der Zeit nur noch größer.

Gabrielle, die von ihrem exzentrischen Großvater in der Wüste von Havilah aufgezogen wurde, liebt das Land und

Zavian so sehr, dass sie sie verlässt. Er soll König werden und muss eine passende Beduinin heiraten. Also nimmt sie das Bestechungsangebot von Zavians Vater an, das Land zu verlassen - es war der einzige Weg, um sicherzustellen, dass Zavian ihr nicht folgt - und verbannt sich damit selbst aus der einzigen Heimat und dem einzigen Mann, den sie je geliebt hat.

Doch ein Jahr später, als die Hochzeitspläne im Gange sind, vermutet Zavian, dass Gabrielle die „anonyme" Spenderin eines der wertvollsten Artefakte seines Landes ist, das für genau die gleiche Summe wie das Bestechungsgeld gekauft wurde. Also kauft er ihre Dienste von ihrer Universität, um die Wahrheit herauszufinden und sich von seiner Besessenheit zu befreien. Außerdem, wenn Gabrielle nicht seine Frau sein kann, warum dann nicht seine Geliebte?

Auszug

Gabrielle hatte überlegt, ob sie die Einladung - die eher ein Befehl war - zu einem Empfang an diesem Abend ablehnen sollte. Aber sie entschied, dass es keinen Sinn hatte, den Moment hinauszuzögern, in dem sie dem Mann gegenüberstand, den sie vor zwölf Monaten verlassen hatte. Denn jetzt gab es für sie keinen Zweifel mehr, dass er hinter ihrem Vertrag steckte, dass er dafür gesorgt hatte, dass sie nicht entkommen konnte, sobald sie den Palast betreten hatte.

Vor einem Jahr war er noch der übersehene jüngere Sohn des Königs gewesen. Jetzt *war* er König. Etwas, das er nie gewesen wäre, wenn sie geblieben wäre - etwas, das das Land brauchte, denn ohne ihn hätte es einen Bürger-krieg gegeben. Und damit konnte sie nicht leben. Sie hatte das Richtige getan, sagte sie sich zum millionsten Mal, als sie durch die Marmorhalle zum Empfangsraum ging. Aber das Klopfen ihres Herzens, das Flattern in ihrem Magen und das Zittern in ihren Händen widersprachen ihr.

Auf der Schwelle hielt sie kurz inne und wurde von einer Wand aus Geräuschen - die durch die Marmorausstattung noch verstärkt wurden - und einem strahlenden Licht überrascht. Das Funkeln der Kristallkronleuchter spiegelte sich auf dem teuren Glanz der Abendkleider der Damen und blitzte in ihrem Diamantschmuck. Die überwältigende Kombination trug nicht dazu bei, ihre Angst zu lindern.

Sie nahm sich von einem vorbeigehenden Kellner ein Glas mit prickelndem Saft und stellte sich an die Seite. Sie hoffte, dass sie dort unbemerkt bleiben konnte, bis sie sich in Sicherheit bringen konnte, da ihre Pflicht erfüllt war. Aber sie hatte kein Glück und war bald in ein Gespräch mit dem Museumsdirektor vertieft. Plötzlich hörten alle auf zu reden, und sie wusste, dass der König und sein Gefolge den Raum betreten haben mussten. Ihr Herz schlug schnell.

Er hatte sich überhaupt nicht verändert. Er war größer als die meisten von ihnen, und sie konnte ihn deutlich sehen, als er den Raum abtastete. Das Abtasten hörte auf, als er sie sah. Dann sagte er etwas zu der Person, die bei ihm war, und sie bewegten sich auf sie zu. Sie wich zurück, aber ihre Absätze prallten gegen die Wand. Auf der einen Seite versperrte ihr der Museumsdirektor den Weg. Auf der anderen Seite bewegte sich eine Gruppe von Diplomaten aufgeregt bei dem Gedanken, den König zu treffen.

Von Zeit zu Zeit wurde sein Weg unterbrochen, wenn er jemandem vorgestellt wurde. Dann schaute er auf, sah sie und wandte den Blick wieder ab, sein Gesichtsausdruck zeigte keine Anerkennung, als ob er sich ihrer Identität nicht bewusst wäre. Aber er war sich ihrer bewusst, das wusste sie, denn jeder Schritt brachte ihn unaufhaltsam näher zu ihr.

Und dann erreichte er sie. Er stand direkt vor ihr, während sein Assistent sie einander vorstellte. Er hielt ihren Blick fest, und trotz ihrer besten Pläne konnte sie nicht wegsehen.

„Und das ist Dr. Gabrielle Taylor."

Sie schluckte und geriet dann in Panik. Wie sollte sie ihn grüßen? Sie ließ sich in den förmlichen Knicks fallen, den sie bei den anderen Frauen gesehen hatte, aber bevor sie ihn die erforderliche Zeit halten konnte, ergriff er ihre Hand, und sie wäre beinahe gestolpert. Er zog seinen Griff fester an und gab ihr die nötige Unterstützung, um sich aufzurichten, doch dabei vernebelte er ihr die Sinne. Selbst als sie wieder aufrecht stand, ließ er seinen Griff nicht los.

Sie konnte sein Aftershave und eine Männlichkeit riechen, die ihre Beine schwach werden ließ. Aus der Nähe konnte sie sehen, dass ihr erster Eindruck falsch war. Er hatte sich verändert. Sein Mund, der ihr früher so viel Vergnügen bereitet hatte, war hart, sogar grimmig, und sein Blick war ebenso wenig einladend. Aber die größte Veränderung lag in seinen Augen. Früher war die Arroganz immer da gewesen, aber sie war durch Humor und Freundlichkeit gemildert worden. Aber sie sah nichts davon bei dem Mann vor ihr. Nein, ihr vorherrschender Eindruck von ihm war jetzt Macht - Macht zu geben und

Macht zu nehmen. Sie fragte sich, was von diesen beiden Dingen er jetzt tun würde, hier, mit ihr.

„Dr. Taylor ist von der Universität Oxford und hier, um...“

„Ich weiß, wer sie ist und warum sie hier ist. Willkommen, Gabrielle.“

Sie nickte und lächelte nervös, wobei sie zaghaft an ihrer Hand zerrte. Er ließ ihre Hand nicht los. „Ich danke Ihnen. Es ist schön, wieder hier zu sein.“ Die Worte purzelten heraus, bevor sie sie aufhalten konnte, denn sie waren wahr. Gharb Havilah war für sie ein Zuhause, wie es England nie sein würde. Und was Zavian anging... Ihr Körper verriet ihre besten Absichten.

Seine Augen verengten sich leicht, als er seinen Kopf auf eine Weise zu ihr neigte, die sich sehr intim anfühlte. „Ist das so?“

„Es ist ...“ Ihre Stimme verstummte, als sie den Geruch seines Rasierwassers wahrnahm. *Daran* hatte sich nichts geändert, und er durchbrach ihre Abwehrkräfte, indem er eine Welle des Erkennens und des Verlangens tief in ihr auslöste.

Er wusste es. Er musste es wissen, denn er neigte seinen Kopf weiter zu ihr, bis sie sich nur noch auf die Zehenspitzen stellen musste, um die Liebkosung seiner Lippen auf ihren zu spüren.

Sie räusperte sich. „Es ist wirklich schön, wieder hier zu sein.“ Es gab keinen Grund, es zu leugnen.

„Dann hättest du früher zurückkehren sollen.“ Sein Daumen strich über ihren Handrücken, sandte Stromstöße durch ihren Körper und erweckte ihn zum Leben. Sie wollte nicht zum Leben erweckt werden.

„Ich war ... beschäftigt.“ Sie nahm ihren Mut

zusammen und weigerte sich, ihm zu erlauben, die Kontrolle über sie zu übernehmen. Er musste es wissen. „Und es hatte keinen Sinn. Es hat sich nichts geändert."

Sein Griff um ihre Hand wurde schwächer. „Interessant." Der kühle Ton, in dem dieses Wort ausgesprochen wurde, war eindeutig eine Herausforderung für ihre Aussage.

„Interessant?", wiederholte sie.

„Ja, ich habe das Gefühl, dass ich die Geschichten, die Sie für unsere wertvollen Ausstellungsstücke liefern sollen, sehr... aufschlussreich finden werde. Es ist immer interessant, den Hintergrund eines Stücks zu erfahren, woher es stammt und wie es hierher kam. Besonders der Khasham-Koran."

Sie presste ihre zitternden Lippen zusammen und versuchte, ihre Gefühle und Gedanken zurückzuhalten, die sich zu überschlagen drohten, als ihr plötzlich klar wurde, warum man sie hierher gebracht hatte. Er wollte wissen, wie der illuminierte Koran aus der antiken Stadt Khasham aus dem sechsten Jahrhundert in seinen Besitz gekommen war.

„Der Khasham-Koran", wiederholte sie leise und wog die Bedeutung auf ihrer Zunge.

„Ja, ein Thema, das Ihnen am Herzen liegt, glaube ich. Vielleicht das einzige."

Der Widerhaken fand sein Ziel, aber sie konnte nicht antworten, denn er hatte immer gewusst, wenn sie versucht hatte zu lügen, also blieb ihr nur das Schweigen.

„Und wenn Sie erst einmal die Geschichte hinter der Wiederbeschaffung und Rückgabe des Korans an mein Land aufgedeckt haben, dann, Dr. Taylor...", fuhr er fort, „werden Sie Ihre Behauptung, dass sich nichts geändert hat, vielleicht noch einmal überdenken müssen." Er ließ ihre Hand los. „Genießen Sie den Abend."

Er nickte kühl und ging an ihr vorbei, bevor sie antworten konnte. Nicht, dass sie es konnte. Es fühlte sich an, als wäre die ganze Luft aus diesem warmen, überfüllten Empfangsraum gesaugt worden, so dass es schwierig war, zu atmen, geschweige denn zu denken. Aber sie konnte fühlen. Und sie wünschte, sie könnte es nicht.

Er hasste sie. Und sie hatte nicht geahnt, wie sehr dieses Wissen sie zerstören konnte. Sie sah sich nach einem Ausweg um, ohne zu wissen, dass die Leute mit ihr sprachen, weil sie weg musste.

Zavian verließ sofort den Raum. Er hatte den Empfang nur zu einem einzigen Zweck organisiert, und jetzt, da er sie gesehen und mit ihr gesprochen hatte, war er nicht mehr daran interessiert. Er entließ seine Diener und beobachtete sie hinter dem Einwegspiegel. Sie hatte sich kein bisschen verändert. Plötzlich wurde ihm klar, dass er gehofft hatte, sie hätte sich verändert. Aber das hatte sie nicht. Sie schimmerte in ihrer traditionellen Abaya - schlicht und elegant - und stellte alle anderen in den Schatten, so wie der Mond die Sonne verdrängt, einen herzzerreißenden Schein über die Wüste wirft und Magie schafft, wo vorher keine war. Selbst jetzt, während sie sich drehte und wandte, die Menschen umkreiste und den Ausgang suchte, überstrahlte sie alle.

Er hatte ihr eine Falle gestellt, und ihr blieb nichts anderes übrig, als hineinzugehen. Warum hatte er dann das Gefühl, dass es umgekehrt war? Dass er derjenige war, der gefangen wurde?

Auch von Diana Fraser

Die bequemen Bräute des Scheichs
Gestrandet mit dem Scheich
Vom Scheich verführt

Diamant-Scheichs
Auf Befehl des Scheichs
Auf Geheiß des Scheichs
Zum Vergnügen des Scheichs

Die Geheimnisse der Scheichs
Die Rache des Scheichs durch Verführung
Das geheime Liebeskind des Scheichs
Die Heiratsfalle des Scheichs

Die Scheichs von Havilah
Das geheime Baby des Scheichs
Gekauft vom Scheich
Die verbotene Liebhaberin des Scheichs
Hingabe an den Scheich
Entführt in den Harem des Scheichs

Wüstenkönige
Gesucht: Eine Ehefrau für den Scheich
Die Schnäppchenbraut des Scheichs
Der verlorene Liebhaber des Scheichs
Vom Scheich geweckt
Beansprucht vom Scheich
Gesucht: Ein Baby vom Scheich

Britische Milliardäre

Die Vertragsehe des Milliardärs

Der unmögliche CEO des Milliardärs

Das geheime Baby des Milliardärs

Italienische Romanze

Der perfekte Liebhaber des Italieners

Vom Italiener verführt

Der leidenschaftliche Italiener

Unbeabsichtigte Weihnachten

Die Mackenzies

Ein Ort Namens Heimat

Die Geheimnisse der Parata-Bucht

Flucht nach Shelter Springs

Was Sie in den Sternen sehen

Zweite Chance in Whisper Creek

Sommer im Lakehouse Café

Laternenbucht

Deines zu Geben

Deines zu Schätzen

Deines zu Hegen

Deines zu Halten

Deines für Immer

Deines zu lieben

Diana schreibt Liebesromane mit Geschichten, die einen zum Umblättern der Seiten anregen, und mit Figuren, die sich real anfühlen – seien es Scheichs, britische Milliardäre, mittelalterliche Ritter oder ganz normale Menschen, deren Leben normalerweise alles andere als gewöhnlich ist (zumindest in ihren Büchern!).

Sie lebt im wunderschönen Neuseeland, nördlich von Wellington, in einem kleinen Dorf am Meer. Sie ist eine begeisterte Menschenbeobachterin, hoffnungslose Romantikerin und Träumerin, die viel zu viel Zeit damit verbringt, aus dem Fenster zu schauen und sich Szenen vorzustellen, in denen Menschen mit dem Leben und ihren Gefühlen zu kämpfen haben, die aber immer ein Happy End haben. Denn ja, sie ist auch eine ewige Optimistin!

Mehr über sie erfahren Sie auf ihrer Website — dianafraser.com.

www.ingramcontent.com/pod-product-compliance
Lightning Source LLC
Chambersburg PA
CBHW031336130726
47987CB00016B/1880